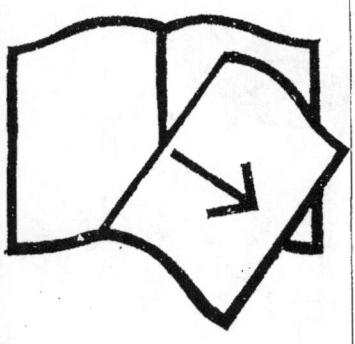

Couverture inférieure manquante

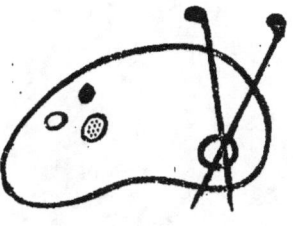

MAURICE THIÉRY

Contes
Picards

PÉRONNE

Typ. et Lith. E. Quentin, Grande Place, 33.

1902

CONTES PICARDS

DU MÊME AUTEUR :

A Travers Paris (*Wolff*).

Contes d' min Village (*Récoupé ,
Péronne*).

Les Ecrivains picards (*Duchâtel ,
Amiens*).

———

Maurice THIÉRY

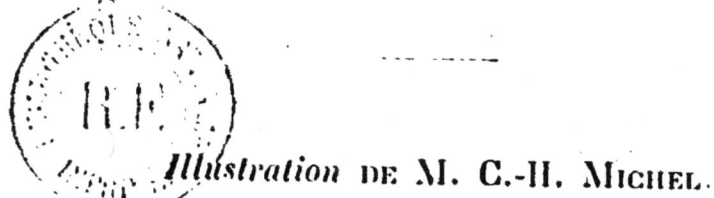

CONTES PICARDS

Illustration DE M. C.-H. MICHEL.

PÉRONNE

Imp. E. Quentin, Grande Place, 33

—

1902

*M'tchote femme, pou' l'z étrennes, avu'
un grous bec, j' l' offe ch' nouvieu live chi,
ploin d' contes picards, qui nous ont tant
foit rire l' long d' l'ennée, peindant qu' je
l'z écrivois, à l' clerté d' nou lampe.*

M. T.

Montrouge, Décembre 1901.

CONTES PICARDS

CH'COUSIN IVREINCHE

Ch'cousin Ivreinche d'Ivreincheux étoit d'ène forche sans parelle ein musique. Tout l'monne l'appeloit ch'cousin Ivreinche parche qu'i' s'disoit pareint d'tout l'monne : chacun étoit sin cousin.

Pour n' n'ervenir à ses capacités ein musique, il avoit qu'meinchi d'bonne heure : tout tchout, i' chillioit déjà comme un oursignou, et à dix ans i' n' jouoit pount troup mal avu ène flûte d'deux sous ein fer-blanc qu'il avoit achetée, ouyu d'avoir comme tous chés gamins de s'n âge des pastilles ou du pain d'épice avu ch' l'argeint que s'mère a y avoit donné un dimeinche.

Ch' jueux d'serpent à ch' l'église ein appreindant chés dispousitions qu' tchout Ivreinche il avoit pour la musique, i' s'étoit ouffert d'li donner quites leçons et, ma foi, i' n'avoit bien proufité. Si bien qu'à dix-sept ou dix-huit ans, s'mère, voyant qu' i' n'avoit d' goût qu' pour

1

l'musique, alle avait conseinti, su' s' demanne,
à ch' qui voiche à Paris pour s'parfoire.

Avu chés quites sous qu'a y avoit donnés pour
foire sin voyage, v'là ch'cousin Ivreinche d'I-
vreincheux parti pour Paris. Un bieu matin
i débarque dains l'granne ville, sans savoir
par ù qu'il alloit aller, n'counnaissant personne.
Mais n' v'là jou pount qu'tout serrant l'gare du
Nord il erjoint un homme bien habilli qui li dit :

— J'parie qu'vous n'êtes pount d'Paris ?

— Ma foi, nan, qui li répond, j'sus ch'cousin
Ivreinche d'Ivreincheux dains la Somme et
j'viens à Paris pour apprenne la musique.

— Cha tombe bien, qui dit l'eut', j'suis jus-
temeint professeur. Ah ! vous êtes d'Ivren-
cheux ? Bé, dains ch'cas-là, j'sus vou cousin,
parche qu'mi oussi j'sus né natif d'Ivreincheux.

Là-dessus ch'compère i l'eimmoinne ou caba-
ret pour boire ène chope qu'i' li offre. Pis, de-
mandant d'quoi écrire, i' foit ène pancarte avu
chés mouts : « J'sus ch'cousin Ivreinche d'I-
vreincheux. »

Leu verre d'bière bu, i's sortent et dains
l'rue, nou homme, avu ène éplingue, il accroche
ch'l'épitaphe dains l'dous d'sin préteindu cou-
sin, à l'quel i' proupose d'dîner. Ivreinche
accepte et les v'là partis comme père et com-
pagnon.

Mais tout l'long de ch'qu'min, i's erjointent
un tas d'geins qui, apris avoir li l'pancarte
ahouquie dains l'dous d'Ivreinche, viennent li

serrer la main, l'appelent min cousin grous comme leu bras, ein li demandant qu'meint qu'cha alloit.

Ivreinche i'y eux répondoit, tout étouné d'avoir tant d'cousins à Paris, par ù qu'i n'étoit jamois venu.

— Ch'est drôle, qu'i' disoit à sin nouvieu ami, maman a'n'm'avoit jamois dit qu'j'avois tant d'pareints qu'cha ichi.

Ein route, i's reincontent un eut' compère. que ch' premyi eimmoinne avuc eux, pis i's eintent tous les trois dains un restaurant. Là, i's maingent bien, quand ou dessert, tout de n'un keup, l'un des amis d'Ivreinche, i'sorte ein disant qu'il alloit querre des cigares. Ou de bout d'un moumeint, ch' deuxième, ein magnière d'aller vir chou qu' fasoit s'n' ami, i' sorte à sin tour et tous les deux plantent là m'n Ivreinche.

Li, ein rusé Picard qu'il est, n'est pount long à adviner qu'il a été jué. Sans avoir l'air de rien, i'demanne ch'est qu'i' doit et quand ein y apporte ch' l'addition, i' dit : « Cha n'monte pount à békeup... Allez donc m' cherchi ène bonne boutelle d' vin. »

Ch' l'oubergiste i'peinse en li-même : « Mâtin, ch'est un homme qu'a l' sac, » et sans s'foire pryi, i' dévalle dains s' cave.

Sans perdre d' temps, Ivreinche écrit ou dous de ch' lardoise : « Ein m'a jué un tour d'Paris

ein m'amenant dîner ichi; j'ein juo un d' min
village ein m'ein allant. »

Il erpose ch' l'ardoise d'sus l' tave et i' sorte.

Mais du keup, i' n'a eu assez d' Paris et dains
l'après-midi il a erpris ch' train pour Ivrein-
cheux.

L'DAME ET S'SERVANTE

Ène dame des miux a s'ein va un jour renne
visite à ène eut' d'ses amies et alle eimmoinne
s'servante avuc elle. L'dergnière alle étoit bien
l'pus simplette et l'pus nayuse qu'ein puche vir.

S'visite foite, l'dame, comme alle disoit ou
revoir à l'compagnie, alle lâche quit'kose sans
l'foire exprès. Eimbêtée de ch' l'accideint, alle
vut foire croire qu' ch'est s'servante qu'alle l'a
foit et pour s'excuser alle dit : « Allez-vous-ein,
vilaine puante ».

L'servante qu'alle savoit qu'a n'avoit rien à
s'erprouchi, alle soutient que ch' n'est pount
elle, chou qu'tout l'monne qu'il errioit, croit
comme elle. Pour ein finir, l'dame alle sort,
mais ène fois fois dehors, a li dit :

— « Grosse sotte, pourquoi avez-vous eu l'tou-
pet de n'pount soutenir chou que j'disois ? Vous
n'avez donc pount deviné qu'chou qu' j'ein
disois, ch'étoit pour m'réputation ? »

L'servante ein l'aouyant a y a demandé pardon.

Mais l'patronne alle erpreind : « Allez, vous êtes êne bête et par vous soultises vous m'fasez des affronts ».

Là-dessus, l'servante a n'foit ni êne ni deux, alle quitte s'maitresse tandis qu'chelle-chi alle croyoit qu'alle chuyoit, et, ertournant sur ses pas, alle reinte dains l'mason où alle trève l'souciété ein train d'rire coère d'elle dispute delle patronne avu s'servante, et a y eux dit tout heut :

— Vous savez, chou qu'madame alle a foit je l'preinds pour mi.

Vous voyez d'ichi si i's sont erpartis à rire.

.UN PRIX DE SOLO

Ch'étoit à un concours d'musique, un festival donné dains êne granne ville. Bèkeup d'musiques du départemeint s'y étaient reindues, cintr'eutes chelle d'êne tchote coumune dont l'souciété poussédoit un piston qui fasoit des soulous d'prémyi ordre.

Si bien, qu'à ch'concours-là, un concours comme ein n'avoit pount vu d'parel dains l'contrée depuis longtemps, nou musicien il a reim-

pourté un prémyi prix d'soulou et l'souciété a
n'a eu trois, elle, d'prix.

Apris ch'concours, tous chés musiciens, qu'i's
avaient soi', cha va sans dire, à keuse delle ka-
leur, i's s'sont mis à boire delle bière comme
des souneux. A un moumeint donné, nou mu-
sicien, i'laisse querre s'n eimbouchure et pou'
l' ramasser, i' s'aboisse.

Ch' jour-là, comme il avoit mis un bieu pa-
talon noir, sin patalon d'mariage, devenu troup
étroit avu' l'temps, parce qu'il avoit eingraissyi,
i'crève s'marronne à ène certaine plache et i'
s' réyève sans s'ète aperchu de ch' l'accideint.
Un d'ses voisins, un farceu fini, i' l' voit li, et
pour li foire un bon tour, i'li tire s'quemise
vivemeint.

Quites minutes apris, i's s'ein vont tertoutes
d'sus l'plache, par ù que ch' préfet, sur ène
estrade, i' distribuoit chés récompeinses. Tout
de n'ein keup, ch' piston il aouit lire sin nom :
vite, i' s'ein va pour erchuvoir s' médaille, pein-
dant que ch' voisin qu'i'y avoit tiré s'qu'mise,
i' li dit : « Reinte donc tin mouchoi d' poche,
i' dépasse. » Tout ein marchant à ch' l'estrade,
i' met s' main à l' bas de s'n habit et seintant
d' l'étoffe, i' tire pour mette sin mouchoi dains
s' poche de pantalon, mais i' n' put pount l' dé-
fiqui et i' n'arrive qu'à agrandir ch' treu.

Il erchoit donc s' médaille, tandis qu' tous
cheutes plachis drière li ritént oux éclats ;
quand il a foit demi-tour, ch' préfet et s'n ein-

tourage l'aperchoitent oussi avu' s' bagnière ou veint et naturellemeint, i' n' putent pount davantage s'ertenir d' rire.

Ein ervenant à s' plache, ch'musicien, qui s'étoit douté de ch' l'affoire, pour foire taire l'z errieux, i' y eux dit ein moutrant s' médaille · « Ch'est bon, ch'est bon, erriez tant qu' vous vourez, j'ai un moyen d' bouchi ch' treu-là : j'y mettrai l' pièche-chi. »

· UN YÈVE

Poivert étoit ein train d'réparde du fien dains chés camps, quand i'voit passer un yève à dix mètes d'li.

— Va-t'ein à l'mason d'mossieu l'curé, qu'i' li crie.

Deux heures apris, ein reintrant avu sin fourqui d'sus s'n épeule, il erjoint mossieu l'curé dains chés rues, qui lisoit sin bréviaire.

Comme i' n'ein peinse jamois ène bonne, i' li dit d'abord boujour, pis il ajoute oussitout :

— Mossieu l'curé, j'viens de vous einvoyi un yève.

— Je .te remercie, mon ami. Tiens, voilà pour toi.

Et ein même temps, i' li met ène pièche d'quarante sous dains s'main.

Reintré à s'mason, mossieu l'curé i' dit à s'servante :

— Joséphine, il faudra faire cuire le lièvre·

— Bé, qué yève, mossieu l'curé, qu'alle foit l'eute toute étonnée.

— Mais le lièvre que m'a envoyé Poivert.

— Ah ! bé, mossieu l'curé, ein n'a pount appourté d'yève du tout.

Mossieu l'curé i' n' savoit pus chou qu'cha vouloit dire, ni quoi peinser.

Einfin, huit jours pus tard, il ervoit Poivert.

— Tu m'avais dit l'autre jour que tu m'avais envoyé un lièvre?

— J' m'ein va vous dire, mossieu l'curé. Comme je n'ai vu passer un, ein heut delle côte. j'y ai cryi d'aller vous trouver : si i'ne y a pount été ch' n'est pount de m'feute.

• ENE EXPLICATION

Ch'est d'ène explication einter deux villageois dont i' s'agit.

— Qu'meint qu'cha put foire pour pourter des nouvelles oussi lon et oussi vite, qui demanne ch' prémyi à ch' deuxième, tous les deux arrêtés ou pied d'un poutcheu télégraphique.

— Ch'est bien simpe, qui répond ch' t'ichi à

l'eute : ein touche à un d' chés bouts de ch' fi-
darquet qu'tu vois là l'long delle route et tic !
tac ! l'eut bout il écrit comme avu ène plème.

— Je n' compreinds pount bien.

— Attème, tu vas miux saisir. T'as un kien,
émon ?

— Oui.

— Qu'meint qu'il est ?

— Bé, il est d'ène moyenne taille.

— Quand tu li marches su s' queue, ch'est
qu'i' foit ?

— Tchiens, i' crie.

— Et bé, suppose qu' tin kien ouyu d'ête
d'ène taille ourdinaire fuche grand d' magnière
d'aller d' nou village à Paris...

— Oui.

— l' gna pount d' doute qu' si tu li marches
su' s' queue ichi, ch'est à Paris qu'il aboiera.
Et bé, v'là chou qu' ch'est que l' télégraphe
électrique, cha n'est pount eut' kose.

---•-♦✕♦-•---

DEUX IVROINNES

Briquelet reintroit du cabaret un jour ou
nuit qu'ein avoit eu permission d'minuit. Ch'est
vous dire qu'il avoit bu pas mal d'chopes et
békeup d'cafés avu sans doute un certain nombre
d'verres d'troix-six d'Rocourt. Rien d'étonnant

qu'avu tant d'liquide avalé, i'zigzaguoit à tel point qu'chés rues étaient troup étroites pour li et qu'il étoit oussi ein ribotte qu'ène guerbée.

I' feut vous dire qu'i' restoit dans un guergni par ù qu'ein avoit arrangi ène espèce d'chamme avu un lit, ène cayelle, pis ène tchote ourmaille. Pour arriver dains sin teudion, i' fouloit monter avu ène ékelle. Donc, ène fois devant s' porte, i' s'arrête ein voyant un homme couchi ou pied de s'n' ékelle.

I's' dit :

— Tchiens ! v'là un pochard qui n'a coère pris pus qu' mi.

Et s'parlant à li-même, il ajoute : « Si je l'laisse là passer l'nuit, il est capable d'attraper du ma' ; i' n' s'ra point dit qu'i' s'ra malade de m' feute ».

Sans foire ni ène ni deux, i' l' cherge su' sin dous et i' l' monte tant bien qu' mal à sin guergni. Eintré, comme sin lit étoit plachi serrant ène lucarne ouverte, i' l' ejette alle voulée, pis i' s' dit :

— Demain ou matin quand nous s' réveillerons, nous érons soif. Comme ch' cabaret d'à couté est coère ouvert, j' m'ein va cherchi un lite d' bière.

I' dévalle donc de s'n' ékelle et i' n'est point peu surpris d'ertrouver un eute pochard couchi coère ou pied. I' s' dit ein li-même : « Tous chés riboutteux de ch' village i's sont donc donné reindez-vous ou pied de m'n ékelle ». Et il ajoute : « Je n' vux point qu' tu fuches outre-

meint qu' l'eute. Ein nous serrant un tchout
kose, nous dormirons à trois ».

Sans foire pus d'simagrées qu' pour ch' pre-
myi, il l'ermonte écoère et il l'erjette su' sin
lit, pis, pris d'soumeil, i' quet su' s' cayelle et
i' s'eindort.

L'lennemain il est tout étonné de n'pount
mème trouver sin lit défoit et i' s'demanne par
ù qu'chés deux hommes qu'il a montés l'velle
ont bien pu passer, mais comme i' venoit d'dé-
valer de s'n ékelle avu' un ma' d' tète sans
parel. i'voit ch'lide qui li louoit sin tchout
cabutcheu qui li dit :

— Vous n'avez rien einteindu l'nuit-chi ? —
Nan. — Et bé, tout ein l'heure, j'ai ramassé au
pied d'vou ékelle un pauvre homme d'un village
voisin qu'ein a été oubligi d'ermener à voiture
et qui s'trouvoit dains un triste état : il avoit
ène épeule démie, un bras d'cassé, ène côte
défoncée, un pied d'foulé, un boursieu à sin
front, sin genou abourlaté, un œl tout noir et
plusieurs deints d'brisyies. Je m'sus mème
demandé qu'èche qu'il avoit pu l'arraingi comme
cha.

— Je ne l'sais pount non pus, qui répond
Briquelet ein s'ein allant à s'n ouvrage, tout
ein peinsant ein li-mème qui gna un bon Dghu
pour chés ivroinnes, parche qu'à ch'moumeint-là
i's'rameintut qu'ch'est l'mème homme qu'il a
éjeté deux fois par s'lucarne ouverte croyant

l'mette su sin lit et qu'ein li fasant foire un
parel seut il éroit pu l'tuer.

———⸰⸘⸙⸘⸰———

HISTOIRE D'CACHEU

— — —

Un grous cultivateur picard, viux cacheu,
donnoit dergnièremenint, à l'ouccasion delle
cache à l'quelle il avoit invité plusieurs amis,
un grand dîner.

Naturellemeint, comme ein l'peinse bien, chés
histoires les plus estraourdinaires arrivées à
des cacheux étaient racontées et s'chuyaient
sans arrêter. Einfin, ch' moite delle mason qui
jusque-là, par poulitesse pour ses invités, n'avoit
coire rien dit, est eingagi à raconter à sin tour
chou qu'il a pu li arriver d'drôle ou d'curieux
dains l' courant d' ses nombreuses ennées
d'cache.

— Et bé, qui dit, apris avoir foil là siennant
d'cherchi dains s'mémoire, je m'souviens d'avoir
un bieu jour, d'un seul keup d'fusil, einlevé
l'éraille eintchère et l'patte d'drière d'un yève.

— Ch'h'est impoussible, qu'i's s'mettent à cryi
tertoutes. Qu'meint qu'vous avez foit ?

Ch' conteux s'taisoit, l'air embarrachi d'vant
d's explications à fournir. Mais s'adrechant à
sin flu, un grand jonne homme d' dix-sept ans

qui s'tenoit à un bout d'tave sans dire un mout,
i' li demande :

— Charles, t'rappelles-tu qu'meint que j'mi
sus pris ?

— J'crois bien, papa, qui répond ch'jonne
homme apris avoir cherchi ène minute dains
s'tête. Vous ne vous souvenez donc pount
qu'vous avez tiré juste ou moumeint où l'bête
a s'gratloit s'n éraille avu s'patte d'drière ?

— ---◦✕◦--- —

CHÉS SÉRIS

I' gna quites semoines, un bon brave fermyi
des z'einvirons, qui paraissoit n' pount avoir
l'air bien dégourdi, étant venu comme d'cou-
tème à ch' marchi d' nou ville, s'dispousoit à
s'éraller à sin village, quand tout d'un keup,
comme il étoit cin avanche, i' peinse qu'ch'est
l'leunemain dimainche et qu'il a larguemeint
l'temps d'foire foire s'barbe. Sans pus cherchi,
il einte à l'première boutique d'barbyi qui voit
d'sus l'plache. I' gn'avoit déjà là quites per-
sonnes qui atteindaient leu tour. I' s'assit
comme eux et il acoute chou qui disoient.
L'conversation alle rouloit su' chés séris. S'ris-
quant a dire sin mout, nou homme i' foit tout
de n'ein keup :

— Des séris, ah, bé, si vous saveins, nous n'ein manquons pount ch' l'ennée-chi dains nous kamps.

— Et jou qu'vous n' avez d' troup, qui li demanne ch' barbyi.

— J' crois bien qu'nous n'avons d'troup et même békeup.

— Eh bé, qui li répond ch'frater, mi je n'ai justemeint besoin ; si vous voulez me n'appourter, j'vous les paierai deux sous pièche.

Ch' fermyi sans pus se demander pourquoi qu' ch'étoit foire, i' li dit, peinsant qu' souveint chés geins d'ville ont d' drôles d'idées :

— Si vous voulez je vous n'appourterai l'première fois que j'varrai à Péronne.

Ch' barbyi accepte et comme il avoit fini d'li couper s'barbe, l'eut i' sorte apris l'avoir payi.

Mais jugez de s'n'étonnemeint ein voyant pount pus tard qu'quinze jours apris ch' fermyi cintrer dains s'boutique avu ène granne cage et ein li disant fin joyeux :

— Y gné n'a chinquante-deux.

Ch' barbyi qui n'n'ervenoit pount et qui avoit oublyi s'quemanne, cherchoit quoi li réponne, quand c'h l'attrapeux d'séris il erpreind :

— A deux sous pièche, cha foit cinq francs pis quatre sous qu'vous m'devez.

— Ch'est jou des marles, qui questchionne ch' frater.

— J'ne y ai pount ravisé, réplique ch' fermyi aheuri.

— Pus, qui foit ch'barbyi, vous pouvez les
reimpourter. parce qu'je n'vux qu'des femelles.

Si nayux qu'il euche pu ête, et il ne l'étoit
pount. voyant qu'ein s'étoit voulu mouqui d li,
il erpreind :

— Les reimpourter? J'ai pu cair à vous les
laissyi pour rien.

Et ein disant cha, il ouvert l'cage, pis il l'es-
coue si bien qu'chinquante-deux séris s'seuvent
d'tous les coutés dains l'mason de ch' coiffeur.

l'vous asseure qu'à ch'moumeint-là ch' barbyi
n'crriot pus, mais cheules qui étoient-là assis
ein atteindant leu tour i's tenaient leu panche
d'rire.

———

CH' MANNEQUIN

———

Ein n'vouroit pount croire qu'avu' l'instruc-
tion qu'tout l'monne ou à peu pris poussède
oujourd'hui, avu' l'habitude qu'ein a d'voyagi,
l'facilité pus ou moins granne qu'chacun il a
d'visiter chés villes, qui gna coère des gens
oussi ein ertard.

Pourtant, dergnièremeint, ène bonne brave
femme des z'einvirons a s'ein vient ein ville
pour foire quites acquisitions dont alle avoit
besoin. Ein li avoit même indiqui ène rue dains
l'quelle alle trouveroit chou qu'alle vouloit.

Donc, arrivée ein ville, l'v'là qu'à s'met à cherchi apris l'rue désignie. Alle s'ein alloit, tenant sin paigni d'ène main et sin parapluie d'l'eute, l'long d'chés boutiques, qu'a n'preindoit même pount l'temps d'raviser, erbayant ein l'air et lisant chés noms d'rues qu'alle reincontroit su' sin qu'min. Alle peinsoit ein elle-même : si j'ousois, j'demanderois un reinseinnemeint à quitz'un, mais a n'pouvoit s'décider. Ein passant d'vant un bieu magasin, alle voit à l'porte un mossieu avenant, bien habilli, mais malgré cha l'air pount fier, et immoubile comme s'il avoit été de bous.

Preindant sin courage à deux mains, nou femme a s'avanche vers li et li demanne tout douchemeint :

— Pardon, mossieu, pourreins-vous m'insigni, s'il vous plalt, par û qu'alle est l' *rue à Vaques.*

Voyant que ch'l'homme i' n'bouge pount, alle alloit s'ein aller tout ein peinsant qu'chés geins d'la ville n'sont pount complaisants, quand un eute homme, sourtant delle boutique, i' li dit :

— Vous désirez quelque chose, madame ?

— J'vourois savoir par û qu'alle est l' *rue à Vaques.*

Ch'l'homme i' li indique. Apris l'avoir ermercyi, l'femme alle ajoute :

— Vous êtes pus oubligeant que ch'tichi, parche qu' li i' n'a pount voulu m'réponne.

— J'crois bien, qui réplique ch'boutiquyi ein

partant à rire, et pour keuse : ch'est un man-
nequin !

— · ※ · —

UN KIEN D'AGRÉMEINT

Ch' n'est pount toujours un metchi ploin
d'agrémeint qu' d'ète fonctionnaire. Pour l' plaisi
d'avoir un capieu et d'pourter un habit noir,
avu un pardessus dains l'hiver, ein risque fort
d'y laissyi un mourcieu de s'pieu.

Cha m' rameintut l'histoire d'je n'sais pus
qué noutaire qui eintrant un jour dains ène
cour d'ferme, pour ène keuse ou pour ène eute,
avoit erchu ein ploine poitrinne, un grand kien
d'cour à l'quel i' n'avoit pount plu sans doute
et qui raconte einchuite, quand ein li demanne
s'il a été bien erchu :

— J'crois bien, ein a même voulu m'foire
maingi.

· ※ ·

Dergnièremeint, il est arrivé à peu pris pareil
tour à un controuleux des contributions qui
fasoit s'tournée. Il alloit quitchi ch'village par
ù qu'i' venoit d'travailli, quand, ein passant de-
vant l'dergnière ferme, un tchout méchant kien
de rien du tout, un peu pus grous qu'un cou-
chon d'Inde et dont ein ne s'seroit jamois méfy
i' s'met à abayi apris li et comma ch'controu-

2

leux i' passoit sans y foiré einteintion, ch'tchout kerlin i' queurt drière li, pis i' li mord sin moullet apris li avoir éclifé s'gamme d'patalon.

— Sale bête, qui crie ch'controuleux ein élevant s'caôné pour s'défénne d'sin miux conte ch'kien.

Ch'fermyi qu'étoit su' l'pas de s'porte, i' li crie ein erriant :

— Eh bé, vous l'avez taxé comme kien d'agrémeint... j'espère, pou' l'heure, qu'vous allez l'dégréver

------

FEUTE D' SAVOIR

Un médecin d' village avoit déjà été vir ène fois un malade, quand ein y érallant, i' laisse à l' femme un tchout paquet d'ène certaine pourre ein li erquemandant bien d'ein foire prenne à s'n homme cinq grammes par jour dains un verre d'ieu.

— Mossieu l' médecin, qu'a li dit l' femme, qu'meint qu'nous allons foire ? Nous avons bien là ène balanche, mais nous n'avons pount d' poids.

— Eh bé, qui répond ch' médecin, à l' plache d' cinq grammes, mettez ène plèche d' vingt sous cha s'ra la même chose.

Et i' s'ein va.

Deux jours apris, i' revient vir sin malade et à sin grand étonnemeint, i' l' trève békeup pus mal. I' demanne des z'esplications à l'femme, si ch'est qu'a n'a pount chuivi ses ourdonnances. Chelle chi a li répond :

— J'm'ein va vous dire, mossieu l' médecin, comme j' n'avois pount d'pièche d'vingt sous à l' mason, j'ai mis vingt sous d' sous à l' plache dains l' balanche.

Vous compreindez qu'cha n' fasoit pu l'même et qu'alle a manqui d'y perde s'n homme. Ch' médecin i' y a bien erquemandé de n'pus erqu'meinchi.

— ——✕✕——— -

CHÉS POIRES

Laissez-mé vous raconter l' tour qu'il est arrivé l'eute jour à ch'tchout fiu d' Saturnin eq pet-ète vous n'counaissez pount.

I' gna quittes semoinnes, l' père d' Saturnin i' monte dains sin guergni pour passer ein revue chés dergnis fruits de s' récolte d' l'ennée passée. Parmi chés poires qui li restent, il cin trève deux d'ène grousseur extraourdinaire qui allaient qu'meinchi à s' water et qu'il avoit réservées tout à foit pour la fin, parche qu'alles pouvaient s' conserver. Pis tout dé n'cin keup, ein les tournant et ein l'z ertournant dains ses mains, i' peinse qu'eux i's n'ont déjà maingi plusieurs et qu'cha feroit pet-ête bien plaisi' à mossieu l' curé. Tout oussitout, il huque Saturnin qui jouoit dains l' cour et i' li dit : « Tout ein l'heure, ein t'ein allant ou catéchisse, tu pourteras chés deux poires-là à mossieu l' curé ; mais surtout, fois einteintion de y avoir bien soin ».

Ch' galmite y proumet tout chou qu' sin père li demanne et quitte temps apris, chés deux helles poires dains ch' paigni avu' l'quel il alloit à l'école, Saturnin s' met ein route pou' ch' l'église. Mais su' sin k'min il erjoint d'eutes galoupins avu' lesquels i' queurt et seute, tant et si bien qu' chés poires y finitent par rouler l' lon d'ène haie.

Arrivé à ch' presbytère, Saturnin, bien geintimeint, ermet chés deux poires à mossieu l' curé ein li disont qu' ch'est sin père qui les li einvoie. Sans pus attenne, mossieur l' curé s' met à maingi l'ène d' chés poires et tout ein li donnant l'eute, i' li demanne si il ein vut.

— Voulintchi, mossieu l' curé, qui répond gaiemeint Saturnin ein sourtant sin coutcheu de s' poche et ein s'apprêtant à l' plémer.

— Malhéreux ! li crie mossieu l' curé, chest qu' tu vas foire là ? Tu n' sais donc pount qu'ène poire alle est meilleure sans être plémée ?

— Ch'est que j' vas vous dire, riposte Saturnin ein ravisant l'un apris l'eute s' poire et mossieu l' curé, ein route, j'ai laissyi ker min paigni et chés poires i's ont roulé dains... dains... quitkose d' sale...

Ein aouyant cha, mossieu l' curé il a foit ène grimache : i' venoit d' finir s' poire.

EIN COURRECTIONNELLE

Un journayi d' seize à dix-huit ans, du nom d' Quainard, est pourchuivi d'vant l' tribuna, pour des brutalités qu'il a foit à un voisin, Groudous et à l' fille de ch'tichi.

Louise Groudous est appelée à dépouser. Sur l'invitation de ch' juge, alle déclinne ses noms, prénoms et proufession.

— Levez la main droite, li dit mossieur l'président.

— V'là, mossieu l' juge.

— Bien. Vous jurez de dire la vérité, rien que la vérité.

Louise a n' répond pount.

— Voyons, répondez.

— Bou, v'là, mossieu l' juge.

Et alle éyève s'main pus heut.

— Dites : Je le jure.

— J'y renonce !

Ch' public, drière elle, éclate d' rire.

Einfin, à forche d'esplications, ein parvient à li foire comprenne qu'i' feut qu'alle prête sermeint d' dire la vérité et alle finit par prounoncer : Je le jure !

Alle raconte einchuite qu' Quainard i' s'étoit éjeté su' sin père, qu'étoit un peu bu ; alle a voulu li pourter secours, mais Quainard il l'a culbutée brutalement su' l'dous, chou qui foit qu'ène voisine alle a criyi : « Ah! mon Dghu ! Louise alle est tuée ! » mais je n'étois point tuée du tout, mossieu l' juge.

Ch'est l' tour de ch'père à dépouser. D'apris l' fille vous pouvez jugi de ch'papa.

I dépose :

— J'avois l' tourtcheu ch' jour - là ; v'là que ch' Quainard qui m'atteindoit ein eimbuscade, i' m'a maltraité, flanqui des gifles... oui, des baffes, mossieu l'juge ; v'là donc que m' fille qu'alle est là, alle arrive. Atteinds, qu'alle dit, min Quainard, j'vas t' serrer tin cou, mais ch' Quainard, il est si tellemeint fort, émon, mossieu l' juge, qui flanque m' fille Louise, qu'alle est là, tenez, mossieu le juge, oui, demandez-li, il l'a flanqui su' sin dous.

Et Groudous, conteint de s' dépousition, va s'assir, serrant s' fille, peindant que ch' tribunal i' condamne Quainard à seize francs d'amenne.

POUR SAVOIR LIRE

Un batteu ein grange avoit ermerqui qu'chés
geins outour d'li qui saveint lire, comme ch'
l'instituteur, ch' curé, pis ch' noutaire ét quites
eutes de s'counaissance quand i's voulàient
lire, i's mettaient ène poire d'lénettes su' leu
nez.

Li, s'débeuchoit de n'pount savoir et d'ète
oubligi d'passer chés longues velles d' l'hiver
à s'kouffer à ch' poêle ein fémant des pipes à
rien foire. Et oussi, quand il erchuvoit ène
l'ttre — pount souveint — de l'foire lire par
quite voisin.

— Ou moins, qui s'disoit ein s'lameintant, si
j'pouvois lire comme békeup d'eutes, j'achete-
rois ène gazette et j'passerois l'temps à lire
l'poulitique.

Un bieu jour, sans rien dire à personne,
comme il avoit ène ouccasion d'aller à Péronne,
il ein profite, peindant qu'il étoit ein ville,
pour eintrer mon d'un marchand d'lénettes.

— J'viens pour vous acheter ène poire d'lé-
nettes, qui dit à ch' marchand, ein eintrant.

— Ch'est facile, qui foit ch' t'ichi, j'vas vous
ein donner à essayi.

Et v'là ch' marchand qui pose pus d'dix
d'poires d'lénettes su' l'nez de ch' batteu par-
che qu'i' li disoit toujours qu'i' n'pouvoit pount

lire. Si bien qu'à la fin, ch' boutiquyi, qui li avoit mis un live dans ses mains, s'aperchuvant qu'i' l'tenoit à l'einvers, i's met à li dire ein erriant à bouque ouverte :

— Savez-vous lire ?

— Si j'sais lire, qu'vous demandez ? Mais si j'savois lire, éjou que j'serois venu vous acheter des lénettes ?

UN GROUS NEZ

D'ourdinaire, chés pourteux d' grands ou grous nez n' sont pount coumodes et si ein les ravise par troup, i's ont toujours l'air d' croire qu'ein s' moque d'eux et pour un peu i's s' fâchereint.

Un jour, un capitaine ein retraite, s' trouvoit ein soirée à l'mon d'un sous-préfet par ù qu'i' proumenoit d' salon ein salon un nez sans parel par s' longueur et s' grousseur. Bien miux, i' n' pouvoit suppourter qu'ein l'ravise ein erriant. Chou qui foit qu'i' dévisageoit tout chacun pour découvrir, prêt à s' fâchi, ch' tito qui l'éroit l'air de l' raviser d' troup pris.

Un conseilli d'arrondissemeint, grous fermyi des einvirons, l' croise dains ène pièche où i's n'étaient quasimeint qu' tous les deux et ma

foi ! sans vouloir s' mouqui de ch' capitaine,
surpris ou premyi moumeint d' vir un parel
nez, i' l' fixe pet-ête pus que d' raison. Fu-
rieux, ch' capitaine li crie :

— Vous regardez mon nez, monsieur !

— Mais pount du tout, mossieu, qui li répli-
que tout interlouqui ch' conseilli. J' voulois
seulemeint vous... dire boujour.

— Vous avez d' la chance, qu'il erpreind ch'
l'homme ou grand nez, que j' sus dains un d'
mes bons jours, sans cha, cha ne s' passeroit
pount comme cha. Et apris tout, si vous ravi-
siens min nez, vous avez raison, car ch'est un
phénoumène et vous n'avez pount tous les jours
ouccasion d'ein vir un parel. De plus. appreind-
dez qu'i' m'a coûté pus ker à rougir que l' dôme
des Invalides n'a coûté à dorer !

Pour couper court à tout, car l' monne,
aouyant ch' capitaine cryi, s'étoit approuchi, s'
doutant bien qu'i' s'agissoit coère d' sin nez, i'
pousse ch' conseilli d'arrondissemeint à êne
tave, ein li disant :

— Savez-vous juer à l'écarté ?

— Parfaitemeint.

— Très bien. Mais foites atteintion parche
que j'sais oussi bien juer qu' j'ai l' nez creux et
ch'est pount peu dire.

. CHÉS CARTES D' VISITE

Je n'asseurrois pount qu' cha a été à l' der-
gnière fournée d' décourations du 1er janvier
apris l' quelle ein a l' droit d' pourter à s' bou-
toignère un tchout soyon vioulet, quand ein est
compris ou nombre des héreux, mais seure-
m^{en}t, i' gna pount longtemps, qu'un bon bravé
homme, à la fois grous fermyi et délégui can-
tounal, a été noùmé oufficier d'Académie.

A la vérité, il avoit putout gagni l' Mérite
agricole qu' l' eute, parche qu'il avoit pus foit
pour l' culture delle région qu' pour l'instruc-
tion ; mais n' discutons point ; l'essentiel,
ch'est qu'à soixante ans passés, i' méritoit bien
quite kose pour chés services qu'il avoit reindus,
et qu'il l'avoit, pus qu'il étoit découré, sans
même — chose pus drôle — l'avoir demandé.

J' vous laisse donc à peinser si i' fut conteint,
li, s' femme et pis s' fille, ein âge d'être mariée,
ein erchuvant l' felle d' papier qui y appreind-
doit l' bonne nouvelle. Apris avoir li à heute
voix chou qui gn' avoit d'sus, s' femme a li dit:

— Pou l'heure, i' feut t' foire foire des cartes
d' visite comme nou député — chou qu' tu
n'as jamois voulu.

— Ma foi, qui répond, cha pu s' foire.

— Et tu mettras d'zous tin nom, qu'alle erpreind s' femme, ène line popr indiqui lin nouvieu tite.

— J' vux bien, qui li réplique, mais quoi mette ?

Et les v'là tous les trois qui rumiuent, cherchant, dains leu tête, chou qu's pourront bien ajouter.

L' femme alle trève l' première.

— A t' plache, vois-tu, qu'alle dit, j' mettrois : Noumé par M. le Ministre, etc.

— Nan, qui foit, j' crois qu' cha seroit troup long.

L' jonne fille alle erpreind à sin tour :

— Mi, j' crois qui n' vouroit miux mette tout juste que : ollicier d'Académie,

— Et bé, voyez-vous, qui foit nou homme à cl és deux femmes, j' serois assez d'avis de n' mette errien du tout. Comme j' n'ai jamois été souldat, je n' pux pount être oufficier, mais puisqu' vous y tenez, afin qu' vous sucheins d'accord tous les deux, j' m'ein va mette tout simplemeint ou d'zous d' min nom : « de l'Académie », cha veut mieux qu' tout chou qu' vous m' proupouzez.

———⚬✕⚬———

UN NOUVIEU PEINTRE

Guérizou n'avoit jamois vu Paris, mais comme dergnièremeint i' s' dispousoit à y aller, i' consulte un d' ses amis, qui, li, y alloit assez souveint.

— Eh bé, v'là, qui li dit l'eute, tu vux vir chés curiousités d' Paris, ch'est justemeint l'époque d'chés Salons ; surtout n' manque pount d'y aller, ch'est à vir... Tu passeras là quites bonnes heures et tu m'ein diras des nouvelles ein ervenant.

— Ch' Salon ?... Ch' Salon ?... qui foit Guérizou sans comprenne... Enfin, je n' demanne pount miux, pusqu' ch'est à vir.

Mais tout de n'ein keup, pris d'ène idée, i' l'erdemanne à s'n ami :

— Mais si, comme tu me l' dis, j'y reste plusieurs heures et que j' sus pris d'un besoin... naturel, tu compreinds ?... Qu'meint foire ?

— T'as pount besoin d'avoir peur, qui li réplique s'n ami, i' gna tout chou qui feut... Ah ! par exempe, ertchiens bien chou que j' vas t' dire : tu n'éras qu'à demander les water-closets, cha suffira, ein te l's indiquera.

— Les water, alors, répète Guérizou, les water... qu'il erfoit pour bien s' les infiqui dains s' tête.

— Oui, closets.

Et là-dessus, i' s'ein va prenne ch' train pour Paris. Vous s' doutez bien qu'i' n'eut rien d' pus pressé, ène fois débarqui dains l' granne ville, qu' de s' foire conduire ou Salon. Peindant des heures, Guérizou s' proumoinne dains chés salles ploinnes d' tableux, qu'i' n' s'ercrandissoit pount d' raviser, pis, comme il l'avoit prévu, i' s' seint pris d'un besoin pressant. S' rameintuvant l'erquemandation de s'n ami, i' s'adrèche à un gardien :

— Pardon, m'sieu, qui li d'manne poulimeint, éreins-vous la complaisance d' m'indiqui par ù qu'i's sont chés water ?

Ch' malhéreux oublie l' mitan de ch'mout.

Ch' gardien i' réfléchit un moumeint ein répétant d' l'air d' quitz'un qui cherche dains s' mémoire : « Les Water ?... les Water ?... » Mais n' trouvant pount, il ouvert un tchout live et l' v'là qui s' met à l'ertourner, s'arrête, cherche, pis va pus lon, à chés doubelles V, pis preindant un air counaisseux, seur de s'n affoire, i' frème sin live ein li disant :

— Cet artiste, monsieur, n'a pas exposé cette année.

Peindant ch' temps-là, Guérizou i' s'ertenoit tant qu'i' pouvoit. Il a été oubligi d' sourtir pou' s' soulagi.

AU CONSEIL D' RÉVISION

Ou dergni consel d' révision qui vient de s' passer, un conscrit qu'avoit tiré ou sort un bas nimérou et qui, tout naturellemeint, étoit désigni pour servir dains la marine, s'avise pour s' foire rétourmer d' passer pour un sourd sans parel. Déjà même, ou mois d' décembe, ein s' fasant inscrire, il avoit eu soin d' foire s'n erclamation.

Donc, arrivó devant l' consel d' révision, comme i' s'atteindoit à tout chou qu'ein alloit li foire passer pour s'asseurer qu'il étoit réellemeint attoint d' l'infirmité qu'il annonchoit, i' n' bronche pount quand ein li tire un keup d' pistoulet serrant s' tête. Ch' major y avoit parló bas, parló heut, ein ploin érailles, ou point de l'échouir, demandó depuis quand i' n'aouyoit pus, bref eimployi tous les moyens poussibles pour ète seur qu'il étoit bien oussi sourd qu'i' l' disoit.

Einfin, ein magnière de rien, comme dergnière éprève, i' li dit : « Exeimpté, vous pouvez aller passer à l' toise. » Nou homme, qui s' méfie, tchiens sin sérieux et n' bouge pount pus qu'ène choque. Ch' major, pour s'ein débarrachi, est oubligi d' li foire comprenne par sinnes qui put s'ein aller, chou que ch' conscrit s' décide à foire. Mais i' n'avoit pount

putout foit demi-tour que ch' major éjette ène
pièche cinq francs drière li. A ch' bruit là, nou
feux sourd qui, conteint de n' pount ète souldat,
ne s' tenoit pus su' ses gardes tourne s' tète
vivemeint, peindant que ch' major, qui n'attein-
doit que ch' mouvemeint là, li crie d' magnière
mème à ch' qu'il l'aouiche : « Bon pour le ser-
vice ! »

———·✕✕·———

CH' MANDAT - POSTE

————

I' gna quite temps, Lémuchon, un brave
homme des einvirons d' Péronne, s'ein vient
ein ville où il avoit besoin et ein même temps,
i' proufite d' l'ouccasion pour passer ou bureu
d' poste afin d' touchi un mandat-poste d' dix
francs qu'il avoit erchu peu d' temps devant.

Ein s' préseintant à ch' guichet, i' moute sin
mandat et deux einveloppes à s'n adrèche. Ein
y avoit dit qu' ch'étoit nécessaire pour avoir
s'n argeint.

Ch' l'eimployi, apris l'avoir dévisagi, i' li dit :

— Cha n' suffit pount ; lisez ch' règlement.

Lémuchon, tout ébeubi, apris avoir mis ses
lénettes, s'ein va d' vant ène affiche coullée à
l' muraille et i' lit :

« Pour obtenir le paiement d'un mandat, il
faut établir son identité à l'aide de l'une des
pièces suivantes :

« Carte d'électeur...

Il étoit bien électeur, mais i' n'avoit pount s' carte sur li.

« ... Un diplôme d'un grade universitaire.

Il avoit bien ène tchote instruction, mais i' n'avoit jamois passé même sin certificat d'études. D' sin temps, ein ne l' donnoit pount coère.

« ... Une patente.

Comme i' travailloit d' mécanique, il étoit lon d'éte coumerçant.

« ... Un contrat de mariage.

Il étoit célibataire.

« ... Un permis de chasse.

I' n'avoit jamois cachi ; même pount bracouné.

« ... Un passeport, une carte d'abonnement sur les voies ferrées.

I' n' voyageoit quasimeint pount et ch'est tout ou pus s'il étoit monté cinq ou six fois dains s' vie ein qu' min d' fer.

« ... Une quittance de loyer.

I' payoit chés loucations de s' mason tous les mois et jamois i' n' demandoit d'erchu.

« ... Le témoignage de deux personnes connues du receveur.

I' n' counaissoit pount ch' l'erchuveux et bien coère moins chés geins que ch' l'erchuveux i' pouvoit counoîte.

Mais tout dé n'ein keup, pris d'ène idée, il

ervient à ch' guichet par ù que ch' l'eimployi i'
s' tenoit toujours et i' li dit :

— J'ai sur mi min livret d' caisse d'épargne...
Si vous voulez l' vir.

— Cha n' prouve rien, qui li foit ch' l'eim-
ployi ; vous pouvez l'avoir voulé.

Apris chelle-là, i' n'avoit pus rien à dire.
N'espérant pount pouvoir touchi ses dix francs
ch' jour-là, il est parti.

Six mois apris, ène ouccasion alle foit éraller
à Péronne. Il erpreind sin mandat et s' carte
d'électeur ein s' disant : « L' fois-là j' m'ein
vas erchuvoir mes dix francs ».

I' s' préseinte donc d' nouvieu à ch' guichet
ein disant à ch' l'eimployi :

— Oujourd'hui, j'ai m'carte d'électeur... Cha
suffira, j'espère.

Ch' l'eimployi, naturellemeint, qui ne s' sou-
venoit pus d' li, preind sin mandat, mais il
l'avoit tout juste ravisé, qui li reind en disant :

— Impoussibe, il est périmé.

Et i' explique chou qu' cha vut dire. Lému-
chon, d' coulère d' vir qu'i foulloit tant d' dé-
marches pour touchi d' l'argeint qu'i ervenoit,
est parti ein ernonchant à ses dix francs. Il a
préféré les perde putout que d'foire un pas
d' pus.

———

EIN QU'MIN D' FER

Ch' l'histoire chuivante a s'est passée ein qu'min d' fer, su l' line d' Picardie-Flandres, einter Saint-Just et Cambrai.

Dains un vagon d' troisième classe, un grous homme, qui pesoit bien seur approuchant dains les trois cheints et cherchoit à foire l' mossieu et à s' donner d' l'impourtance à keuse de s' carrure, s' prélassoit sur ène banquette à couté d'un brave cultivateur qu'ervenoit delle ville voisinne pour ses affoires.

Qu'est-che qu' ch'étoit que ch' prémyi ? Cha, je n' vous l' direz pount parche que j' n'ein sais rien. Ch'étoit tout chou qu' vous vourez. Toujours est-il qu'à un moumeint, ch' grous mossieu qui suoit à grosses gouttes parche qu'ein étoit ein ploin mois d'éoût, tandis qu' sin voisin, maigue comme un cleu étoit oussi sec qu'ène ékette, i vut prenne sin mouchoi dains s' poche et ne l' trève pount. I' cherche à droite, i' cherche à gueuche, dains ses poches d' patalon, rien : i' n'avoit pus d' mouchoi.

S'ertournant alors du couté d' sin voisin, i' li dit brutaillemeint :

— Ch'est vous qui m'avez pris min mouchoi.

Ch' cultivateur, sans s'émuvoir l' moins du monne, i' ravise nou homme ein ploins yux et i' s' conteinte, pour toute réponse, d'éheuchi s'z épeules.

Quites minutes apris, l'eute il ertrève sin mouchoi. Il l'avoit fourré, sans l' foire esprès drière sin dous, su l' banquette.

— J' vous demanne pardon, qui dit oussi brusquemeint à sin voisin que l'prémière fois, je m' sus trompé ; j' vous avois pris pour un vouleu.

— Nous s'éteins berlusé tous les deux, qui li répond ch' cultivateur : mi, j' vous avois pris pour un homme bien élevé.

UN DISEUX D' BONNE AVEINTURE

Un diseux d' bonne aveinture, mitan sourcyi et mitan mendjiant, alloit d' village ein village, et pour deux sous, i' disoit, selon li. l' passé, l' préseint pis l'avenir à cheûtes qu'ils étaient assez souls pour perdre êne mastoque. Quitfois même, i' demandoit davantage, quand il avoit affoire à quite nayu.

Ch'est chou qu'il est arrivé i' gna peu d' temps dains un village qu' je noumerai pount. A l' première ceinse qui voit, il einte, et, s'adréchant à ch' motte delle mason ein train d' déjéner avu ses ouvryis, nou homme esplique s'n affoire. I' raconte qu' pour dix sous i' dit l'avenir à n'importe quèche.

· Ch' fermyi i' dit :

— Et bé, vous tombez bien... J'ai cair qu'ein m'appreinche chou qui put m'arriver : delle magnère-là, ein put s' tenir sur ses gʒrdes.

Et preindant éne belle pièche dix sous toute nève dains sin porte-mounnoie, il l' met dains l' main de ch' l'homme. Ch' tichi il erpreind :

— Si vous voulez m' donner cinq sous d' pus, avu l'avenir, j' vous dis vou passé.

— Ah ! cha, j' vux bien, qui foit ch' ceinsyi. Nous voirons si vous êtes capable.

Et il erdonne deux mastoques et un tchout sou.

— Pis, pou l'heure, parlez.

— Ch'est facile, qui foit ch' mitan d' sourcyi... J' parie qu' vous avez été malhéreux ein ménage ?

— I' gna pus d' vingt ans que m' pove femme alle est morte, et nous n'avons été mariés qu' dix-huit mois.

— Vous avez dù perde des bêtes à la chuite d' maladie.

— I' gna plusieurs ennées qu' je n'ai point eu ène d' malade.

— Je m' berluse pet-être.... Mais vous avez dù foire des voyages ?

— J' me suis racheté et je n'ai jamois été plus lon que l' ville d'à couté.

— Allons ! allons ! qui dit ch' l'advineux,

donnez-mé vou main... J'y lirai pus couram-
meint... J'y sus pou l'heure... Vous avez foit
ène perte d'argeint i' gna pount longtemps ?

— Ch'est vrai, répond ch' fermyi, j'ai perdu
chés quinze sous que j' viens d' vous donner.

Là-dessus, preindan t l' porte, ch' cherlatan
il a décampé. Il a bien foit, parche que j' crois
que ch' ceinsyi i' l'eroit pourchuit.

———— ‹‹∞›› ————

PAS SI BÊTE QU'EIN L' PEINSE

————

Un viux marchand d' léguèmes qui menoit
un viux bourrique attelé à ène tchote kerriole,
chuyoit ène route, quand i' vient à foire l' rein-
conte d' deux hommes assez bien habillis et
qui paraissaient ète des voyageurs d' coumerce
ou bien des coumis d' fabrique. Ou moumeint
qu'i' l' z'erjoint, sin bourrique s' met à braire
d' tous ses forches.

Chés deux hommes voulant s' mouqui de
ch' marchand, l'un d'eux li dit :

— Pourquoi donc qu' vous laissez cryi vou
beudet comme cha ?... Vous n' pouvez pount li
douner chou qu'i' li feut ?

Ch' marchand, qu'étoit long d'ète oussi nayu
que l' pensaient chés deux étourgneux, y eux
répond :

— Min bourrique est si conteint d' reincontrer ses frères, qu'i' n' sait qu'meint foire pour vous moutrer s' gaieté. Ch'est pour cha qu'oussitout qu'i' vous a eu vus, il a eintouné un air de s'fachon pour vous dire boujour.

PARTAGE D' BIEN

Il arrive quite fois, raremeint oujourd'hui et cha n'ein vut que miux, qu' des pareints partagent leu bien d' leu vivant einter leux enfants.

V'la l' réponse, qui n' manque pount d'esprit, qu'a foit un père à ses enfants qui, ein retour d' l'abandon d' ses terres einter eux, lui proumettaient d'ête, comme a dit nou bon pouète picard Crinon, dains ène d' ses *Satires* :

Al' lave, à ch' fu, toujours el miux plachi,
El miux nippé et pount ch' pus mal couchi.
Rien à leus yeux n' s'ro troup friand pou' s' bouque.

A leu demanne, nou homme ajourne s' réponse à deux mois d' là, ein erquemandant à ses enfants d' bien raviser chou qu'il alloit foire. I' preind un nid d' moinets et il einfrème chés tchouts jonnes dains ène cage qu'i' plache ein dehors de s' mason, serrant ène fernète. Ou d' bout d' quites jours, i' foit oubserver à ses flux que ch' père et pis l' mère i's venaient

y eux appourter à maingi régulièremeint comme
si i's avaient été dains leu nid.

Quand chés jonnes d' moinets i's ont été assez
forts pour pouvoir y eux suffire, nou homme il
l's a foit einvoulé, pis il a attrapé ch' père et
pis l' mère et i' l's a mis dains l' cage à leu tour.
Chés tchouts moinets, si bien soignis par leux
pareints, ne s' sont seulemeint pount ertournés
d'eux, si bien qu'à rester dains leu cage sans
nourriture, i's sont morts.

— Eh bé ! qui dit alors ch' fermyi à ses en-
fants, qui n'.n'ervenaient pount delle conduite
d' chés tchouts moinets einvers leux pareints,
vous l' voyez, m'z amis, qu'i' n' feut jamois
compter su cheutes qu'ein a élevés. Des tchouts
ézieux vientent d' vous ein donner un triste
exeimpe. Et bé, ertenez bien ène chose : ch'est
qu' nous eutes hommes, nous n' voulons sou-
veint pount miux qu' chés bêtes, sous ch' rap-
port-là.

L'VOITURE A VAPEUR

Deux voyageurs ervenaient d'ène ville voi-
sine ein carriole, tout ein fémant des cigares.
I's devisaient tout tranquillemeint sans peinser
à rien, quand tout dé n'ein keup, i's s'aperchoi-
tent qu'i's sont ou mitan d'ène fémée qui n' ve-

noit pount d' leux cigares. Sans doute qu'
quites étinchelles, en kéyant d'leux cigares avu
l' chenne, avaient mis l' fu à ch'l'étroin qu'i's
avaient d'zous leux pieds et drière eux. Pour
eimpêchi leu voiture d'brûler, i's n'ont eu que
l'temps d'elle détoinne, avu bien des ruses, ein
piétonnant d'sus tant qu'i's ont pu.

Comme i's étaient arrêtés, i's ont été erjoint
par un homme qui v'noit drière eux à qu'veu.
Serrant eux, il arrête s' bête et i' s'informe d'
chou qu'i' s'passe.

— I' gna longtemps, qui dit à chés deux voya-
geurs, que j'voyois bien qui gn'avoit d'elle fémée
qu'alle débuoutoit d'vou carriole.

— Pourquoi, si ch'est tant, qu'vous n'nous
avez pount avertis? qui li réplique ch'proprié-
taire d'elle voiture.

— Bé, émon, qu'il erpreind ch'cavailli, i' gna
oujourd'hui tant d'inveintions nouvelles que
j'croyois qu'vou voiture alle alloit à vapeur...
Cha éroit pu être un outoumoubile.

———✠———

ÈNE GRÈVE

Ch' n'est pount d'oujourd'hui qui gna des
grèves. La preuve, ch'est qu'ein m'a raconté
qu' dains l' temps, chés marchannes des einvi-
rons d'ène tchote ville d' la Somme, qui venaient

tous les semmedis d' chaque semoinne venne
leu burre, leux ufs et pis leux voulailles, s' sont
mis un bieu jour ein grève, parche qué ch' maire
il avoit décidé avu sin consel municipal d'
rougmeinter chés droits d' plache d'sus ch'
marchi. Ein appreindant cha, un semmedi qu'i's
arrivaient d'sus l' plache, tous chés bounets
blancs n' n'ont été sens d'sus d'sous. Pousant
leux peignis à terre et mettant leux poings
d'sus leux hanques, v'là chés langues qui rou-
tellent, et si bien, qu'i's décident tertoutes de
n' pount s'installer tant qu'ein n'éra pount
ermis les choses comme edvant.

Cha tasoit un tumulte sans parel su' l' plache ;
des rassembelmeints s'fourmaient d' tous côtés
dains lesquels ein discutoit avu animation ;
chés femmes delle ville, venues pour foire leux
prouvisions comme d'habitude, s' débeuchoient
de n' pount trouver l' pus tchout poulet et
crioient amèremeint conte l' gouvernemeint
d'ête keuse d' chou qu'il arrivoit : ch'est tou-
jours comme cha qu' cha s' passe, dains tous
les temps pis dains tous les pays.

Ch' bruit qu' tous chés femmes fasoient ein-
sianne étoit tellemeint grand, qu'à la fin, un
conseilli municipal, qui voyoit cha d'puis quite
temps d' ses fernètes, i' dévale et queurt pré-
venir chés gendarmes. Il arrive tout essoufflé à
l' caserne et i' dit à ch' premyi gendarme qu'il
erjoint :

— Mossieu, venez vite su' l' plache... l' gna

là des bennes d' femmes dont ein n' put pount
venir à bout... J' crois bien qu' ch'est ène
émeute, ène révoulution...

— Pourquoi donc? qui demanne ch' gen-
darme.

— I' gna pount su' ch' marchi un saul dindon,
ni aison, ni rien...

— J'y vais, répond simpelmeint, ein mettant
sin cheinturon, l'erpréseintant d' l'outourité.

⊷◈⊶

HISTOIRE D' PÊCHE

Un sous-préfet, qu'habitoit ène tchote ville
d'puis longtemps, étoit un pêcheu' à l' line sans
parel Tous les jours, d' grand matin, oussitout
que l' pêche alle étoit ouverte, ed' vant s'ouc-
cuper des affoires de s'n arrondissemeint, i'
partoit pou' ch' canal avu tout un attirall. Dains
l'apris-midi, quand il étoit libe avu ses admi-
nistrés, bien souveint il erpreindoit l' même
qu' min. Ch'étoit s' seule passion, sin meilleur
divertissemeint et i' préteindoit qu' cha l'er-
pousoit delle poulitique. Sans compter que
s' femme alle étoit bien conteinte quand i' li
rappourtoit d' quoi foire ène bonne friture.

Cha duroit comme cha d'puis d'z ennées et
d'z ennées, parche qu' dains ch' temps-là, chés

sous-préfets i's kangeaient moins qu' pou
l'heure. Si bien qu'il avoit fini par avoir s' pla-
che attitrée su' l'bord de ch' canal : un eindroit
foit esprès pour li, qu'il avoit dénichi quite
temps apris s'n arrivée, par ù qu'i' pouvoit fé-
mer s' pipe tranquillemeint, tout ein rélevant
s' line d' temps ein temps, seur qu' personne n'
vieinche l' déraingi, surtout qu'ein n'éroit pount
ouseux li prenne, parche qu' tous chés pêcheux
delle ville i's savaient qu' ch'étoit « l' plache d'
Mossieu l' Sous-Préfet ».

Mais vous voyez d'ichi s'n étonnemeint, s'n
ahurissemeint même, quand un bieu matin,
qu'il arrivoit comme d'habitude, ch'est qu'i'
trève à s'plache ?... Un homme, ein train d'
pêchi. I' n'a même été tellemeint estcumaqui
qu'il a manqui d' querre à l' reinverse dans
ch' canal. Comme i' n' pouvoit li dire, i' s'est
conteinté d'aller s' pouster pus lon, mais cha
n' fasoit pount s'n affoire et, tout bouleversé
d'ène parelle aveinture, i' n'a pris ch' jour-là
qu'ène méchante épinoque. D' coulère, il est
reintré ein ville et il a raconté la chose à s'
femme qui, tout ein n'ervenant pount elle-
même, n'y pouvoit rien. Chou qu'alle ergretloit
l' pus, ch'étoit s' friture.

L' lennemain, il y erva : même tour ; l' sur-
lennemain, ch' l'individu il étoit toujours à
s' plache ; ein éroit dit qu'il fasoit esprès : i'
ne l' saluoit même pount, ouccupé qu'il étoit
d' raviser sin bouchon. Il avoit bieu se lever

matin, i' n'arrivoit jamois ch' prémyi, l'eute il
étoit toujours là d'vant : ch'étoit même à croire
qu'il y passoit l' nuit. Cha n' pouvoit pount
durer.

Ou d' bout d' quites jours, ch' sous-préfet i'
s'est infourmé pour savoir qué ch'est qu' ch'é-
toit que ch' l'homme qu'i' y avoit pris s'plache.
Ein y a appris qu' ch'étoit un percepteur nou-
vellemeint arrivé, grand amateur d' pêche
oussi et pount ou courant d' l'usage. Pour ène
raison ou pour ène eute, ch' sous-préfet il a
tout d' chuite demandé sin kangemeint. L' se-
moinne d'apris ch' percepteur, sans y rien com-
prenne, erchuvoit l'ordre d' s'ein aller ailleurs
et du keup, Monsieu l' Sous-Préfet, tous les
matins, il a erpris s' plache su' l' bord de ch'
canal.

FORT EIN CALCUL

Un fermyi, qui savoit tout juste lire et écrire,
mais qu'avoit mis quites sous d'couté à forche
d'ma, d'travail et d'écounoumie, voulant qu' sin
fiu ein seuche pus long qu' li, l'avoit mis ein
peinsion ein ville, à l'âge d douze, treize ans.

I' gn'avoit déjà un bout d'temps qu'il y étoit,
pet-ête dix-huit mois ou deux ans, quand un
jour il ervient passer ses vacances à l'mason

d' sin père. Comme i's s'asseyeint pour dîner,
les tandis que l'mère alle déhouquoit ch'keudron,
ch'feimyi, pour s'reune compte d'chou qu'sin
fiu appreindoit ou coullège, i' s' met à l' quest-
chionner.

— Et bé, voyons, min garchon, qui li dit,
emploies-tu bian tin temps ? D'viens-tu un sa-
vant là-vas ? Ch'est qu'vois-tu bien, i' n'feut
pount que j'dépeinse m'n' argeint pour rien.

— Oh ! qui répond ch' l'écouyi, j' crois bien
qu' j'appreinds toutes sortes d' choses.

— Sais-tu surtout compter ? Ch'est l'essen-
tiel, cha.

— Alle dergnière composition, j'ai été premyi
éin arithmétique, papa, et t'nez, j' pux vous
donner ène prève que j' sais foire des comptes
qu' vous n' fereis pet- éte pount vous-même.

— Je n' dis pount nan : j' sus lon d'éte oussi
instruit qu'ti, parche que j' n'ai pount usé bé-
keup d' maronnes su' chés bancs de ch' l'école.

— Eh bé, v'là : combien croyez-vous qu'i' gna
d'plats d'sus l' tave ?

— Deux, qui répond ch'père : un plat d' mou-
ton et pis un plat d'gouettes.

— Nan, vous s' berlusez... l' gné na trois.

— Ah ! par exempe ! cha, cha m' surpasse :
j' serois curieux d' counoite tin raisonnemeint.

— Rien d' pus facile : plat d'mouton, cha
nous ein foit un ; plat d' gouettes, cha nous foit
deux. J'additionne et j' dis : Un et deux font
trois.

— Ch'est juste, qu'il erpreind ch' fermyi.
Pour lors, t'mère et pis mi, nous allons maingi
chés deux plats qu' v'là ; ti, t'éras ch' troisième.

I' paroit qu'apris l' léçou-là, ch' jonne homme
i' n'a pu jamois voulu ein savoir pus qu' sin
père.

CH' CHOU & L' MARMITE

I's étaient là ène benne dains chés kamps ein
train d' chercler des betteraves et comme
l'heure d' l'erchinée, annonchie par un train
qui venoit d' passer, étoit venue, i's s'étaient
réunis tertoules pour maingi et passer ène
mi-heure einsianne. I's devisaient donc d' chose
et d'eute, quand tout de n'ein keup, l'un d'eux,
qu'avoit été souldat ou lon, dains chés coulou-
nies, s' met à raconter qu'einter tous chés cu-
riousités qu'il avoit vues peindant ses voyages,
ch'étoit un chou sans parel, tel qu'ein n' pou-
voit pount se l' figurer.

-- Sans cha, qu'il ajoute, pour vous ein don-
ner ène idée, je n' sais pount à quoi l' récom-
parer.

— Etoit-i' pus grous que ch' koinne qu'ein
voit là-vas à ch' kuin d' bous, qui li demanne
un de z'erchineux ?

— J' crois ma finque bien, qu'il erpreind

ch' premyi chercleux. Il étoit d'ène heuteur et
d'ène grousseur estraourdinaires. A tel point,
émon, qu'un bieu jour, peindant un ourage,
durant l'quel nous s'éteins déjà mis ou koi
d'zous, chinquante cavayis accueurtent ou grand
décime galoup pour s'y abriter oussi et qu'
quand i's s' sont eu raingis tertoutes, avu leux
qu'veux, pount un n'a été fréqui.

Là-dessus, i' s' tait.

Un eute, qui r'venoit également du service,
i' raconte a sin tour qu'i' n'a pount été oussi
lon qu' sin camarade, mais qu' n'eimpêche,
qu'il a eu oussi l'ouccasion d' vir quite kose
qui l'a bien étoué.

— Ch'étoit, qui continue, ène marmite comme
ein n' put pount se l'imaginer. Pus d' cheint
ouvryis i's y travaillaient jour et nuit et ein
avoit installé un treul pour dévalé d' dains et
aller jusqu'ou fond. I' foulloit pus d'ène mi-
heure pour ein foire l' tour et ein avoit été
oubligi, pou l' fabriqui, d' louer ène plache ou
mitan d' chés kamps, comme vous direins ichi,
tenez.

— Et, qui demanne ch' premyi, pour quoi
qu' ch'étoit foire, ène parelle marmite ?

— Pour foire cuire tin chou, grand mein-
teux, qu'i' répond ch' deuxième chercleux ein
erriant et l' z'eutes avuc li.

Là-dessus, i's s' sont étampis tertoutes et
i's s' sont ermis à leu ouvrage.

CHÉS DEUX PATALONS

Ch'étoit dains chés pus fortes kaleurs d' l'été. Ein étoit ein ploin éoùt. Un fermyi des z'einvirons avoit mis un patalon d' toile blanque, qu'i' n' mettoit qu' tous les ans à l' même époque, quand i' fasoit réellemeint keud. Si bien qu' ses ouvryis, quand i' voyoient ch' patalon, i's s' disaient : « L' fois-là, ch'est sinne qu' l'été il est arrivé et qu'i' va foire djabelmeint keud. »

Un jour, un d' ses varlets, eimbêté d'aouir toujours parler de ch' fameux patalon blanc, i' dit à ses camarades :

— Apris toute, i' gna pount que ch' moite qui put avoir un patalon blanc... Mi oussi, je n'ai un, et la preuve, ch'est que demain j' vas l' mette. Delle magnère-là, j' serai outant que ch' patron.

Chou qui fut dit fut foit. L' lennemain, il avoit mis un bieu patalon blanc tout nuf qu'il avoit acheté quite temps d'vant ein ville, et tout l' matinée il a kerryi d'éoùt avu sin patalon.

A midi, peindant l' prangère, comme tous chés varlets i' fasaient un somme dains l' grange, un tchout varloutcheu qui passoit dains l' cuisine, i' voit sin camarade aquetlé à l' fernète, ein train d' raviser dains ch' gardin. Tout douchemeint, i' s'approche sans bruit, et pour li foire ène farce, i' li einvoie à roie bras ène clique tant qu'i' put su' sin drière.

Tout oussitout, ch' moite — car ch'étoit li et non ch' varlet — i' s'ertourne ein fasant ène grimache de ch' keup erchu et ein disant : Aïe !

Ch' doumestique, ein voyant qu'i' s'étoit herlusé, n' savoit pus par ù s' mette. I' dit à sin moite :

— J' vous demanne excuse, Môssieu, j' croyois qu' ch'étoit Jean... à keuse de ch' patalon.

Ch' fermyi, qu'étoit bon homme ou fond, i' s'est conteinté d' li réponne :

— Quand chéroit été Jean, ch' n'étoit pount ène raison pour buqui si fort.

ÈNE DÉFINITION

Ch'étoit un dimanche apris-midi. I's étoient là toute ène benne ein train d' boire des chopes, assis outour d'ène tave.

Un homme, miux habilli qu'eux tertoutes, i' sourtoit ou moumeint qu'un voisin, appelé Jirou, il eintroit.

Voyant l's eutes parler avu animation, i' s'assit à couté d'eux pour aouir chou qu'i's disaient et i' qu'manne ène chope.

4

Tout de n'ein keup, un d' cheux-chi, Poulite, s' tournant d' sin couté, i' li demanne :

— Et ti, Jirou, es-tu soucialisse ?

Sans li réponne. ch' tichi i' dit :

— Quoi qu' ch'est do ch' l'homme à capieu heut que j' viens d' craizyi dains l' cour ?

— Va marche, qu'il erpreind un eute, ch'est un homme rudemeint capabe et qui les sait longues : i' vient d' nous ein raconter d' tous les seins pis d' tous les sortes. Sans cha, tchiens, demanne putout à Poulite, i' sait quoi, li.

— Eh bé, pus, qui foit Jirou, dis-m'ein peu chou qu' ch'est qu'un soucialisse.

— Cha n'est pount malin, va, qui réplique Poulite, conteint qu'ein li demanne s'n avis. T'as querre à fémer, émon ?

— Oui, qui foit Jirou, tout ein bourrant un viux *te deum* tout noir.

— Eh bé, t'as un sou, j'ai ène pipe. T'ajètes du toubac ; j' te l' demanne, tu me l' donnes.

— Pis apris ?

— Apris, je l' fème.

— Eh bé, et mi ?

— Ti, tu raques.

— Merci, j' n'ein sus pount.

————•✕•————

UN DIVORCE

Ch' moinage Chouclet i's fasaient ène vie d'einfer. Du matin ou nuit, i's disputaient pour erquemeinchi l' lennemain, et ch'étoit comme cha d'puis l' jour d' leu mariage. Si bien que d'puis qui vivaient einsianne, i's n'avaient jamois été ène heure d'accord, s'er-prouchant des bétises qui n'ein voulaient pount l' poinne, mais qui faisaient qu' leux querelles i's degénéraient souveint ein batailles, si bien qu'ou pus fort d' leu coulère, i's s'einvoyaient à l' tête tout chou qu'i's trouvaient à leu pourtée. D'eutes fois, ch'étoit à keuqs d' puings qu'i's cherchaient à avoir raison, et comme ch'l'homme il étoit pus fort que s' femme, chelle-chi alle étoit sainsé avoir toujours tort. Pou s' veingi, l' lennemain, alle s' mettoit à l' piquionner, si bien qu' ch'étoit un ju sans fin.

Un jour qu'i' avaient foit un boucan pu fort qu' d'habitude, même qu' chés voisins avaient été cherchi ch' garde pour les eimpêchi de y eux tuer, l' femme alle dit tout dé n'ein keup à s'n homme :

— A la fin, je n'ai assez de ch' l'existence-là. J' vas en finir.

Et là-dessus, a s'ein va en claquant l' porte tant qu'alle put. Chouclet i' n'étoit qu'à mitan rasseuré, parche qu'i' s' demandoit chou que s' femme alle étoit bien partie loire : comme il l' counaissoit, i' savoit qu' dains s' coulère alle étoit bien capable d'être allée s' détruire.

L' femme Chouclet alle avoit été tout simpelmeint trouvé ch' maire et ein arrivant a y avoit dit :

— Mossieu l' maire, cha n' put pus durer pus longtemps comme cha : j' viens vous trouver pour m' dévourer.

— Qu'meint cha, qui répond ch' maire, un homme d'ène soixantoinne d'ennées, d' seins rassis et d' bon consel. Si vous voulez vous dévourer, vous n'aveins pount besoin d' venir m' trouver.

— Vous n' compreindez pount, parche que j' m'explique mal, qu'alle erpreind l' femme quand alle a été un peu rapurée. J' vux min divorce d'avu' m'n homme. Voulez-vous m' donner l' marche à chuire, m' dire chou qu'i' feut que j' foiche ?

— Si vous êtes bien décidée à n'ein venir là...

— Oui, oui, cha n'est pus poussible outroumeint... l' gna troup longtemps qu' cha dure et que j' patiente... l' voira quand i' sera ein part-li si i' sera pus héreux.

— Pusqu' ch'est ainsi, j' vas me n'ouccuper.

L' femme Chouclet alle ervient à s' mason ein ruminant dains s' tête chou qu'alle pourroit bien einveinter pour foire einderver s'n homme.

Huit jours appris, alle errarive mon de ch'
maire et alle einte comme l' veint d' bise.
Sans même dire boujour, alle crie :

— Min divorce ! min divorce ! à quoi qui
n'est ?

— Mais i' chuit sin courant : i' n'est même
pount prêt d'ête fini, pusqu'i' n' foit qu'meinchi,
qui répond ch' maire tout interlouqui par ène
parelle eintrée.

— Ah ! bé, tant miux, qu'alle erpreind l'
femme, arrêtez-le tout d' chuite.

— Qu'meint cha, vous êtes donc raccou-
moudés ?... Eh bé, tant miux, j'ai pus cair cha,
parche qu' ch'étoit l' premyi divorce qu'i' gn'a-
voit dains l' coumune.

— Raccoumoudés ? qu'alle erpreind l' femme,
bé, i' gna pount d' dangi. Ch'est-à-dire qu'
nous sommes séparés pus qu' jamois, et même
pour toujours, l' fois-là. M'n homme il a été
écrasé ou matin par ch' qu'min d' fer et j' vas
demander des doumages-intérêts.

DUPONT & DUBOIS

Dupont. — Tchiens, ch'est ti, min viux Du-
bois, qu'meint qu' cha va ?

Dubois. — Mais, pount troup mal, et ti ?

Dupont. — Pount mal non pus, j' t' ermercie...
A proupous, dis donc, i' paroît qu' t' es pou' t'
marier, à chou qu'ein m'a raconté.

Dubois. — Oui, mais ch'est fini.

Dupont. — Bah !... Et bé, einter nous, tu
sais, t'as bien foit, parche qu' si alla a d' l'ar-
geint, ch'est s' seule qualité.

Dubois. — Ch'est t'n avis ?

Dupont. — Et pis, tu sais, s' fourtène a n'est
pount si seure qu' cha. Sin père i' put l' perde
d'un jour à l'eute.

Dubois. — Tu crois ?

Dupont. — Mais, dis-mé peu qu'meint qu' tu
t'y es pris pour l' ermercyie.

Dubois. — Je ne l'ai pount ermercyie.

Dupont. — Qu'meint, ch'est elle, pus. Cha
m'étonne, parche qu'alle avoit flèremeint einvie
de s' marier.

Dubois. — A n' m'a pount ermercyi non pus.

Dupont. — Ch'est donc sin père, si ch'est
tant.

Dubois. — Du tout. Sin père étoit ein n' pus
pount pus conseintant à ch' mariage-là.

Dupont. — Ch'est drôle... Mais alors, qu'-
meint qu' cha s'est foit ?

Dubois. — Delle magnière l' pus simpe du
monne : nous sons mariés d'puis jédi dergni.

Dupont. -- Ah ! je m' disois oussi... Mais
m'n ami, j' sus pressé... A nous ervir, jé m'
seuve.

Là-dessus, Dupont aprïs s'ête aperchu qu'il

òroit miux foit de s' taire, est parti et queurt
coère.

———⋘⋙———

. ALLEZ VOUS ASSIR ! .

————

Ch'est tout partout que l' loi Naquet alle est
appliquie et pas mal d' geins ein prouftent pou'
s' démarier.

Dergnièremeint, òne pove femme, que s'n
homme, un brutail, battoit par troup, plaidoit
pour oubtenir sin divorce.

Apris avoir einteindu ch' l'homme et pis
l' femme, ch' présidrnt i' foit appeler chés
témoins.

Ch' prémyi appelé i' raconte qu' tous les
jours il einteincloit Franchois rabuqui s' femme.

— Mais, questchionne ch' président, vous ne
l'avez pas vu ?

— Nan, mossieu l' président, je l'ai seule-
meint einteindu.

— Si vous ne l'avez pas vu, vous ne pouvez
répondre de rien. Allez vous asseoir !

Ch' deuxième témoin, appelé à sin tour, i'
répète l' même chose.

— Allez vous asseoir, qui li dit oussi ch' pré-
sident.

Arrive l' tour d'ène bonne vieille femme qui
dépose delle magnière chuivante :

— J' reste à couté d' Franchois : i' gna qu'ène tchote paroi pour nous séparer. J'einteinds donc tout chou qu'i's ditent et j' pus vous asseurer, mossieu l' Président d' la République...

— Monsieur l' Président, seulement, qui foit un d' chés juges.

L' vieille femme alle erpreind :

— Oui, mossieu l' Président d' la République...

Tout l' monne s' met à rire et ch' président voyant qu'i' ne l'ein fera pount démorde, i' li dit d' continuer.

— Donc, j' pus vous asseurer que l' pove femme alle est pus souveint ramanchie qu'à sin tour...

— Mais, qui li dit ch' président, perdant patienche, à la fin, l' l'avez-vous vu ?

— Je ne l'ai pount vu, mais j' sus bien seur qu' Franchois i' buque souveint sin bounet blanc, et fort, écoère.

— Si vous ne l'avez pount vu, allez vous asseoir !

Comme l' vieille femme a s'ertournoit pour s'ein aller, alle foit einteinne un tchout bruit su' l' nature duquel ein n' pouvoit pount s' berluser et tout l' monne de s' mette à rire.

Ch' président, ein coulère, i' l' foit ervenir.

— Madame, qui li dit, vous venez de manquer de respect au tribunal.

— Je n' compreinds pount, mossieu...

— Vous vous êtes oubliée, et...

— L'avez vous vu ?

— Non, mais je l'ai entendu.

— Eh bé ! qu'alle erpreind l' bonne femme, si vous ne l'avez pount vu, allez vous assir !

Cheutes qui ont assisté à l' séance-là, i's n'ein ritent écoère.

———•✕•———

A L' CACHE

Un bieu matin, plusieurs cacheux, apris ène granne tournée dains chés kamps, peindant l'quelle i's avaient gagni pus d'appétit qu'i's n'avaient tué d' gibyi, eintent dains ène ouberge pou' y eux rassazyis et quemannent a l' femme ène omblette ou lard.

Chelle-chi, qui n'avoit sans doute pount tout chou qui li fouloit pou' y eux donner chou qu'i's li demandaient est oubligie d' sourtir. A y eux dit qu' dains dix minutes, un tchout quart d'eure ou pus, i's seront servis et apris y eux avoir servi à chacun ène chope, histoire d' les foire patienter, alle sorte.

Quite temps apris, comme elle reintroit, jugez de s'n étonnemeint ein voyant tous chés cacheux déjà assis outour delle tave et ein train d' maingi ène omblette du meilleur appétit.

Pus èque surprise, a y eux demanne qu'meint qu'i's s'y sont pris pour foire leu maingi.

— Ma foi, qui dit l'un d'eux, nous avons trouvé d'z ufs et nous avons foit ch' l'omblette nous-mêmes.

— Mais ch' lard, qu'alle erpreind l' femme, ch'est justemeint cha qu' j'avois été vous querre mon de ch' chercutchi pour qui fuche pus fraîche, par ù qu' vous n'avez trouvé ?

— Bé, là, ravisez, qui foit un eute, d'sus l' planque.

— Ah ! mon Dghu !

— Quoi donc ? qui critent tertoutes einsianne.

— Eh bé, je n' sais pount si m'n homme i' va ête conteint ein reintrant : vous avez pris ch' mourcieu dont i' s' sert pour graissyi ses soulais !

<hr>

CHÉS TROIS FAGOUTS

J'ai counu un brave homme qui s'est vu dains l'oubligation d' vouler trois fagouts pou' n' pount moirir d' froid peindant un hiver, et cha, parche qu'i' n'a pount eu l' temps d'atteinne qu' l'administration alle vuche bien les li veinne.

S'adréchant un jour à ch' garde d'un bous appartenant à l'Etat, i' li demanne à acheter trois fagouts d'épennes, vous savez, d' chés fagouts coumuns généralemeint veindus quate sous plèche.

Ch' garde, voulant l' reinsigni, i' li répond qu' si i' vut des fagouts, i' feut tout d'abord qu'il adrèche ène demanne sur ène felle d' papyi timbré d' douze sous à Mossieu l' préfet.

Surpris, ch' l'acheteu d' fagouts i' réplique :

— Mossieu l' préfet, i' m' répondra-t-i' ?

— Cha dépeind, qui foit ch' garde, fort ou courant ein matchère d' veinte d' bous. Mossieu l' préfet i' consultera ch' conservateur des fourèts ; ch' tichi, à sin tour, i' demandera par écrit ch' l'avis de ch' l'inspecteur. Ch' dergni consultera ch' garde général qui, d' sin couté, apris n' n'avoir parlé avu ch' brigadji, décidera si, oui ou nan, ein put vous donner vous trois fagouts d'épennes.

— Einfin, dit nou homme, résigni à aller jusqu'ou d' bout, Mossieu l' préfet i m' répondra-t-i' dains quinze jours ?

— Il écrira à ch' sous-préfet de l'arrondisse-meint, l'quel einvoir:e l' réponse à ch' maire d' vou coumune, apris qu'ein éra en infourmé Mossieu l' conservateur et Mossieu l' trésouryi-payeur général. Ch' tichi, à sin tour, préverra s'n erchuveu particulyi qui, d' sin couté, avisera ch' précepteu de ch' canton. Ch'est alors que vous serez invité à passer à s' caisse pour y verser la somme d' soixante centimes, prix d' chés trois fagouts qu' vous voulez acheter.

Vous érez donc à vous renne ou chef-liu d' canton pour payi, et conte vou argeint ein vous donnera un erchu su' l' vu duquel j' vous servirai trois fagouts, mais pount d'vant ; ch' les quaisirai même bieux et grous, parche qu' ch'est vous ; mais avant cha, bernique ! j' n'ai pount l' droit d'erchuvoir comme cha d' l'argeint du gouvernemeint.

Là-dessus, nou homme, qui n'avoit rien compris à d' parelles esplications, est parti estoumaqui et ruminant dains s' tête qu' ch'étoit bien difficile d'acheter trois misères d' fagouts dé rien du tout. Pis, songeant qu'i' n'eroit pount d'vant trois mois, ch'est-à-dire apris l'hiver, ch' bous dont il avoit besoin tout d' chuite, i' n'a foit ni ène ni deux : l' jour-là même, à l' brenne, il a einlevé ou pas d' course chés fagouts qu'il avoit cherchi à s' proucurer hounêtemeint.

TUÉE OU GUÉRIE

L' femme d'un brave homme des z'einvirons, alle vient tout dé n'ein keup à querre malade, et d' jour ein jour, a s' trève d' pus ein pus mal. Nou homme i' finit par s' décider à consulter un médecin. I' s'ein va donc cherchi un

cérusien à ch' village voisin, parche qu'i' gnó
n'avoit pount à l' sienne.

Ch' médecin arrive, il interroge l' femme,
l'examine, l'ousculte et ervient dains l' chamme
d'à couté pour foire s'n ourdounance. Mais tout
ein écrivant, i' ravise outour d' li, et ein voyant
l'état minabe delle mason, i' donne à cint-inne
à ch' moite qu'il a peur de n' pount ête payi
d' ses vjsites.

— Mossieu, qui dit ch' l'homme, j'ai là cheint
écus dains nou ourmaillo, et qu' vous tueins-che
ou qu' vous guéricheins-che m' femme, ch'est
pour vous.

Rasseuré, ch' médecin s'ein va, pis ervient
quites jours apris. Mais, ou d'bout d' peu d'
temps, l' malade alle vient à moirir.

Plusieurs mois apris, ch' cérusien, passant
par ch' village, einte à l' mason d' nou homme
pour réclamer sin dù.

— Ah ! mossieu, qui dit ch' povre homme,
pount coère consoulé delle perte de s' femme,
malgró ch' malheur qui·m'est arrivé, j' sus prêt
à tenir m' proumesse. Laissez-m'ein vous foire
seulement deux tchotes questchions : Avez-vous
tué m' femme ?

— Tué ? qu'il erpreind ch' médecin, qu'meint
tué ? Asseurémeint nan.

— Tant miux, pus ! L'avez-vous guérie ?

— Hélas ! nan.

— Eh bé ! si, comme vous ein convenez, vous
ne l'avez ni tuée ni guérie, vous êtes ein dehors

d' nous conveintions et, légalemeint, je n' vous
dois rien.

———◦♦◦———

FILLE OU FIU ?

———

S'ète cru fiu jusqu'à l'âge d' vingt, ans et
apprenne tout d'un keup qu'ein est ène fille,
vous converrez qu'i gna là d' quoi mette à
l'einvers l' chervelle l' pus soulide.

Et bé, vous m' croirez si vous l' voulez, mais
ch'est chou qu'il est arrivé à un appelé Edouard,
pourteux d' bière de s'n état. Vous avouerez
qu' pour foire ch' metchi-là, i' n' feut pount ète
un mitan d'homme, écoère moins ène femme.

Comme il avoit besoin un jour de s'n acte
d' naissance, qué n' fut pount s'n étonnemeint
ein s'aperchuvant, quand ein y a eux ermis,
qu'il étoit inscrit à l' mairrie comme étant du
sesque féminin. l' demanne donc ène esplica-
tion à ch' greffyi su' ch' l'affoire-là et l' conver-
sation chuivante a s'eingage einter eux.

— Qu' meint qu' cha s' foit, qui dit Edouard
ein ravisant s'n acte d' naissance, que j' sus
pourté là-dessus comme étant ène fille, tandis
que j' compte bien tirer à l'mélisse à ch' prémyi
tirage, preuve que j' sus un fiu.

— Cha ne m'ergarde pount, qui li réplique
d'un ton bourru ch' l'einployi delle mairrie.

Pour mi, vous n'êtes pount un homme, du
moumeint qu' vous êtes pourté su' mes lives
comme élant êne femme.

— Mais, saperlotte, j' vous asseure qu' vous
écritures i's n' sont pount justes.

— Ah ! si vous croyez que j' m'ouccupe d'
chés choses-là. J'ai bien eute kose à foire...
Vous vouleins vou acte d' naissance ? vous
l'avez, et bô servez-vous ein comme il est... Je
n' pux pount vous ein foire un eute.

— Ein atteindant, j' vous dis qu' je n' pux
pount m'ein servir tel qu'il est, parche qu'avu
mes moustaches je n' ferai jamois croire à per-
sonne que j' sus êne fille. Et pis, d'absrd, qu'il
ajoute Edouard perdant patieince, ein un mout
comme ein mille, j' sus un homme, vcus savez.

— Je n'ai jamois douté et du moumeint qu'
vous me l' dites j' vux bien vous croire, mais
écoère êne fois, je n' pux écrire qu' chou qui
gna su' mes lives.

I's éraient pu y eux chicaner tous les deux
comme cha peindant longtemps, quand Edouard,
pris d'êne idée, i' li demanne :

— Pusqu'i' n'est de la sorte, ch'est qu'i feut
que j' foiche pour qu'ein kange m'n état-civil ?

— I' feut vous adréchi ou tribunal ; la justice
alle décidera.

— Ch'est chou que j' vas foire pount pus
tard que d' main. Au revoir, mossieu.

— Au revoir, *mademoiselle*, qui li répond ch'

greffyi, n' voulant pount ein démorde, ni convenir qu'i' s'étoit berlusé.

Edouard, quinze jours pus tard, étoit appelé pour préseinter s'n erquête. Bien einteindu, apris quites esplications, ein y a accourdé l' rectification bien naturelle qu'i' réclamoit, non sans raison.

--- ⊰⊱ ---

ÈLE PIERRE MYSTÉRIEUSE

Ein venoit d' trouver ein perchant des fondations. et einterrée à peu d' proufondeur, ène assez granne pierre su' l' quelle ein pouvoit lire, trachi d' sus, des mouts qu' personne n' parvenoit à déchiffrer. Tout oussitout, bien einteindu, l' nouvelle alle a foit l' tour de ch' village. Tout l' monne est venu vir l' pierre mystérieuse, bien esposée dains ein eindroit à l'écart, et d'vant la fin du jour, ch' village eintchi avoit défilé d'vant, y compris ch' l'instituteur, ch' curé, ch' noutaire et pis ch' médecin. qui n'ont pount seu espliqui ch' l'épitaphe, putout que ch' restant delle commune. Bientout l'z einvirons y sont venus à leu tour. Chés gazettes de ch' l'arrondissemeint n' n'ont parlé l' dimainche d'apris et trois mossieux delle ville s' sont déraingis tout exprès pour veni l' vir. V'là chou qu'ein voyait d' sus l' pierre :

```
.. IC
.. IES.
. TLEC.
HEMIN.
. DESA.
. NES..
```

Personne n'y compreindoit rien. L'un disoit : « Ch'est bien seur du latin, mais d' quelle époque? Ch'est chou qu' je n' sérois pount dire ».

Ein eute erpreindoit : « l' doit manqui des lettes pour qu' cha foèche des mouts eintchis. Dains ch' cas-là, ch'est bien difficile de y eux trouver un seins ».

Ch' troisième i' dit : « Si ch' n'est pount du latin, ch'est à keup seur du viux français. Mais qu'meint l' savoir?

Eue benne d' geins attirés par l' visite d'chés savants, i'z eintouraient. Tout de n'ein keup, un bon brave homme, déjà d'un certain âge, il éclate d' rire et i' s' met à lire, ein moutrant chés mouts l'un apris l'eute avu sin doigt :

« ICI EST LE CHEMIN DES ANES »

— A revoir, Mossieux, j' vous laisse, pou l'heure qu' vous êtes su' l' voie.

Et i' s'ein va, laissiant tout l' monne aheuri do n' pount avoir pu adviner chou qu' chés lettes, écrites sans doute par quîte farceur. i's voulaient dire.

A L' FÊTE D' CLÉRY

Ch' l'histoire qu'ein va lire a s'est passée à
l' dergnière fête d' Cléry : l' troutterie, quand
i' foit sec ; l' croutterie. quand i' plut.

Ene femme venue à l' fête avu un tchout en-
fant, mais pount pour li foire vir, parche qu'i' pou-
voit bien avoir tout ou pus sept à huit mois, s' prou-
menoit d' chi d' là ein tenant un biberon dains
s' main et sin marmout dains ses bras. Comme
alle avoit l'air d' vouloir tout vir et qu' cha
devoit ête l' femme d' quite cultivateur des
z'einvirons, alle alloit à l'z eindroits qui li
plaisaient. Apris avoir ravisé chés pouloins
courir, alle a été du couté d' chés vaques et
pis d' chés vieux, qu'alle a longuemeint erlu-
qui ein femme qui s'y counoit. Pis d' là a s'ein
va ernifflé ch' boudin qui grésilloit et chés cré-
pinettes qui guernoutaient, ein s' proumettant
d'ein maingi tout ein l'heure, quand l' mou-
meint d' casser l' croûte alle seroit venue. Ein
passant, alle donne un keup d'œl à chés mar-
chands d' chuque et à l'un d'eux alle ajette
même ène mimique pour sin tchout qu'à li
donne à maquionner, pis à s'ein va vir chés
jux, chés baraques. Alle reste d'vant un cirque
et alle s'amuse à vir chés coumedjieus foire
leu parade. Quand i's z'ont fini, comme alle

vouloit s'oulfrir ch' l'espectacle, alle chuit
l' monne qui eintroit dains l' coumédie, toujours
naturellemeint avu sin tchout sur ses bras et
sin biberon dains s' main. Mais su' ch' l'es-
trade, l' femme qu'alle erchuvoit ch' l'argeint,
alle l'a arrêtée parche qu'a n' li donnoit qu'
quate sous.

— Pardon, madame, qu'a li foit, ch'est huit
sous.

— Mais qu'alle erpreind l' brave femme, j'
croyois qu' chés tchouts enfants i's n' payaient
pount.

— Oh ! ch' n'est pount pour vou enfant non
pus que j' vous réclame quate sous : ch'est
pour sin biberon.

— Qu' meint cha ?

— Dame ! Ch' biberon i' li sert d' nourriche...
et chés nourriches i's paient leu plache comme
tout l' monne.

Comme l' femme alle avoit einvie d'eintrer,
alle a erdonné quate sous sans rien ripouster...
pour ch' biberon.

A L' VELLE

L' temps passé, i' gna même pount coère bien
longtemps, ch'étoit l' coutème, quand erve-
naient chés velles d'hiver, d'aller passer quites
heures mon d' chés voisins, tantout mon de

ch'ti-chi, d'eutes keups mon de ch'ti-là. Si bien
qu'i's s' truvaient quilfois ène benne à l'eintour
de ch' poèle, à fémer leux pipes et à raconter
des histoires d' tous les seins pis d' tous les
sortes. I's n' n'allaient ercherchi delle temps
passé qu'i's avaient aouyi raconter par leux
grands-pères ; d'eutes parlaient d'histoires d'
brigands ou bien racontaient des farces, des ·
tours qu'i's avaient foit ou vu foire. Si bel et si
bien qu'i's passaient l' temps du miux qu'i's
pouvaient et l' pus souveint à rire. Vous con-
varrez qu'i's n'étaient point pus souls qu' pou'
l'heure et qu' cha vouloit oussi bien que d'
parler poulitique ou d' médire d' sin prouchain.

Je n' n'ai counu un qui savoit raconter comme
personne ; ein éroit passé l' nuit à l'aouir
rameintuvoir ses histoires delle temps passé,
ses contes d'ervenants, d' vouleux, qui vous
fasaient dréchi vous cavieux d' sus vou tête,
chés tours sans parels qui li étaient arrivés ;
l' plupart du temps, ch'étoit des pures meinti-
ries, mais qu'il avoit fini par vous foire croire
vraies et par les croire li-même à forche d' les
servir.

l' gn'est n'a ène surtout qui m'ervient et que
j' vux vous dire. Ch'est ène advinette. I' n'
manquoit jamois de l' demander quand i' voyoit
pou' l' prémière fois un nouvieu à ène réugnon
delle sorte dont j' viens d' vous parler.

— Ti, qui fasoit à un tel, pourrois-tu trouver
ch' l'advinette-chi : Un batélyi il a à trans-

pourter d'un couté à l'eute d'ène rivière trois choses : un leup, ène maguette et pis un chou. I' put foire outant d' voyages qu'i' vut, mais, comme sin batcheu i' n'est pount grand, i' n' put prenne à chaque keup qu'un des trois oubjets. Qu'meint crois-tu qu'i' va foire ?

Et il erquemanne bien à cheutes qui savaient ch' l'advinette d' ne rien dire.

Ch'tide à qui i' s'adréchoit i' répond :

— I' passera d'abord ch' leup.

— Oui, mais peindant ch' temps-là l' maguette, laissie ein part elle avu ch' chou, à l' maingera.

— Ch'est vrai, qu' tout l' monne i' fasoit.

Un eute il erpreindoit :

— Eh bé, pus, i' passera d'abord l'maguette, pis ch' leup...

— Oui, grous malin ; éjou que ch' leup, ène fois avu l' maguette, i' n' va pount l'étranner d'un keup d' gueule, les tandis que ch' batélyi il ira erquerre ch' chou.

Et comme personne i' n' trouvoit point, min conteux errioit d' ses deux lèves minces et ein fémant à tchouts keups, ein n' disant pount tout d' chuite chou qu'i' n' n'étoit. A la fin, i' s' décidoit et il ajoutoit :

— Eh bé, pusqu' tu n' sais pount l' trouver, v'là comme ch' batélyi i s'y preindra : i' passera d'abord l' maguette.

— Je l'ai dit, qui fasoit l'un d'eux.

— Oui, mais apris ?

— Ah ! apris, je n' sais pus.

Tous l' z'érailles i's acoutaient... l'ersonne n' mouffetoit.

— Apris, i' preindra ch'leup dains s' barque, et apris l'avoir débarqui, il erpreindra l' maguette, qu'i' mettra à l' plache de ch' chou. I' transpourtera ch' chou, pis i' varra erquerre l' maguette. Avez-vous saisi ?

— Ch'est la vérité tout d' même, qu'i' fasaient tous chés veilleux einter eux, ein y eux proumettant bien d'ertenir ch' l'advinette pou' n' n'attraper d' z'eutes avu.

<hr />

CH' KIEN HUGUENOUT

Un cacheu i' venoit d' perde un kien ouquel i' tenoit békeup pour s' bieuté, s' bonté et chés services qu'i' li reindoit. Affligi de l' vir mort, ouyu de l' éjeter d'sus sin fémyi et d' li einterrer, i' s' décide à l'einterrer ou fond d' sin gardin.

Peindant qu'il étoit ein train d' perchi ch' treu dains l'quel il alloit l' mette, passe un minisse proutestant.

— Qu'meint, qui li dit, voulant s' mouqui de ch' cacheu parche qu'il l' savoit cathoulique, vous allez einterrer l' belle bête-là sans des

sans pus li canter un *Libera* ou bien un *De pro-
fundis?*

— Hé bé, vous savez, qui li répond ch' villa-
geois, ch'est pour ène bonne raison ; l' pove
bète, émon, voyez-vous, alle étoit prouteslante.

Ch' minisse il est parti sans moufleter.

UN BACHÉLYI

I' gna huit jours, l' père Pioche, troïnant ses
gammes d' sus l' grand'route, i' ramenoit à s'
ferme, comme il éroit ramené un vieu, s'n
unique flu, qui chuyoit drière li à trois lon-
gueurs d' longe S'n héritchi, ch'étoit un grand
gaillard, sec et ganne, répondant ou nom
d' Félix, et l' figure piquie d' quites poils
d' barbe poussant à hue et à dja.

L' père Pioche i' n'étoit pount conteint ; pou'
l' sixième fois, Félix i' venoit d'éte erfusé à
l' première partie d' sin baccalouréat.

Ch' père Pioche ervenoit d' Paris et ch'est
ch' l'examen d' sin flu qui racontoit à ch' garde
champête de s' coumune, reincontré à l' gare.
Peindant cinq fois, père Pioche i' s'est con-
teinté d'allongi chés droits d'examen, mais pou'
l' sixième, ercrant d' toujours payi, il a voulu
vir ch' l'examen par li-même. Qu'meint cha ?

Cha n'étoit pount poussibe qu' sin flu, sin sang,
s' race, i' fuche erfusé à perpétuité, tandis qu'
li, Pioche, i' n'avoit pount sin parel pour s'gni
un couchon ou mener s' kérue droit.

Il avoit donc été à Paris. I' s'étoit installé, à
l'oural, drière s'n enfant, dains l' salle d'examen,
et il avoit braqui su' chés trois individus qui
interrougeaient Félix des yux qui terluisaient
comme des 'urolles. Mais cha n'a pount cimpè-
pêchi sin fl d' boire un bouillon, mais un
bouillon à z'herbes tel qu'ein seintoit l' partia-
lité d' chés examinateurs.

— Tenez, Zidore, la preuve, ch'est qu'à un
moumeint, v'là l'un d' chés trois bourrieux
d' Félisse — i's s'étaient mis à trois d' sus min
tchout, trois qui pouvaient bien avoir deux
cheints ans à eux tertoutes, tandis qu' min flu
i' n'a qu' vingt ans — v'là donc qu' l'un d'eux
i' li d'manne d'ène voix mielleuse :

— Voyons, mon jeune ami, counaissez-vous
ène lette célèbe d' Fénélon ?

— Oui, mossieu, qui répond Félisse.

— L'quelle ?

Félisse i' n' répond pount.

Voyant cha, j' li crie :

— L'quelle... parle donc... dis-y .. espèce
d' navieu.

Et pour li donner du courage, j' buque avu
min bâton d' sus ch' planqui.

Bé, Zidore, croyez-vous qu' ch'est des quest-
chions à pouser, que de demander à un jonne

homme ène lette d' Fénélon ?... Mi. je n' n'écris d' tas ein temps, des lettes, mais j' serois bien ein poinne si ein m' demandoit ène d' mes lettes, je n' pourrois pount seulemeint y eux ein citer chés trois prémières linnes... Et i' paroit qu' Fénélon, ch'étoit un évèque d' Cambrai qui vivoit i' gna deux cheints ans et qui écrivoit tous les jours... Voyons, Zidore, j' te fois juge.

Apris ch'ti-là, v'là un eule particuyi tout habilli d' noir, avu ène découration rouge, qu'il einterpreind min Félisse et qui li demanne chou qu'i' sait delle guerre d' succession d' la Pologne.

— Rude guerre, qui foit Zidore dains ses moustaches.

— Ch'est poussibe... Mais ch'est ène guerre qui n'a pount d' seins.. Je n' n'ai counu, mi, des Poulounais, eh bé, i's n'avaient jamois cinq sous d' succession... Voyons, alors, pourquoi s' batte pour eux ?

— Sans compter qu'à aller si longtemps à l'école, cha coûte, hein ? qui foit Zidore, pour dire quite kose.

— Si cha coûte ?... Mais i' feut compter ou moins mille francs chaque ennée, si bien que d'puis dix ans. j'ai ou moins dépeinsé l' prix d trente vaques.

— Oui, mais, qui foit ch' garde champête, ène fois bachélyi, i' gagnera grous.

— Ch'est-à-dire qu'i' n' gagnera rien du tout.

— Qu'meint cha ? Un cantoigni y gainne bien quaranne sous par jour. Mi-même...

— Oui, mais v'là, un bachélyi, vous compreindez, un bachélyi... ch'est un tite... un houneur .. mais cha n' rapporte rien... Ou putout, cha donne droit à foire tout chou qu'ein vut : avoucat, médecin... et pis ein put devenir député.

— Ah ! bé, si ch'est tant, i' gna pount d' mal...

— Ch'est-à-dire qu'ène fois erchu, cha n'est pount fini... I' feut foire apris d'eutes études dains des grannes écoles pour arriver à chou qu'ein vut.

— Alors, croyez-vous qu' cha veut l' poinne d'ète bachélyi... si apris ein n'a pount coère d' metchi.

— Ejou que j' sais... Mi, dains m'n idée, j'érois voulu qu' min flu i' fuche eute kose qu' chou qu' j'ai été toute m' vie : un écraseux d' roques.

Père Pioche il huque Félix.

— Voyons, tchout, y tchiens-tu békeup à ète bachélyi ?

— Mi, papa, j'ai pu cair à travailli comme tous chés geins qui sont là dains chés kamps.

Et avu sin bras éteindu, i' moutroit des arracheux d' betteraves.

I's arrivent à ch' village.

— Pusqu' ch'est comme cha, qu'il erpreind père Pioche, eh bé, min guerchon, t'as fini tes

éludes ; à parlir d'oujourd'hui, tu resteras à
l' mason et tu moineras chés gu'veux à m'
plache.

———·✕·———

D'VANT L'OUCTROI

Enc brave femme d'un village voisin alle
arrive un semmedi, jour d' marchi d'vant ch'
bureu d'octroi, à l' porte delle ville, pour ein-
trer Mais là, ch' l'octroyeux, ein li voyant un
peigni dains s' main, il l'arrête et d'vant li
foire ouvrir, i' li demanne chou qu'alle a
dedains.

— Vous avez quelque chose à déclarer, ma-
dame ?

— Ch'est un cat qu' j'ai là...

— Vous dites ?

— J' vas vous dire, émon, mossieu, ch'est
un jonne d' cat qu' j'apporte à m' sère. Et
comme ch'est jour d' marchi, je n'ai prouflté
pour venir ein ville. J' vous monterrois bien
min tchout cat, mais v'là, j' dois vous dire
qu'il est assez seuvage. Ein pus d' cha, ch'
voyage ein qu'min d' fer il a un peu ému, chou
qui foit qu' si j'ouvert min peigni il est capabe
de s' seuver, pet-ête même d' seuter à vou
figure. Mais j' crois bien qu' cha n' paie pount
d'ouctroi.

Ch' l'employi, nouvellemeint arrivé du Midi et qui n'einteindoit pount un mout d' patois, i' n'avoit rien compris à l'z esplications delle brave femme, d'outant pus qu'a y avoit berdouilli cha tout d'ène venure, sans erprenne haloinne et avu l'accent d' sin village.

— Tout çà, madame, i e me dit pas ce que vous avez là.

— Mais je n' pus pount vous dire eute kose qu' chou qu' ch'est : ch'est un cat.

— Qu'est ce qu'elle dit, qui foit ch' l'eimployi d'octroi à un mossieu qui venoit d' s'approuchi apris ête dévalé de s' voiture.

— Alle dit qu' ch'est un cat qu'alle a.

Ch' l'octroyeux, aheuri et perdant patienche, pour ein finir, i' li dit, parlant li-même patois, sans l' savoir et sans l' vouloir.

— Eh bien, si ch'est un cat qu'alle a, qu'alle passe.

* * *

CH' GAMBON

Ch' ménage Meindoux y vivoit ertiré dains ène tchote mason tout serrant ène ceinse qu'étoit tenue par leu bieu flu et leu fille.

Ch'étoit l' mason natale d' Meindoux et à l' mariage d'leu fille unique i's s'étaient ertirés dains l' tchote mason ein questchion. Tous les jours Meindoux il alloit foire un tour à l' ferme les tandis que s' femme alle fasoit s' cuisinne ou qu'alle cabusoit à eute kose. Et l' long d' l'hiver, i's voyaient à l' velle arriver quite voisin qui venoit fémer ène pipe avuc eux pour passer deux, trois heures ein devisant d'chose et d'eule.

Quites jours d'vant l'Noué, Meindoux, sans peinser pus long, i' raconte à ch'voisin l' histoire d' sin gambon.

— Figurez-vous, qui li dit, qu' min bieu-flu il a tué sin couchon pou' l' Noué et, comme d'habitude. m' fille a nous a appourté un gambon. A ch' l'ouccasion-là, m' femme alle a eu ène idée : alle a absolumeint tenu alle foire fémer. Il gna quitz'un qui y a dit qu'i's étaient meilleurs. Si bien qu' pour ein foire l'espérience. i'gna huit jours qu' nous l'avons ahouqui dains l'quemînée. Je n' sais pount chou qui n'ein s'ra ; nous voirrons cha ein l' maingeant.

Là dessus, comme l' veille alle tiroit à sa fin, ch' voisin il est parti. L' dimeinche chuivant, ou cabaret, d'vant plusieurs personnes ein train d' boire des chopes, i' racontoit à qui vouloit l' l'aouïr ch' l'histoire de ch' gambon d' Meindoux.

Cha n'est pount keud dans les érailles d' des sourds. Ène benne d' joigneux qui juaient à cartes à coûté, ein einteindant cha, s' sont proumis d' foire l' réveillon aux dépeins d' Meindoux. Ah ! i's n'ont pount perdu d' temps.

L' nuit-là même, ène nuit sans lène où ein

n'ein voyoit goutte, ein sourtant du cabaret, i's
z'ont été cherchi ène ékelle et un greuet à l'
mason d' l'un d'eux, i's z'ont mis ch' l'ékelle à
ch'toit, pis l'un delle benne qu'étoit elgère comme
un kat, il a grimpé jusqu'à l' queminée et il a
abert ch' malhéreux gambon avu ch' greuet et
si bien, qu'Meindoux qui couchoit à coûté, i' n'a
rien aouï. Pis, i's sont partis foire bombance
avu l' long d'elle nuit.

L' lennemain, Meindoux qui trampiloit d' sa-
voir chou qu' sin gambon i' devenoit, i' dit à s'
femme :

— Si nous raviseins peu qué couleur qu'il a ?
Et même, comme ch'est jour d' Noué, nous al-
lons n'ein maingi un mourcieu.

— J' vux bien, qu'alle foit chelle-chi.

— Ah ! miséricorde ! qué tour ! i' gn'avoit pu
d' gambon ! I's ont manqui d'ein querre à l'
reinverse, mais apris y avoir bien réfléchi, i's
n'ont jamois pu savoir qu'meint qu' leu gambon
il avoit quitchi l' queminée.

Dains l' courant de l' semoinne, Meindoux,
apris avoir raconté ch' l'aveinture à ch' même
voisin qu'étoit venu erpassé l' velle avuc eux
et qu'étoit keuse d' toute, il ajoutoit :

— Eh bé, vous savez, un eute keup, j' pux
ravoir un eute gambon, i' gna pount d' dangi
qu' je l' raccroucherai dains m' queminée.

VOL D' LAPINS

— Vous v'là parti sur un tard, père Eloi... Vous n'y peinsez pount, à nève heures delle nuit ?

— Bé oui, voyez-vous... J'ai ène tchote tournée à foire par là, rapport à chés bracoignis .. Chés brigands-là, i's seintent qu' v'là l'hiver et i's vont à l' briconne, à l' cache à jonnes, et i's font un carnage sans parel d' lapins.. Mais si jamois je n'erjoins un, gare à li !

Et ein disant cha, i' serroit dains s' main ène trique d'épenne à toute éprève.

— Pusqu' ch'est ainsi, bonne chance et bonne nuit... Mi, j' m'ein vas couchi ; j' crois bien qui va geler l' nuit-chi.

— Bousoir, Benoît.

Là-dessus, tous les deux s' quittent. Benoît reinte à s' mason et Eloi s'ein va, d'un bon pas, par un qu'min qui menoit à travers kamps.

. . . .

L' lennemain, ou même eindroit de ch' village, à huit heures du matin. Chés voisins, l'un après l'eute, sortent su' leux pas d' porte et s' disent boujour.

— Boujour, Benoît.

— Boujour, Tancrède.

Deux eutes survientent. Nouvieux boujours. L'un d'eux i' queminche à raconter :

— Vous n' savez pount èno nouvelle ?

·· Nan, qu'i's font terloutes.

— Eh bé, i' paroît qu'ein a voulé chés lapins de ch' garde.

— Ch'est poussibe, qu'il erpreind Benoît. Figurez-vous qu'il est là passé hier ou nuit, mais tard vous savez : i' pouvoit bien êtu sur les nève heures.

— Et bé, qui foit l'un d'eux, ouyu d'aller soigni chés lapins de l'z eutes, il éroit bien miux foit d' soigni les siennes.

Ou même moumeint, père Eloi survient, débuquant d'èno éruelle.

— Ch'est donc vrai ? qui questchionno l'un.

— Cha n'est qu' troup vrai, allez. J'avois là quate bieux lapins argeintés qu' j'eingraissiois pour les maingi l'un apris l'eute l' long d' l'hiver, et ein èno nuit, tout est raflé... Ah ! si j' tenois chés brigands d' vouleux qu'ont foit ch' keup-là, j' vous asseure qu'i's passeraient un vilain quart d'heure. L' pus fort, ch'est qu' pour s' mouqui d' mi, i's z'ont mis à l' plache, dains ch' l'étave, un jonne d' cat. Mais cha ne s' passera pount comme cha, parche que j' m'ein vas de ch' pas-là trouver chés gendarmes pour y eux foire m' déclaration. I's vont venir, i' gn'éra èno einquête et pet-êle des perquisitions.

— Vous avez raison, père Eloi, qu'il erpreind Benoît, i' n' feut pount laissyl cha là.

— Ah ! qu'il ajoute un eute, nous vivons dains un drôle d' temps. Sans compter qu'i' feut avoir un fier toupet pour ousoir aller prenne chés lapins d'un garde champête.

Et tandis qu'Eloi, à grannes agambées, s'ein va du couté de ch' chef-liu d' canton, ch' quatrième d' chés hommes restallés d'sus l' queuchie, i' dit ein maignière d' mouquerie :

— Décidémeint, l' poulice alle est mal foite, et pour miux warder ch' garde, i' foura li donner ein garde particuyi qui l' wardera peindant qu' li-même wardera l'z eutes.

------ ·≼≽· ------

· LETTE D' SOULDAT

Mes chers pareints,

N' fasez pount inteintion à l' maignière que j' vous écris. J'ai bien été à l'école dains l' temps, mais d'puis j'ai oublyi l' peu qu' j'y ai appris. Ch'est chou qui foit qu' pour pouvoir vous écrire, j' sus fourchi delle foire comme j' peinse, ch'est-à-dire ein patois.

Donc, j' voulois vous dire que j' sus ou régimeint d'puis quinze jours et que j' n'avois pount coère eu l' temps d' vous donner d' mes nouvelles. Je n' vous cacherai pount qu' dains les premiers jours, je m' sus einnuyi ein peinsant à vous. Mais pou l'heure, j' sus ou fait, d'abord parche qu'ein s' foit à toute, d'outant pus que l' rata il est mingeabe, et surtout d'puis qu' j'ai foit l' counaissance d'un appelé Flamique, un crustieux si i'gné n'a un : chaque fois qu'il ouvert s' bouque, ch'est pour nous foire rire. Ah ! par exempe, l'eute jour, il a été keuse qu' j'ai été puni. Voyant passer ch' l'adjudant dains l' cour, i' m'dit tout dé n'un keup :

— Tchiens, Matchu, tu vois bien ch' chef qui passe là-vas, et bé, comme i' va pluvoir, va li demander par ù qu'il est ch' parapluie pour nous deux.

Mi, j'y vas, mais ch' l'adjudant i' m'a donné deux jours d' salle d' poulice.

Ch'est comme pour aller à l' courvée, et bé, vous pouvez croire qu'i' s'y einteind pour n' pount y aller. I' trève toujours l' moyen de m'y einvoyi à s' plache. Advant-z'hier, nous éteins là à deux dains l' chambrée, quand tout dé n'ein keup arrive ch' capoural qui nous dit :

— Trois d' vous deux, allez aux pommes de terre.

Et i' s'ein va.

Flamique ravise à droite, ravise à gueuche et i' m' dit :

— Dis donc, Matchu, par ù qu'il est ch' troisième ?

— Qué troisième ? que j' fois.

— Mais ch'tide qu'a désigni ch' capoural pour aller à poumes d' terre.

— J' ne l' vois pount non pus, que j' li réponds.

— Et bé, qu'il erpreind, marche-z-i' ein part-i', pour un keup, comme i' gné n'a qu'ène saquie à rappourter, ène eute fois cha sera min tour.

Chaque keup ch'est d' même : l' fois chuivante, cha sera toujours l' sienne.

Comme m' lette est déjà assez longue, je n' vous ein dit pount pus pour aujourd'hui, et pis, m' kandelle alle est prête à finir. Seulemeint, répondez-m'ein un d' chés jours-chi et tâchez d' m'einvoyi ène pièche d' cinq francs, parche que j' sus sans argeint, vu qu' j'ai été oubligi d' racheter l' cruche delle chambrée, parche qu' Flamique il l'avoit cassée, et comme i' n'avoit pount d'argeint, i' m'a dit d' dire qu' ch'étoit mi, parche qu' li ein l'éroit puni pou' n' pount l'avoir reimplachie. I' m'a dit qu'i' m' reindroit cha l' première fois qu'i' n'erchu-vroit.

Dites bien l' boujour à tous cheutes qui parleront d' mi et donnez-m'ein des nouvelles d' nous bêtes. Vous devez avoir fini d'arrachi ch' kamp d' carottes que j' n'ai pount eu l' temps d' finir d'vant partir.

Vou flu pour la vie qui vous eimbrache,

MATCHU.

—⸻—

RÉPONSE A ÈNE LETTE D' SOULDAT

— Dis donc, Bérique, qu'alle foit comme cha l' femme à s'n homme, un jour à midi.

— Quoi Thalie ?

— Si nous répondeins à ch' tchout ?

— Tout d' même, d' puis l' temps qui nous a écrit, si nous n' li einvoyons rien, i' va s'einnuyi.

— Si ch'est tant, mettons nous y tout d' chuite.

— Par ù qu'alle est ch' l'einque ?

— Ravise et peu d' sus ch' rabat.

— Oui, v'là l' bouteille. Et ch' porte-plème, ch'est qu'il est ?

— L' dergnière fois qu' tu te n'es servi pour siner ène pétition, j' crois bien qu' tu l'a raingi dans ch' l'ourmaille avu l' règue et pis ch' créon.

— Mais pou' l'heure, avons-nous coère du papyi à lette ?

— Ah ! cha, je ne sérois pount te l' dire... Nous écrivons si peu souveint.

— J' vas n'ein cherchi mon de ch' l'épicyi, pour un sou, avu d'z einveloppes.

Tout cin trouttinant, Thalie, ses pieds dains ses chabouts, alle sorte pour aller cherchi du papyi. les tandis que s'n homme qui s' koffe à ch' poêle, ein fémant s' pipe, ruminne à chou qui va mette su' l' lette d' sin flu.

Thalie ervenue, i' preind l' plème et qu' meinche à écrire :

« Min cher flu,

« Nous avons erchu t' dergnière lette qui nous a bien foit plaisi' et ch'est pour y réponne que j' t'écris oujourd'hui.

« Comme tu l' sais, nous qu' meinchons à nous foire viux ; nous passons ène partie d' nou temps à nous kouffer dains ch' cuin d' fu. Tin départ il a foit un vuide dans l' mason, mais n' t'einnuie pount d' troup : trois ennées, ch'est vite passé. Mais surtout, n'acoute pount troup Flamique, si gai qui fuche, parche qu'avu s' malice i' pourroit bien coère t' foire punir.

« Nous t'atteindeins quasimeint pou' l' nouvelle ennée, comme plusieurs d' tes camarades, qui sont ervenus. Sans doute qu' tu n'éras pount pu avoir d' permission ; einfin, cha sera pour un eute keup. Porte-té bien, comme nous, margré qu' nous sons arémés tous les deux, mais cha s' passera avu l' bieu temps qui va venir. Nous avons eu un tchout vieu i' gna ène quinzoinne d' jours et i' pousse comme l' jour. Nou cat il a eu, i' gna quite temps, s' queue pris d' zous min chabout et ein appoyant d' sus sans l' vouloir, je y ai à mitan fressyi, mais comme il ermainge, cha va miux. Pour chés nouvelles de ch' village, je ne vois pount là grand kose à t'apprenne.

« Tout cheutes à qui nous avons parlé d' ti t'einvoittent l' boujour et nous, chés cinq francs qu' tu nous demannes. Tâche d' les warder l' pus longtemps poussibe. T' mère à t'erqu'manne bien d' mette tin quenneçon et pis tin tricout surtout, pour n' point attraper froid.

« Tin père pour la vie,

« Bérique ».

— Demain, qui dit Bérique ein erpousant sin porte-plème, j' preindrai un mandat-poste à ch' bureu ein allant cherchi d' l'elvure.

UN PARI

Un brave villageois, qui s' proumenoit su' l' trouttoi' d'ène tchote ville, par un dimeinche àpris-midi, ravisoit d' couté d'eute à l' devanture d' chés boutiques et il admiroit l'z étalages l'un apris l'eute.

I' finit par arriver à un pâtissyi. I' s'arrête et i' ravise longuemeint chés tartes, chés flans, chés tourtes et chés watcheux qu'étaient là étalés comme pour foire einvie à chés gourmands. I' s' disoit ein li-même qu'alle devoit éte fameusemeint bonne tout l' finne pâtisserie qu'i' voyoit là, bien milleure qu' chés flamiques

ou poiret, pis qu' chés tourtes ou lait ou bien
à l' pronnée que s' femme alle fasoit et dont i's
s' régalaient tous les deux à l' fête. Seulemeint,
v'là, il éroit bien voulu y assayi, mais i' n' tenoit
pount à dépeinser békeup d'argeint. I' ruminoit
dains s' tête qu'meint qu'i' pourroit bien s'y
prenne pour arriver à satisfoire s'n einvie,
quand tout dó n'ein keup i' s' décide à eintrer
dains l' boutique.

Ch' pâtissyi, voyant ène pratique, s'avanche
ou-devant d' li. Nou homme li demanne chou
qu'il a à maingi.

— Bé, vous l' voyez, qui li répond ch' cou-
merçant ; tout ch' qui l'est là, il est à venne.

— Vous n'avez qu' cha ?... Ch' n'est pount
assez... J'érois pu ker eute kose.

— Ma foi, i' m' sianne à vir qu' quand vous
érez dains l' corps chou qui gna là d'vant vous,
cha qu'meinchera à bien foire.

— Eh bé, ch'est chou qui vous berluse, qu'il
erpreind nou homme... Je m' seins d' taille à
maingi tout chou qu' vous avez là d'espousé.

— Allons donc ! ch'est impoussibe... Vous
risquez d'ête malade.

— Ch'est impoussibe ? J' parie dix sous avuc
vous qu' j'avale tout vou boutique... Seule-
meint, avez-vous à boire ? Parche qu' mi, quand
j' mainge, i' feut que j' boiche.

— Ein va aller vous cherchi un pout d' bière.

— Foites servir : j' qu'meinche.

— Ah ! par exempe, j' vourois bien vir cha

Ch' pâtissyi, sans réfléchir pus lon, curieux d' vir un homme pourvu d'un parel appétit, donne l'ordre à s' servante d'aller à l' cave cherchi un brouc d' bière.

Peindant ch' temps-là, nou homme s' met ou travail. I' qu'meinche par avaler des tchouts flans, des tchotes tartes, des tchouts watcheux, dont i' n' fasoit qu'ène bouquie et qu'un quart d'heure edvant i's li fasaient einvie. Ch' pâtissyi, tout ein l'admirant galafrer, preind deux verres et li verse à boire ein même temps qu'à li, histoire d' li tenir compagnie, les tandis que ch' paysan il avale, il avale toujours, fasant un bruit d' maquoires sans parel, crouquant chés galets d' cerises qu'i' n' preindoit pount l' temps d'erlirer, tout ein buvant comme un treu pour foire couler l' pâte.

Quand il a eu einglouti l' mitan de ch' l'étalage, i' s'arrète ein disant :

— I' m'est impoussibe d'aller pus lon ; tenez, j'ai pus ker à vous donner mes dix sous, pusqu' j'ai perdu.

Là-dessus, apris avoir donné s' pièche d' mou- noie, i' sort bravemeint de ch' magasin.

Ch' pâtissyi i' n'a pount ousen li dire troup grand kose, d'apris leu pari, mais ou fond i' n'avoit pount l'air conteint du tout, parche qu' sin client d'ouccasion i' li avoit maingi pour pus d' vingt francs d' marchandise.

CH' ROI D' CŒUR

Vouroit-on croire qui n'a des geins assez souts pour s' laissyi coère erloyi comme Gavelout vient de l'ète ? Cha n'est pount croyabe et pourtant ch'est la pure vérité.

I' venoit d' livrer des saquies d' groins à l' gare et il avoit touchi ch' l'argeint prouvenant delle veinte. Sin flu, qui menoit chés qu'veux, il étoit erparti d'vant li pour s'ein aller dains chés kamps, ène fois reintré, foire ène demi-attelée. Gavelout, qu'avoit du temps devant li, pount pressé d' partir, einte boire ène chope ou cabaret.

Là, i' foit counaissance avu un étrangi qu'avoit ène langue sans parelle et qui racontoit d'z histoires d' tous les seins pis d' tous les sortes. Einfin, si bel et si bien qu' pour passer l' temps, i's finitent par boire du café. Ou debout d'un moumeint, apris avoir pris ène rinchette, oufferte par ch' l'individu qui parloit si bien, Gavelout annonche qu'i' va s'éraller.

— Par û qu' vous allez, qui foit sin camarade d'ène heure, ein maignère de rien.

— Bé, à tel eindroit, qui répond Gavelout.

— Justemeint, cha tombe bien, ch'est oussi min qu'min. Seulemeint, mi, j' vas un peu pus lon.

— Cha n' foit rien, qui réplique Gavelou!, nous ferons route einsianne jusque-là.

Là-dessus, les v'là donc partis comme père et compagnon et i's s' mettent à deviser d' choses et d'eutes. Tout dé n'ein keup, à peu pris oux trois quarts delle route, ch' l'étrangi. ein passant l' long d'un moncheu d' cailleux, i' s' met à cryi et i' s'arrête ein voyant ène carte pousée sur un cailleu : ch'étoit un roi d' pique.

— Ch'est dammage, qui foit Gavelout, qui n'ein manque treinte-i-ène, sans cha nous éreins foit un cheint d' piquet.

— Qu'est-che qui l'a pu bien mette ène carte à ch' l'eindroit-là, qui dit sin compagnon d' route.

Pis, l' réflexion-là foite, i's continutent leu qu'min comme si de rien n'étoit. Mais tout dé n'ein keup. ch' l'étrangi, comme par hasard, i' s' met à dire :

— Ch'est assez drôle tout d' même, ch' roi d' cœur là sur un moncheu d' cailleux.

Gavelout, l' conterdisant, réplique :

— Ch'étoit un roi d' pique !

— Nan, nan, qui soutchient l'eute, ch'étoit l' roi d' cœur.

— Pount poussibe, qui foit Gavelout, je l' vois coère comme si je y étois.

— Si vous n' n'êtes si seur, j' parie dix francs avuc vous qu' ch'étoit l' roi d' cœur.

— J' tchiens l' pari, qui foit Gavelout, persuadé qu'il a gagni.

— Eh bé, pus, prein·lons ch' cantoigni qu'
v'là pour juge.

Et les v'là tous les deux qui vont trouver un
cantoigni qui travailloit à deux pas d' là su' l'
route et i's s' mettent à li raconter leu affoire.

— Rien d' pus facile d' vous mette d'accord,
qui foit ch' cantoigni. Si vous êtes si seurs
qu' cha d' vou affoire, donnez-m'ein chacun dix
francs et marchons vérifyi l' carte qu'alle est
restée su' ch' tas d' cailleux.

Oussitout dit, oussitout foit. I's donnent tous
les deux chacun dix francs à ch' cantoigni et
les v'là partis tous les trois à ch' moncheu
d' cailleux.

— Ch'est bien un roi d' cœur, qui dit ch'
cantoigni ein ramassant l' carte. Bérique, t'as
perdu.

Ein même temps, i' donne chés deux pièches
dix francs à ch' l'inconnu qui les eimmoinne
boire ène chope à ch' premyi cabaret de ch'
village.

Gavelout n' n'ervenoit pount.

Et il avoit bien raison d' croire qu' ch'étoit
un roi d' pique qu'il avoit vu ; seulemeint, les
tandis qu'i's avoient leu dos tourné, sans ête
vu, un compère de ch' l'étrangi il avoit kangi
l' carte.

HISTOIRE D' VÉLOUCIPÈDE

— Eh bé, Carcayou, vous n'allez donc pus à véloucipède ? que j' dis comme cha à un d' mes voisins qu'ein n' voyoit quasimeint jamois aller à pied, par n'importe qué temps.

— Nan, qui m' foit, je y ai ernonchi, l' fois-là, et pour tout d' bon.

— Bah ! que j' lui réponds, tout étouné.

— Oui, qu'il erpreind, et je m' sus décidé chés jours dergnis, tenez, l' jour même delle frémeture delle cache, et le djabe li-même n' m'ein feroit pount démorde. Et je m' sus résout à cha à l' chuitte d'ène histoire qui m'est arrivée et dont j'ein tranne écoère. Mais vous n'avez sans doute pount été sans n' n'aouïr parler ?

— Bé nan, woitché, que j' li fois, je n'ai pount einteindu hanser un mout à personne.

Pus, j' vas vous raconter m'n aveinture : ch'est pire qu'ène histoire d' sourcyis.

Figurez-vous qu' j'ervenois l'eute jour d' Malabri su' min qu'veu d' fer sans peinser à rien. J'allois à ène assez bonne allure, vu que l' route, par estraourdinaire, malgré chés dergnis temps a' plève, étoit à mitan sèque. Je m' dépêchois même d' reintrer parce que j' voyais monter un tahut, quand, tout dé n'ein keup, j' reincontre un marchand d' léguèmes

qui menoit un tchout bourrique rétu. I' m' crie
d' m'arrêter parche qu' sin bourrique il a peur
d' chés véloucipèdes. j' n'érois jamais cru cha ;
mais avu ch' fort veint qui fasoit, je n'aouïs
rien. Oussitout qu'il est tout serrant mi, v'là
ch' meucuit d' beudet qui s' met à pousser des
hihan ! à n'ein pus finir et qui s' seuve à
l' granne course à travers kamps. Ch' marchand
i' m' crie :

— Preindez l' piéseinte qu'alle est là et
courez apris min bourrique pou' l' rattraper.

J'infile donc ch' qu'min pour li reinne ser-
vice, mais j' n'avois pount foit dix mètrs,
v'là qu' j'erjoins ène vaque qu'un homme
i' menoit pa' l' longe. L' bête, ein m' voyant,
alle escoue s' tête, einvoie proumener sin
moite, met s' queue ein trompette et m'emboîte
l' pas. Mi, j' courois de pus en pus, toujours
apris ch' meudit bourrique qui, d'sin couté,
était ein train d' foire des siennes. Comme il
avoit sans doute trouvé qu' dains chés terres
s' voiture alle étoit troup lourde à troiner, il
avoit braqui à hite troup d' court et démouli
chés deux limons do s' voiture. Ein voulant
monter su' l' route i' perd ses deux reues, et
pour passer un erriout. i' rachève d' brisyi ses
brancards, pis l' v'là sans voiture à sin cul qui
nous erjoint su' ch' tchout qu'min, mi pis
l' vaque qu'alle hurloit d' plaisi d' galouper
ou veint.

Mais n'ein v'là bien d'ène eute. Ein passant

à coulé d'un tchout bous, n' v'là jou pount qu'un leup, mais un vrai leup, vous savez, oussi vrai qu'vous êtes là, i' débuque et n' trève errien d' miux qu' de s' motte à courir, li oussi, apris mi, ch' bourrique et pis l' vaque.

Quites cheints mètes pus lon, un kien d' bergi qui voit ch' leup, accueurt apris li, et nous v'là tous les cinq ein train d' filer comme l' veint d' bise : ein éroit dit un pelouton infernal : ch' bourrique faisoit hihan ! l'vaque hurloit, sans doute d' peur, ch' leup fasoit comme l' vaque et pis ch' kien ebayoit ; quant à mi, j' n'arrêtois point d' sonner comme si j'huquois quitz'un : qu'est-che, j' n'ein savois rien.

Ou bieu milan d'un kamp, un cacheu, qui proufitoit de ch' dergni jour d' cache, nous atteindoit avu sin fusil ; ein nous voyant passer ou droit d'li, i' tire ein ploin dains ch' tas. Ah ! m'z amis, qué fricassée ! Ou même moumeint, nous arriveins ein heut d'un rouyon. Nous dégringoulons tertoutes ein émoncheu, ein poussant des hulemeints sans parols ; par bounheur, i' gn'avoit que ch' leup d' tué. Mi, m' bécanne a n'avoi: pus d' forme ; quites groins d' plomb i's avaient crévé mes pneus, chés rets étaient tourdus, min guidon étoit ployi, pis l' reste à l'avenant ; ein pus d' cha, j'avois m'n épeule démis, min pégnet foulé, m' maquoire écourchie, mes genoux abourlatés, min patalon écliffé et ploin d' flaque d'puis mes pieds d' qu'à m' tête, j'étois foit comme un gueux. L' vaque alle avoit ses pattes de d'vant brisyies ; ch' kien, li, s' trolnoit avu ène patte d' drière cassle, ein criant d' ma ; ch' bourrique, qui n'avoit rien, par miraque, i' pâturoit dains un kamp d' luzerne, avu chés deux restants d' limons à ses coutés ; quant à ch' leup, il étoit réteindu su' s' panche ou bieu milan d'ène flaque d'ieu.

Mais cha n'a pount été fini. L'un apris l'eute, ch' cacheu, ch' marchand d' léguèmes, l' motte delle vaque et pis ch' bergi i's sont arrivés, et là, i's s' sont disputés comme des arragis, préteindant même qu' j'étois responsabe d' tout ch' dégat, parche qu' j'avois foit peur à leux bêtes avu min vélout ; ch' marchand d' léguèmes et pis ch' motte delle vaque i's voulaient m' foire payi l'un s' voiture, l'eute s' bête.

J'ai soutenu qu' ch'étoit ch' cacheu qu'il étoit keuse d' toute, parche qu'il avoit tiré, et qu' j'étois ein droit d' réclamer ène indemnité pour m' personne eindoumagie et m' machine démoulie. Comme i's n' voulaient rien einteinne, je l'z ai einvoyis proumener et je m' sus ratroiné à nou village du miux mal qu' j'ai pu.

D'puis, j' n'ai aouï parlé de rien : s' sont-i's arraingis ? Ch'est chou qu' je n' sais pount, mais ch' qui gna d' pus clair pour mi, ch'est qu'apris un tour parel à ch' tide qui m'est arrivé, je n' monterai pus d' ma vie sur ène bicyclette.

———•×•———

CH' DÉLÉGUI

Cha, vous savez, ch'est ène histoire vraie.
Seulemeint, par ù qu'allo s'est passée? Ch'est
chou qu' ni vous ni mi n' savons ni n' sérons
même jaumèis. Apris toute, chò qu' cha pus
nous foire? Alle m'a été racontée par quitz'un
qu'il l'avoit vue, mais ch' n'étoit pount dains
la Somme qu'alle étoit arrivée.

Ch'étoit ou moumeint delles z'élections pour
sénateurs. Dains un tchout village d' poves
geins, chés conseillis municipals, réunis un
dimainche apris-midi pour einvoyi l'un d'einter
eux vouter, s' ravisent pour savoir ch' tide
d'eux tertoutes qui l'alloit ète désigni pour aller
à ch' chef-liu d' départemeint. Persoune n'
mouffetoit; eux qui, d'habitude, à chaque réu-
gnon du consel caquetaient si bien, tertoutes
einsianne, s' taisaient. Einfin ch' maire il ou-
vert l' séance et il annonche l' moutif d' leu
réugnon. Tout oussitout quate, cinq conseillis
s' mettent à dire: « Mi, je n' pus pount y
aller. — Ni mi non pus, ni mi non pus ».

I's avaient tertoutes des bonnes raisons.
L'un il avoit ène vaque prète à vèler, l'eute sin
couchon d' malade, un eute, eute kose. Ou
fond, ch'étoit parche qu' personne n' vouloit
pount s' déraingi. A la fin, ch' maire, voyant
qu' personne n' tenoit à y aller, i' dit: « I' feut

tout d' mème qu' quitz'un s' décide. Mi, j'irois
bien, mais j' sus troup viux : foire un si long
voyage par ch' temps qu' nous avons, ch'est
vouloir attraper la mort ».

Et comme i' suppose qu' ch'est par écounou-
mie qu'i's erfusent, il ajoute ein maignère de
rien : « Vous n'avez pount besoin d'avoir peur :
vous serez défrayi d' vou voyage et mème,
ch' tide qu'il ira, il y trouvera sin bénéfice,
parche qu'i' touchera trenne francs. Cha vous
coûtera à peu pris quate francs d' voyage, aller
et erlour ; mettons quarante sous par erpas,
vous voyez qu'i' reste du bouni, sans comptèr
un voyage dains ène ville qu' vous n'avez sans
doute jamois vue, pount pus qu' mi ». Ch' dis·
cours·la il a produit s'n effet. Tout oussitout
n'ein v'là trois, quate qu'i's sont prèts à y aller.

— Pusqu' ch'est ainsi, qu'il erpreind ch'
maire, nous allons vouter.

Ch'est Nivelet qu'il a eu l' pus d' voix.

— Et bé, pus, qu'i' li dit ch' maire, t'éra à
t'renne d' dimainche ein huit à ch' chef-liu d'
départemeint par ch' prémyi train et ma foi,
tu vouteras comme tu l'einteindras, nous n'a-
vons rien à t' dire là-dessus : seulemeint vote
ou miux d' nous intérèts, pour ch' tide qui t'
paraîtra l' meilleur, mais cha, ch'est t'n affoire,
cha n' nous ergarde pus.

Ou jour dit, Nivelet s'ein va prenne ch' train
et su' l' keup d' midi, apris s'ète foit einsigni
sin qu' min, il arrive à ch' houtel d' ville pour

7

vouter. l' chuit l'z eutes, pour donnor sin bulletin à sin tour. l' gn'avoit là des déléguis d' tous les catégories, pis d' tous les pays : des grous, des secs, des grands, des tchouts, des minces, des barbus, pis des sans barbes, ein pardessus, pis d'eutes ein rouillère.

Ene fois qu'il a eu vouté, Nivelet, s'adréchant à l'un d' chés mossieux qui fourmaient ch' bureau, i' li demanne d'un air bounasse qui les foit rire :

— Et bé, pou' l'heure, par ù qui feut que j' m'adrèche pour erchuvoir chés trenne francs qui m'ervientent ?

— Ah ! mais çì, c'est une autre affaire : vous en serez informé dans quelques jours, mais soyez sûr de toucher votre indemnité : vous pouvez retourner tranquillement dans votre village.

Nivelet il est sourti fin aheuri de ch' l'houtel d' ville. Comme i' croyoit qu'ein li donneroit d' l'argeint ène fois qu'il éroit vouté, i' n'avoit pris qu' cinq francs. Il avoit déjà dépeinsé quate francs d' qu'min d' fer, si bien qu'i' n' li restoit pus qu' vingt sous pour passer s' journée. Comme plusieurs déléguis i's li demandaient si i' vouloit dîner avuc eux, il a été oubligi d' leu' réponne :

— Mais, woitché, émon, comme j' reste tout serrant ichi, j'ai maingi d' vant partir et pou l'heure j' m'ervas à pied erchiner à nou mason.

Ch' n'étoit pount tout à fois la vérité, si peu

même, qu'i' moiroit d' faim Pour pouvoir
maingi ène bouquie, il a été oubligi d' compter :
heureusemeint qu'il avoit sin billet d'ertour.

Il a einfilé ène tchote rue détournée, il est
eintré mon d'un boulaingi pour acheter deux
sous d' pain ; pis, pus lon il a pris dains ène
chercuterie pour quate sous d' tête d' couchon
et il est allé ou cabaret pour maingi tant
bien qu' mal ein buvant ène chope. Ein éroit
bien surpris chés geins d' l'eindroit si ein y eux
avoit dit que ch' l'homme qu'i's avaient là de-
vant eux ch'étoit un délégui pour ch' vote d'
chés sénateurs. Einfin, quand il a eu fini,
comme i' li restoit coère quites sous, il a com-
plété s'n erpas ein buvant du café, un tchout
pout, avu' ène grosse goutte.

Mais l' fête, pour li, alle étoit walée. Sans
s'arrêter pus longtemps ein ville pour vir chés
curiousités qui pouvoit y avoir, quand il a été
à milan à plache, i' s'est dépêchi d'aller er-
prenne sin train pour reintrer à sin villàge d'
vant l' nuit, ein s' proumettant bien, un cute
keup, de n' pus s' laissyi joinne et de jamois
pus accepter d'ête délégui.

A L' NOCE A PARIS

Un d' nous voisins il a été dergnièremeint à Paris pour l' mariage de s' fille. I' gna pount longtemps, comme i' s' trouvoit à l' velle avu quites eutes personnes, l'ène d' chelles-ci alle li a demandé d' raconter sin voyage à Paris. chou qu'il y avoit vu et chou qu'il y avoit foit. Ch'est un homme qui n' parle pount békeup et assez difficilemeint ; mais, chose pus curieuse, i' n' s'esprime qu' par mouts séparés ; jamois i' n' vous dira quitkose qui s' chuit.

Donc, v'là comme i' nous a raconté sin voyage à Paris ; acoutez, ch'est crustieux :

— Gare, chifflet, partons ; voyage, quate heures ; arrivée, gare du Nord, bieu-flu, fille, nous s'einbrachons.

Paris, belle ville, largues rues, abes, heutes masons, mounumeints, fin bieu.

L' lonnemain, mariage : fille ein blanc, geins delle noce, voitures, partons ; mairie : oui, signature ; voitures, ermontons ; église : curé, messe, musique. sacristie ; sourtie, voitures, restourant, déjéner : vin, vianne, poisson, salade, dessert, cigares, café, pousse-café, canchons ; bal, danses, proumenades.

Nuit, huit heures, dîner : madère, bouillon, viannes, vins, poissons, léguèmes, pigeons, tchouts pois, gambon, salade, froumages, con fitures, biscuit, poires, pommes, watcheux, café, pousso-café, cigares, canchons ; musique : vioulons, pianou ; danses : quadrilles, valses, poulkas, mazurkas, schottishs.

Minuit, dehors, i' plut ; sus gai, conteint, cante, rit ; geins qui passent, bousculades, ripostes, keups d' puings, keups d' pieds, habits éclifés, gnons, atouts, marrons, cris, tapage, sergents d' ville ; ou poste : couchons, paillasses, puches, soumeil, dort.

L' lennemain, huit heures du matin : coumissaire, ermoutrances, dehors ; fille qui brait, bieu-flu qui s' fâche ; noce finie, ervient conteint tout d' même, mais Paris, soupé.

Et v'là l' récit fidèle, décousu, mais quaun bien même compréheinsible, que ch' voisin i' nous a foit, un jour à l' velle, d' sin voyage d' noce à Paris.

------- ⋅✕✕⋅ -------

CHOU QU'EIN GAINNE A S'ÉLEVER MATIN

Roubinout il étoit père d'un joune homme d' seize à dix-sept ans qui l'aidgeoit dains sin travail d' culture. Seulemeint, pour qu'i' puche s' mette à l' bésoinne, i' fouloit qu'i' fuche réveilli et élevé, et tous les matins ch'étoit ène coumédie à n'ein pus finir pour l' foire débahuter d' sin lit.

L'hiver, ch'étoit coère pire qu'ein toute eute saison : ène fois que ch' joune homme i' seintoit l' froid, i' gn'avoit pus moyen de l' l'avoir hors d' ses draps ; i' ramenoit ses couvertures padsus s' tête, et sin père il avoit bieu l' l'huqui, i' li répondoit oui et n' bougeoit pount pus qu'ène choque. Surtout dains chés temps d' gélée, quand i' n' fasoit pount clair d'vant huit heures du matin, ch'étoit coère pire : i' pouvoit pount s' décider à s'étampir.

Un jour qu' Roubinout i' s'ein alloit ein ville avu sin flu, à pied, d' grand matin, pour ène fête à qu'veux où i's voulaient acheter un pouloin, ein arrivant à mitan voie qu'min, Roubinout i' s'arrête tout dé n'ein keup su' l' queuchie ein huquant sin flu qui s' s'étoit attargi à allémer ène cigarette.

— Tchout, qu'i' li crie, viens peu vir.

— Ch'est qu'i' gna, papa ? qui foit ch' joune homme ein accourant.

— Ravise.

— Pount poussibe !... Mais ch'est un porte-mounoie.

— Et bé, ramasse-l'-lé et ravise chou qu'i' gna d'dains : ch'est pour ti.

Ch' joune homme foit chou qu' sin père venoit d' li dire, et apris avoir ouvert ch' porte-mounoie, i' crie :

— Lewarou !... l' gna quate pistoles et deux pièches cinq francs : ch'est l' prix d'un vieu.

— Ou bien d'ène monte... Si tu l'éyèves

d' bonne heure, ch' te n' n'achetterai ène. Tu vois, min flu, chou qu'ein gainne à s'élever d' bonne heure.

-- Oui, papa, qui li réplique s'n héritchi sans bégui, mais ch'tide qu'il l'a perdu, i' s' s'est coère élevé pus tout qu' nous.

---◦◦◦---

POISSON D'AVRIL

Ils étaient en train à trois - un travailleux d ' mécanique, un kéron et un cultivateur — d' boire ène goutte ch' matin du premier avril dergni, à l' mason d'un cabaretchi, leu voisin, quand i's mettent à dire : i' nous fouroit bien foire courir l' poisson d'avril à quitz'un.

— J'ai ène idée, qui foit tout dé n'un keup ch' travailleux d' mécanique.

— Voyons, qu'i's font l'z' eutes deux.

— As-tu du fort papyi, qu'il erpreind ein s'adréchant à ch' cabaretchi.

Ch'tichi, sans rien dire, il ouvert ène ourmaille et il ein désaque du grous papyi ganne.

— Ch'est nou affoire, qu'il ajoute. l'ou' l' l'heure, qui continue, marche à t'n étave nous querre ène belle bouse d' vaque.

— Et d'vant, qui foit ch' cultivateur, ermet nou un tchout verre.

l' s'eimpresse d'oubéir, pis i' sort et un mou-
meint apris i' reinte avec ploin ène bêche d'
brein d' vaque.

— Vous allez vir, qui dit ch' travailleux d'
mécanique.

Et ein disant cha, il étale sin papyi, met s'
marchandise d'sus, pis arrainge bien l' tout ein
paquet, ermet ène eute felle outour, pis coère
ène eute et fichelle tout cha, pis i' demanne ène
plème et de l'einque et s'adréchant à ses com-
pères il y eux dit :

— Pou l'heure, à qu'èche qu' nous allons
einvoyi cha ?

L'un i' dit un nom, un eute n'ein dit un eute,
et finalement i's décident de l'einvoyi à un parti-
cuyi qu'i's étaient seurs qu'i s' fâcheroit ein
erchuvant ch' paquet-là. Ch' cultivateur i' s'ap-
plique à bien écrire ch' l'adrèche.

— Pus donc, qui foit ch' travailleux d' méca-
nique, quand toute a été prêt, v'là chou qu'nous
allons foire : quand nous voirons arriver ch' fac-
teur ou d'bout delle rue, nous l'pourterons ou
mitan voie delle quechie. Ein voyant ch' paquet,
nou homme l' ramassera et n' manquera poont
de l' pourter à s'n adrèche.

Chou qui fut dit fut foit. Tout d'un keup,
ch' kéron qui guignoit ch' facteur, y eux crie :

— L' v'là !

Tout oussitout nous trois geins sortent comme
des einfoustaquis et i's prouflitent de ch' qu'il
ainte à ène mason ermette ène lettre, pour plachi

leu' paquet ou milan de ch'qu'min. Chou qu'i's
avaient prévu arrive. Ch' facteur approche, ra-
vise, s'aboisse, l' ramasse et s'ein va avuc. Nous
geins, drière chés ridgheux delle fernète, s' te-
naient leux côtes : leu farce alle avoit réussi.

. . . .

L' surlennemain, ch' travailleux d' mécanique
qui fémoit s' pipe su' l' pas de s'porte, voyant
passer ch' facteur, i' l'arrête pour l' quest-
chionner et savoir la flu d' leu poisson d'avril.

— Avant z-hier, j' vous ai vu ramasser un
paquet su' l'route : ch'est donc quiz'un qu'avoit
perdu quit' kose ?

— N' mein parlez pount, qui foit ch' facteur
en erriant. Figurez-vous que ch' paquet qu' j'ai
là trouvé su' l' queuchie, je l'ai pourté à ch'
l'adrèche qui gn'avoit d'sus et même que ch'
l'homme pour qui ch'éloit i' m'a donné quate
sous quand je y ai eu dit qu'meint qu'je l'aveis
trouvé. Seulemeint, hier, quand j' sus erpassé
à s' mason li donner sin journal, i' m'a foit d'z'
erproches et i' s'est même fâchi, m'erque-
mandant à l'avenir de n' pus m' chergi d' parelles
coumissions pour li. Je m' sus douté d'apris cha
qu' cha devoit éte quite poisson d'avril. Mais
j' n'ai pount seu quoi.

Comme ch' kéron i' sourtoit de s' boutique
et ch' cultivateur de s' cour, i's z'ont été tous
les quate boire un tchout verre et i's z'ont mis
ch' facteur ou courant de l'affoire, taudis qu' li
d' sin couté, a erquemeinchi s'n histoire pou'
l' z'eutes deux.

CH' BOURRIQUE, L' NAPPE & CH' BATON

I' gn'avoit ène fois un abatteux d'abes et pis s' femme qu'étaient bien poves et chergis d'enfants. I's vivaient dains un tchout village, tout serrant un bous. Pour nourrir tout l''famille, i's travaillaient jour et nuit. L' mère, alle trimoit tant qu'alle pouvoit sans s' ploinne, mais ch' père, i' s' lameintoit tout l' temps.

Un bieu jour, ercrant d'ène vie parelle, ch' l'homme il a voulu ein finir. Laissiant là femme et enfants, i' s'ein va droit d'vant li à l'ercherche d'un abe pou' s' penne ou d'un chué pou' s' noyi. Des abes et pis des chués, i' n' n'a erjoint pas mal, mais i' trouvoit chaque fois quite kose à erdire : tout dé n'un keup, chés branques n'étaient pount assez fortes pou' l' suppourter, chés errious n'étaient pount assez avants pour qu'i' puche s'y noyi, si bien qu' pour s' détruire, il avoit déjà été bieux et lon. I' s' s'étoit même tellemeint éloigni de s' mason, qu'i' finit par reincontrer ène sorte d' viux ermite qu'i' n' counaissoit pount. Ch' saint homme, i' vivoit tout ein part-li et i' passoit pour foire des miraques. Ein l' voyant passer d'vant s' tchote mason, i' li dit :

— Par û qu' tu t'ein vas comme cha, min brave homme ?

— Ma foi, qui répond ch' l'abatteux d'abes, j' vas m' penne ou m' noyi.

— I' n' feut pount t' penne et i' n' feut pount pus t' noyi ; mais, pusqu' t'es malhéreux. j' vux vénir à tin secours. Tchiens ! j' vas t' donner un bourrique, ch'tide qui l'est là dains m'n élave. Tu n'éras qu'à li dire à heute voix : « Bourrique, fois tin service ! » et oussitout i' fera d' l'or et pis d' l'argeint outant qu' t'ein vouras. T' v'là l'homme l' pus riche d' la terre. Mais, comme tu n' vux pount ête riche tout ein part ti, ertourne ertrouver t' femme et t's enfants.

Ch' l'homme, menant sin bourrique pa' s' longe, erpreind donc l' qu'min de s' mason. A ch' moumeint-là, i' n'éroit pount toullu li parler d'abes pou' s' penne et d' chués pou s' noyi. Oussi, étoit-i' ploin d' prévenances et d'alteintions pour sin boudet, dont i' surveilloit l' moinde feux-pas, tellemeint qu'il avoit peur de l' vir chouper et qu'i' ne s' luche. Mais, à marchi d' la sorte, l' nuit surpreind nou homme juste ou moumeint qu'i' passoit d'vant un mélin. I' buque à l' porte de ch' magni et i' demanne à souper et à couchi. Ch' magni, i' conseint.

— Surtout, qu'il erquemanne ch' l'abatteux d'abes, soignez bien min bourrique, parche que d'main matin je n' n'érai grand besoin pour ène longue course qu'i' m' reste à foire.

L' lennemain, comme l' jour l' pointoit, i' dit à ch' magni :

— J' vas donner un picoutin d'avoinne à m'n âne et j'erviens vous payi chou que j' vous dois.

Il einte.dains ch' l'écurie par û qu' sin bourrique étoit loyi et, apris avoir frémé soigneusemeint l' porte et pis tiré ch' verreu, i' preind ch' picoutin qui servoit à mette ch' l'avoinne et, l' plachant d'zous l' queue d' sin beudet, i' li crie à heute voix :

— Bourrique, fois tin service.

Oussitout, ch'tichi i' li reimplit sin picoutin d' pièches d'or et d'argeint toutes nèves Ch' l'homme i' n'ein met ploin ses poches et, reintrant dains l' mason de ch' magni, i' li paie sin compte.

Mais ch' magni, qui l'étrilloit un d' ses beudets dains ène écurie voisinne, il einteind ch' l'homme qui disoit à heute voix : « Bourrique, fois tin service. » Surpris d'aouïr parler d' la sorte à ène bête et peinsant que ch' motte de ch' l'âne il avoit pet-ête s' chervelle déraingie, il einte dains ch' l'écurie les tandis que ch' l'abatteux d' bous il étoit sourti pour payi chou qu'i' d'voit. I' s'approche de ch' bourrique, ein foit l' tour, l'examine tout serrant, pis d' pus lon, et l' trève ein tous points parel à ses bêtes à li.

— Ch'est pount poussibe, qui dit, nou homme il est soul d' parler d' la sorte à ène bête. Quant à mi, j' vas régaler les miennes d'un discours qui sera putout d' leu' goût.

Et tout ein disant cha, i' preind ch' picoutin

pour y eux eimmésurer d' l'avoinne, mais n'
v'là-t-i' pcount qu'i' trève dains chés joints un
louis d'or tout nuf.

— Ah ! ah ! qui foit, ch'est drôle, cha. Mais,
apris tout, cha n' seroit pount ti, qui dit ein
s'adréchant à ch' beudet, qui feroit ch' mi-
raque-là ? Et bé, nous allons vir : « Bourrique,
fois tin devoir ! » qu'i' li crie.

I' n'avoit pount fini qu' v'là ch' beudet qui li
foit un moncheu d'or et d'argeint.

— Ah ! v'là donc ch' mystère éclairchi, qui
peinse ch' magni ein li-même. J'ai justemeint
là un bourrique parel à ch'tichi ; j' vas l' douner
à m'n homme ; cha li fera tout à foit s'u affoire
et ch' térai l' sienne à l' plache : i' n'y voira
qu' du fu.

Chou qui foit tout oussitout.

Ch' l'abatteux d'abes, il ervient à ch' l'écurie
et, sans déméfiance, i' preind ch' bourrique que
ch' magni i' li donne.

I' parvient à s' mason. I' buque à l' porte :

— Ouvrez ! qui crie.

— Qu'est-che qui l'est là ? qu'alle répond
l' femme.

— Bé, femme, ch'est mi.

— Ah ! ch'est ti, garnemeint, prope à rien,
va-nu-piyds... Apris éte parti ein nous laissiant
moirir d' faim, t'erviens oujourd'hui ? Tu pux
t'ein aller ou djabe.

— Hé ! vieille bête, ouvert donc. J'ai d' quoi

nous renne riches tertoutes. Ouvert, ouvert, tu seras conteinte.

S' femme, l' croyant sur parole, ouvert l' porte ein muloutant.

— Ravise, femme, qu'i' li dit ; tu vois bien ch' bourrique que j' ramoinne là, eh bé, i' foit d' l'or et pis d' l'argeint à vouleinté. Preinds l' mandlette et mets-le drière li : tu vas vir.

Ch' l'homme i' s' met à cryi :

— Bourrique, fois tin service !

Ch' l'âne i' n'a pount l'air d' compreinne, mais comme i' li presse les côtes, i' n'est pount peu étouné de l' vir fienter comme ein bourrique ourdinaire.

Ein coulère d' vir que s'n homme i' s' s'étoit moqui d'elle, alle y einvoie alle voulée s' mandlette par l' figure. Ch' l'homme, débeuchi ou poussibe et n'y compreindant rien. erquitte s' caberne pour aller s' penne ou s' noyi.

D' nouvieu il erjoint ch' l'ermite qui li demanne par û qu'i' s'erva.

— Ma foi, qu'i' li répond ch' l'abatteux d'abes, j' m'ein vas m' penne ou m' noyi.

— Qu'meint cha ! Tu vux coère t' penne? Tu vux coère t' noyi ? Tu n'as donc pount seu warder ch' bourrique que j' t'ai donné et qui fasoit d' l'or et d' l'argeint?

— Ah ! l' meucuit d' bête, alle est bien à nou mason, à moins que m' femme à ne l'euche veindue d'puis que j' sus parti, parche qu'à n'

foit pus ni or ni argeint, et quand alle foit sin
service, ch'est pour salir s' litchère

— L' bourrique que j' t'ai donnée, qu'il
erpreind ch' l'ermite, alle fera d' l'or et d' l'ar-
geint tant qu'alle vivra et qu' bourrique alle
sera : i' feut donc qu'ein te l'euche voulée et
kangie pour ène cute. Mais j'ai pitchi d' ti.
Tchiens, v'là ène nappe qu' je t' donne : tu
n'éras qu'alle mette sur ène lave ein disant à
heute voix : « Nappe, fois tin service ! » pour
qu'aussitout tous cheules qui s'attabelleront i's
fucheint servis d' tout chou qu'i' séront besoin.
Avu l' nappe-là, tu n' seras point l'homme l'
pus riche d' la terre comme tu l' serois devenu
si t'avois conservé ch' bourrique que j' t'ai
douné, mais ni ti ni t' famille vous n' manquerez
jamois dé rien. Ertourne donc serrant t' femme
et t's enfants pour les foire prouflter d' chou
qu' je t' donne.

Ch' l'abatteux d'abes i' ploie soigneusemeint
s' serviette, l' met dains s' poche et erpreind,
pou' l' deuxième fois, l' qu'min de s' mason.

Comme l' nuit alle queyoit, il errarrive ou
même mélin que l' prémière fois. Ch' magni
i' né y étoit pount — il alloit assez souveint
cherchi des mannées dains chés villages einvi-
rounants. Mais l' magnière alle onffert à souper
et à couchi à ch' l'homme qu'alle ercounoit.
Ch' maingi i' n'étoit pount fameux ; fut-che par
avarice, fut-che pour n' pount douner l'éveil.
ch' magni et s' femme i's n'avaient rien kangi

à leu maignère d' vive, bien qui fucheint cer-
tainnemeint devenus, avu' ch' bourrique, chés
geins chés pus riches de ch' pays. Un peu
d' soupe avu' des gouelles rouges et ch'étoit
toute.

Ch' l'abatteux d'abes i' s'ein va dains s'
chamme, assez mal restouré, et i' peinse ein
li-même :

— Ch'est l' moumeint d' vir si m' nappe alle
est bonne à quite kose.

Il l'ertire donc de s' poche, l' déploie sur èue
tave ein disant à heute voix :

— Nappe, fois tin service !

Oussitout l' tave à s' trève chergie d' tout's
espèces d' bonnes choses prêtes à ête maingies.
I' gn'avoit du yève, delle perdrix, du poisson,
du vieu, des léguèmes, du vin rouge et du vin
blanc, des watcheux, einfin tout chou qu'i' feut
pour foire un bon erpas. Quand il a été bien
rassazyi, il a erployi s' nappe, i' s'est couchi et
i' s'est eindourmi.

Mais, d' chou qu'i' n' s'étoit pount méfyi,
ch'est qu'ou moumeint où il avoit dit : « Nappe,
foit tin service ! » l' magnière alle étoit ein
train d' raingi sin linge au fond de s'n our-
maille dains l' chamme d'à couté et alle avoit
parfaitemeint aouï chés paroles que ch' l'abat-
teux d'abes il avoit prounonchies.

— Pour seur, qu'a s' dit l' femme nou homme
a coère quite nouvelle sourchellerie avuc ll.
Fouroit bien que j' seuche chou qu' cha put

éte. Demain, d'vant qu'i' n's'ein voiche, il foura
que j' trève l' fameuse nappe à l'quelle i' parle.

L' lennemain, i' n'étoit pount pus tout élevé,
qu' s'adréchant à l' magnière, i' li dit :

— J'ai un tchout kose sali ène nappe qu' j'ai
toujours avuc mi ein cas d' bésoin ; voureins-
vous me l' laver et me l' renne pour que j' m'er-
voiche avuc ?

L' magnière a n'a eu garde d' perde ène si
belle ouccasion. Alle preind l' nappe, pis a
s'ein va avu' comme pour l' laver. Mais a n'est
pount putout à l'écart, qu'alle l'examine su'
toutes les coutures, ein d'sus, ein d'zous, alle
l' tourne, alle l' ertourne, alle l' ravise ou jour,
ou feux-jour, ou soulel, ou l'omme.

— Ma foi, qu'à s' dit, je n' vois pount d' dif-
féreince einter chelle-là et cheutes qu' j'ai J'
vas ein prenne ène dains nou ourmaille. que
j' donnerai à nou homme ein plache d' chelle-
chi que j' warderai.

Chou qu'alle foit. Nou homme, sans déméfi-
ance, i' met l' nappe dains s'poche, paie chou
qui devoit à l' magnière et erpreind l' qu'min
de s' mason

Ou nuit, il arrive à s' mason. I' buque à
l' porte :

— Toc ! toc !

— Que ch' qui l'est là ? qu'alle l' dit s'femme.

— Femme, qui li répond, ch'est mi. Ah !
mais, l' fois-chi ; j'erviens avu' quite kose qui
va nous tirer tout à foit d' la misère. Nous sont

seurs pou' l'heure d' maingi et d' boire tout
nou seu'.

— Qu'meint cha! Ch'est coère ti, veurien!
dégoûtant! truand! Tu n'as pount peur d'er-
venir apris chou qu' tu nous as foit. Va-t'ein
ou djabe! J' n'ouvert pount!

-- Mais, m' femme, si tu savois! J'apporte
eine nappe comme jamois tu n'as vu ène parelle.
Quand ein l' l'ouvert sur ène tave ein disant :
« Nappe, fois tin service! » a s' couvert d' yève,
d' perdrix, d' vin, einfin d' tout chou qui feut
pour maingi et pour boire. Ouvert! ouvert! et
tu voiras!

L' femme, qui, l' prémière fois, avoit été
attrapée, n' vouloit plus ouvert à s'n homme ;
mais, précisément, ce jour-là, tout l' monde à
l' mason i's s'étaient couchis leux panches
wuides, si bien qu'ein aouyant parler d' boire
et d' maingi, alle finit par ouvert l' porte delle
caberne.

— Femme, qui dit ein eintrant, mets l' tave
et révelle chés tchouts : nous allons nous réga-
ler d'un dîner sans parel.

L' femme allème l' candelle, alle tire l' tave
ou mitan delle chamme les tandis que l'z einfants
fants arrivent ein criant et ein s' bousculant.
Mais ch' père il a eu bien déployi s' nappe et li
dire et répéter : « Nappe, fois tin service! »
rien n'arrive d' sus l' tave.

L'z enfants n' voyant rien venir, sont erpar-
tis y eux couchi ein brayant, tellemeint qu'i's

avaient faim et l' mère alle a pourchui s'n homme à grands keups d' ramon.

Ch' l'abatteux d'abes, n' savant pus quoi peinser, est parti ou mitan delle nuit, bien décidé l'fois-là à s' foire moirir ou pus vite. I' marche, i' marche, droit d' vant li, sans savoir par û qu'il alloit, quand ou tchout jour, i' s'ertrève devant l' mason de ch' l'ermite qui li demanne écoère par û qu'il alloit; ch' l'homme i' li répond qu'il erva s' penne ou s' noyi, mais l' fois-là pour tout d'bon.

— Qu'meint, tu vux coère t' penne ? Tu vux coère t' noyi ? Mais qu'est donc devenue l' nappe qui sert à boire et à maingi ?

— Ah ! l' meudite nappe ! alle est bien à l' mason, mais ein a bieu li parler, a n' foit pus sin service.

— L' n'appe que j' t'ai donnée, alle fera sin service tant qu'alle durera et qu' nappe alle sera : i' feut donc qu'ein te l'euche voulée et kangie pour ène eute. Pus qu' tu n' sais pount miux soigni qu' cha chou qu'ein t' donne, j' n' pux pus pou' l'heure t'ouffrir qu'ène trique.

Et ein même temps i' li donne ch' bâton qu'il avoit dains s' main. Il ajoute :

— Tu n'éras qu'à dire à heute voix : « Bâton, fois tin service ! » Et i' tapera si fort sur ch' tide qui t'éra voulé, même ène éplingue, que ch' vouleu t' reindra tout d' chuite chou qui t'éra pris. Marche donc avuc t' trique à l'ercherche d' tin bourrique et de t'n nappe, tu les

éras bientout ertrouvées si tu vux l'ein donner
l' poinne.

Là dessus ch' l'homme i' s'in va avuc sin
bâton et, toujours par hasard, il errarrive à
ch' mélin par ù qu' déjà, pour sin malheur, il
avoit couchi deux fois.

Ch' magni i' ne l'a pount putout vu, qu'i' s'
met à l' gouailli.

— Et bé, ch, l'homme, quoqu' ch' est qu' tu
vux avu' tin bâton ?

— Si tu savois, magni, d' quoi que m' trique
alle est capable, tu n'en moirois d'einvie. Tin
mélin est ouvert à qui vut y eintrer, si bien
qu' chés vouleux qui vutent t' prenne frainne,
son et blé n'ont qu'à leur aise, mais avuc ch'
bâton qu' tu vois là, tin mélin n' seroit ein n'
put miux wardé. Avuc li tu n'as pus besoin
d'avoir peur d' chés vouleux : tu n'as qu'un
mout à dire pour qu' cheux lichi i's crient
cheint grâce. Et le prève, le v'là : « Bâton,
fois tin service ! »

I' n'avoit pount fini d' dire chés mouts-là,
qu' v'là l' trique qu'a s' met à rabuqui ch'
magni tant et pus. Pan ! su' s' tête ; pan ! su'
sin dos ; panpan ! su' ses gammes ; rantanpan !
tout partout. Meulu d' keups, ch' magni s' met
à cryi comme un perdu :

— Ou secours ! ou secours ! femme ! ou
secours ! ein m' tue !

— Ah ! vouleu ! qui crie ch' l'abatteux d'abes,

ch'est donc ti qui m'as pris min bourrique et m'n nappe !

A chés hurlemeints de s'n homme, l' magnière alle accueurt. A ch' moumeint-là, ch' magni i' criyoit : « Oui ! oui ! ch'est mi qui t'a pris tin bourrique, mais ch'est m' femme qu'a t'a voulé t' nappe.

I' n'avoit pount putout dit cha qu' v'là ch' bâton qui quitte ch' magni pour s'éjeter su' l' magnière ; pis i' va d' l'un à l'eute cin buquant, ein buquant toujours. Ch' magni, s' sauvant pour éviter chés keups, i' tournoit dains sin mélin comme un écureul dains s' cage ; l' magnière, d' sin couté, a s' muche d' zous l' lave, mais i's ont bieu foire, i's n' putent pount y eux garer d' chés keups de ch' bâton qu' a l'air einchourchelé et qui tape toujours d' pus ein pus dru à droite et à gueuche. Tant qu'i's n'ont pount eux reindu ch' bourrique et l' nappe i's ont été rabuquis comme du fer sur ène einglène.

Ch' l'abatteux d'abes, reintré ein poussession d' sin bien, a erpris, fin conteint, avu' sin bourrique, s' nappe et s' trique, l' qu'min de s' mason. Comme il y arrivoit, i' trève s' femme qui ramounoit sin pas d' porte. Du pus lon qu'alle l' voit, a s' met à l'agounir d' souttises et a gn'ein déchoulle pou' deux sous, ein l' traitant d' tous les noms poussibes et imaginabes. Ch' l'homme, pour toute réponse, i' foit arrêter sin beudet et i' li dit à heute voix : « Bourrique,

fois tin service ! » Ch' l'ichi il éyève s' queue
et i' foit un grous moncheu d' plèches d'ar-
geint.

L' femme, ébeubie, n'ervenant pount d'ène
parelle surprise, alle reimplit s'n écourchu d'or
et d'argeint et, kangeant d' ton, alle foit fète à
s'n homme, les tandis qu'i' conduit l' bonne
bète à ène tchote étave qui devoit li servir
d'écurie.

Mais cha a bien été eute kose quand l' nappe,
étalée sur ène tave, alle a servi un diner à tout
l' famille comme i's n' n'avaient jamois vu.

Tout ein maingeant, l' femme alle a foit
raconter plusieurs fois d'chuite à s'n homme
qu'meint, avu' sin bâton, qu'il avoit ertrouvé sin
bourrique et s' nappe.

Ch' l'abatteux d'abes, s' femme et leux
enfants sont devenus les geins les pus riches
qu'ein euche jamois vus dains l' région et i's
z'ont vécu jusqu'à la fin d' leux jours ein n'put
pount pus héreux.

ERVENANT D' L'AFFUT

Par un matin du bon temps dergni, comme
l' jour i' qu'meinchoit à pointer, un bracoigni
qu'à s'n allure ein n'éroit jamois pris pour tel,
reintroit, tranquille comme Baptisse, à ch' vil-

lage. A l' vir marchi, il éroit été difficile d'
savoir qu'i' v'noit d' l'affût : il avoit démonté
sin fusil, dont i' pourloit ch' cainon dains ène
d' ses gammes d' pantalon et l' z'eutes pièches
aillcurs. A un moumeint, i' creize un ouvryi
qui s'ein alloit dains chés kamps pour réparde
flen et comme ch' tichi i' savoit d' par ù qu'il
ervenoit, i' s' met à l' questchionner.

— T'erviens ou moins d' l'affût !... l' fasoit
bon... pount froid... Un clair d' lène cin n' put
pount pus bieu.

— Oui, j'ein viens, qui foit ch' bracoigni,
mais pour chou qu' jé y ai pris, wouète, cha
n'éloit pount l' poinne.

Il éternue d'ène forche sans parelle et i' tousse
deux, trois keups, pis i' s' mouque.

— Et quoiqu' ch'est qu' l'as pris, comme cha,
qu'il erpreind ch' l'ouvryi, curieux d' savoir.

— Et bé, ravise, émon, qui réplique ch' bra-
coigni, ch'est quikose qu'ein n'attrape pount
souveint, heureusemeint.

— Einfin, ch'est chou un lapin, un yève, qui
foit ch' journayi d' pus ein pus intrigui.

— Ah ! ouiche ! ch'est miux qu' cha.

— Ch'est pet-ête un ernard... Mais nan. Si
tu n'avois pris un tu l' dirois tout d' chuite et
tu n'érois pount l'air de t' ploinne comme tu
l' fois. Ene pieu d'ernard, cha s' veind ker : un
marchand d' loques i' t'ein donneroit un bon
prix ; cha veut pus qu'ène pieu d' lapin.

— Nan, va, ch' n'est pount un ernard ; mais

n' chercho pount pus longtemps, parche qu' tu n' trouveras pount.

Il éternue d' nouvieu et i' tousse écoère.

Ch' l'ouvryi, apris avoir réfléchi un moumeint:

— Cha n' seroit quilfois pount un cherf qu' t'érois tué?

— Nan, nan, ch' n'est pount cha non pus.

— Alors, cha n' put pus ête qu'un sanglyi qu' t'as abattu. I' paroît qu'ein n'a vu un dergnièrement l' long de ch' bous.

— Et bé, wouète, tu m'eimbêtes à la fin... Ch'est l' niflette qu' j'ai attrapée, pusqu' tu vux l' savoir.

CH' COUIC

Deux jonnes geins, d'ène vingtoinne d'ennées einviron, ervientent einsianne ène nuit, par un bieu clair d' lène et l' long delle route qui chuitent pour reintrer à leu village, i's devisent einter eux.

— Dis donc, qui dit l'un d'eux, as-tu ermerqui chés bieux soulais nufs que ch' grand Ougusse il avoit dains ses piyds.

— J'ai bien vu Ougusse, qui réplique l'eute, mais j' n'ai pount ravisé ses soulais; j' t'asseure qu' je n' fois pount inteintion à chés qucuchures de l'z eutes.

— Eh bô, mi, j' n'ai pount pus m'eimpêchi d' raviser ses bouttines nôves à tchouts boutons, avu des bouts vernis. Et quand i' marche, cha foit : « Couic ! couic ! couic ! »

— Ah ! djabe, ch'est pount delle tchote bière.

— Ch'est curieux, mi oussi, j' m'ein fois foire, qué j' paie bien kères, mais jamois i's u' font couic ! cemme cha.

— Ch'est pêt-ête parche qu' tu ne l' dis pount à tin courdoigni : cha s' paie à part, cha, tu sais : ch'est du surplus.

— Quoi donc qui s' paie à part ?

— Eh pardi, ch' couic ! couic ! couic ! Ou- gusse il a dû s'ein foire melle dains ses bout- tines.

— Eh bô ! j' vux ête oussi fier qu' li ; l' prou- chaine fois j' m'ein ferai melle oussi dains les miennes.

L'eute, ein l'aouyant, i' s'eimpêchoit difficie- lement d' rire de l' vir si badja.

Comme i's étaient arrivés à ch' village, i's s' sont quittchis apris s'ête souhaité êne bonne nuit.

. . . .

Trois mois pus tard, nou homme, ch' tide qui vouloit qu' ses soulais i's foichent : couic ! i' s' trouvoit à l' maison d' sin courdoigni, qu'étoit ein train d' li prenne emmesure pour êne poire d' bouttines.

— Vous savez, qu'i' li dit, j' vux qu'alles fucheint finnes et bien foites, à bouts vernis,

comme cheutes do ch' grand Ougusse : j' les
paie assez kères pour cha.

— Seucheint tranquille, j' vous les ferai
absolumeint parelles.

— Et surtout, n'oubliez pount d'ein mette
pour quarante sous, trois francs s'il feut ; n'
les moinagez pount, parche que j''vux qu'ein
l'z aouïche.

— Quoi qu' ch'est qui foura mette ?

— Vous savez bien, du couic ! couic ! couic !

L' ROUILLÈRE

Un jour d' fête, Roubert, un jonne homme
d' vingt-ciuq à vingt-six ans, s'habilloit pour
s'ein aller à l' fête d'un village voisin où il
avoit l'inteintion d' passer l' reste delle journée
et même oussi ène partie delle nuit car
i' comptoit bien aller ou bal : chose naturelle.
ch'étoit de s'n âge et ein pus i' cherchoit à
s' marier. S' mère a li sort donc ses habits de
ch' l'ourmaille qu'a li étale sur ène cayelle.

— Tu n' vux pount mette t' rouillère, bien
seur, un jour d' fête, qu'a li crie s' mère d'ène
chamme à l'eute, les tandis qu'i' s' débrousoit.

— Si, si, qui li réplique vivement Roubert,
j' mettrai m' rouillère, m' pus belle, m' néve,

qu'a deux raingies d' boutons et des poches bourdées d' filet blanc.

— Voyons, min flu, feut être raisonnable T'as là d'z habits nufs qu' t'as eu quand t'es ervenu d'ête souldat : i' feut l'z user ; tu n' les mets quasimeint pount ; tous les dimanches, tu t'ernouvelles avu t' rouillère Si tu vux t' marier, i' feut cherchi à plaire à chés jonnes filles.

— Nan, nan manman, qui foit Roubert tout ein s'oussant, i' m' sianne à vir qn' je n' sus pount habilli quand j' n'ai pount m' rouillère. J' crois qu' tout l' monne m' ravise et qu'ein s' moque d' mi

— Ch'est d'z idées, cha, min flu ; ch'est d'z idées qu' tu t' mets dains t' tête Quand ein est mal habilli, je n' dis pount, mais quand ein a d'z habits nufs comme les tchennes eh bé, ein n'a pount peur d' les foire vir... D'abord i's z'ont coûté assez ker pour qu'i's sucheint bieux.

Roubert n' répond pount l' qu' meinche à s'habilli ; i' met sin pantalon, pis sin gyet, et i' dit à s' mère qui l'admire :

— Eh bé, manman, m' v'là prêt Mais je n' sais pount qu'meint qu' cha s'foit : i' manque quite kose. Quoi ? je n' sérois pount l' dire.. Je n' sus pount à m'n aise

S' mère li teindant s' rouillère, alle ajoute :

— Tchiens, mets-lé, i' ne t' manquera pus rien comme cha.

Roubert eindoussant s' rouillère, s'erravise dains ch' miroi'.

— A la bonne heure ! qui foit tout joyeux, m' v'là habilli ou moins : alle est nève, alle est longue alle est belle.. I' gna pount à dire. j' sus un jonne homme comme i' feut quand j'ai m' rouillère !

———<·≪⊙⊙≫·>———   .

L' COURONNE

———

Deux jonnes geins, fille et flu, su' l' point dô y eux marier, s' trouvant d' passage ou chef-liu, où i's étaient venus à ch' marché, proufitent d' l'ouccasion pour foire quites acquisitions dont i's avaient besoin : couronne, égneu d' mariage, live d' messe et d'eutes bricoles.

Pou' l' couronne, ein y eux z'avoit conseilli de l'acheter à ène marchanne d'sus l' plache. Comme i's passaient à ch' l'eindroit d' là, i's s' font einseigni l' mason : ch'étoit à deux pas. I's eintent et i's demannent à vir quites couronnes.

— Les voulez-vous grannes ou tchotes ? qu'alle foit l' fille d' boutique, qui les erchut avu un bieu tchout air amiteux.

— Bé, voyez-vous, qu'alle répond l' jonne fille, moutrez-les-nous d'ène taille moyenne.

— Blanques ou bien noires ?

— Ah ! blanques, qu'il erpreind à sin tour

ch' marié à venir ; ch'est pour ène jonne fille,
qu'il ajoute ein ravisant s' future femme d'un
air qui n'ein disoit long.

— Et qu'meint qu'ein les porte ? qu'alle foit
tout dé n'ein keup l' jonne fille, curieuse et
pressée d' counoite l' mode.

— Mais, mam'zelle, qu'alle ajoute l' fille d
bou'ique, ein n' les porte pount dains s' main ;
i' feut les plachi d'sus ch' cercueil.

Vous voyez d'ichi l'aheurissemeint d' chés
deux jonnes geins.

— Qu'meint cha, qu'alle foit l' jonne fille, su'
ch' cercueil ? je n' sus pount coère morte, ni
que j' n'ai pount einvie d' moirir. Ch'est ène
couronne pour mette su' m' tête.

— Ch' n'est donc pount ène couronne mour-
tuaire qu' vous voulez ?

— Ah ! nan, merci ! Ch'est ène couronne
d' mariée !

Tout s'est alors expliqui. Ch'est qu'ou yu
d'aller mon d'ène moudisse, chés deux amou-
reux étaient cintrés à l' mason d'ène faïencière.

— Vous s'êtes berlusés, qu'alle dit l' fille d'
boutique ein l'z erconduisant : i' feut vous
adréchi à l' porte d'à couté.

---×—

ENE BONNE PLACHE

Su l' route qui moinne ein ville, deux fem-
mes s'ein vont ou marchi, un pégni à chaque
bras. L'ène Rose, alle a un flu souldat d'puis
un an ; l'eute Victoire, a n'a un qu'il est du
prémyi tirache, et pour que ch' qu'min i' y aux
sianne moins lon, alles n'ont rien d' miux à
foire qu'à d' viser

— Vou flu, qu'alle questchionne à un mou-
meint Rose, i' n' tire-t-i' pount à l' mélisse
ch' l'ennée-chi ?

— Bé oui, voyez, Rose, qu'alle répond Vic-
toire d'un air triste. Il est du prémyi. Ah !
qu'alle ajoute avu' un soupir, l' moumeint
d' partir i' sera bientout venu.

— Bah ! qu'alle foit Rose vous savez, ein s'y
habitue, du moment qu'ein les sait bien pour-
tants.

— L' veule i' ne s' ploint pount. Rose, d'ète
souldat si lon ?

— Nan ; i' n'a jamois été malade. Woitché,
i' ne s' ploint même pount. Mais pou l'heure,
i' s' trève bien pus héreux qu' dains les pré-
myis temps . il a ène plache.

— Il a ène plache ! Quoi qu' chest ! Il est
donc gradé ?

— J'crois bien, qu'alle foit Rose, l'air con-
teint, qu'il est gradé. Je n' sais pount qu'meint

qu'ein appelle cha, mais toujours est-i' qu'i'
gainne pus que d'vant, qu'i' n' va pus à l'exer-
cice et qu'i' n' monte pus la garde.

— Ah ! qu'alle foit Victoire ein soupirant, si
l'mienne i'n' n'étoit à ch' point-là : l'veule
i' n'est pus malhéreux pou' l'heure.

— I' n'est pount malhéreux d'apris ch' qui
nous dit dains ses lettes, et si i' put fluir sin
temps dains l' plache-là .

— Ch'est qu'il étoit bien dégourdi et bien
capabe, vou flu. Ch' n'est point toutes qui
putent foire chou qui foit, sans doute.

— Ma foi, pet-ète bien qu' nan. I' n'a jamois
été malapatte.. Ah ! tenez je m'souviens pou'
l'heure delle plache qu'il a : i' nous l'a écrit.
Eh bé i' vient d' passer *ourdounance !*

— Ah ! j'vourois bien que l'mienne i' seuche
assez instruit pour ouccuper ène plache parelle:
mais vous voirez qu'i' n'éra pount l' chance-là

---·✖✖·---

UN HOMME A PLOINNE

Un pove moinagi d'un tchout village picard
s'ein va un jour ein ville, à Péronne, reinne
visite à s' proupriétaire et li payi en même
temps l'prix d' ses fermages.

Arrivé d'vant i' porte, il einte et l'servante

alle l' foit passer dains ch' salon où l' dame
alle étoit ein train d' travailli à un ouvrage ou
crouchet.

— Bonjour, Madame, qui li dit poulimeint
ein s' défulant su' ch' pas d' porte et ein ous-
sant ses pieds à ch' paillasson.

— Bonjour Zidore ; asseyez-vous. J'ai appris
avu tristesse l' mort d' vou femme.

— Ah ! n' m'ein parlez pount, Madame. Un
malheur n'arrive jamois ein part li : vous m'
voyez ou combe delle désoulation.

— Ch'est donc qui vous est arrivé depuis ?

— J'ai oussi perdu m' povo vaque, si bien
que j'sus ruiné tout net.

— Allons, i' n' feut pount vous débeuchi pus
que d' raison, Zidore. Vous comptez pas mal
d'amis dains vou village : chés poves geins
saitent y eux venir ein aide à l'un l'eute ; sans
doute qu'ein n' vous laissera pount dains la
misère et quitz'un compatira à vou sort.

— Ch'est vrai tout d' même chou qu' vous
dites là, Madame. I' gu'a des anmes charitables
qui m'ont déjà offert èno eute femme.

— Eh bô, vous l' voyez bien. Zidore, qui n'
feut pount éjeter l' manche apris l' kégnie.

— Oui, mais oussi, i' gné n'a pount un, d'
tous mes amis, qui m'euche ouffert èno eute
vaque.

A L'ESPOUSITION

Y gn'arrivera coère pus d'un tour à pus d'un à ch' l'Espousition d' 1900 et j'crois bien même qui gné n'éra pus d'un qui n' s'ein vantera pount. Tenez, la preuve, ch'est chou qu'il est arrivé à un bon brave homme d' pount lon d'ichi : i' feut que j' vous raconte cha dans l' cas qu' vous voureins oussi aller à l'Espousition.

Tchout Lurin, qui s' proumettoit depuis quites mois d'aller vir l'Espousition, dont ein avoit tant parlé dains ch' village et dont, depuis quite temps chés gazettes annoncheint qu'alle étoit einfin finite, avoit pris dimainche passé un train d' plaisi' pour l'aris, sans s' douter d' chés tribulations qu'i's l'atteindaient.

Arrivé sur les liux, ein homme qui sait qu'i' n'a pount troup d' temps pour tout visiter, i' s' dépêche d' raviser oussi vite qu' poussibe tout chou qui gna ou Champ de Mars, oux Invalides et même ou Troucadérou, d' magnère à ête prêt à l'heure à erjoinne la gare du Nord pour prenne sin train, sans troup s'attargi à l' fête d' nuit. I' n'étoit même pount lon d' dix heures quand, apris ête passé pa' l' grand' porte d' l'Espousition, Tchout Lurin s' s'est ertrouvé su' la plache d' la Concorde. Mais v'là ein eute affoire : comme il étoit venu ein voiture pour

9

aller pus vite, i' n' savoit pus qué qu'min
prenne pour s'éraller et ergagni à temps la
gare du Nord. Pou' s' reinsigni, i' s'adrèche
donc à un mossieu bien mis qui, d'sous un bec
d' gaz, i' fémoit un cigare ein s'appuyant sur
ène canne.

— Tout pris d' l'Oupéra, qui li dit ch' tichi,
vous trouvérez un tramway mécanique qui vous
dépousera à deux pas d' la gare.

Tout oussitout v'là tchout Lurin ein route.
Oh! i' n' foit ni ène ni deux : ein route, dains
l' direction que ch' l'homme y avoit einsigni,
sans savoir même chou qu' ch'étoit qu' l'Oupéra,
ni par ù qu'il étoit, à un bureau d'oumnibus,
i' monte dains ène belle voiture à fernètes
qu' tout l' monne avoit l'air d' prenne, ein s'
disant ein li-même : « Cha n' put ète qu' chelle-
lalle. »

Vers les onze heures, nou homme arrivoit
tout serrant les fourtifications. L' voiture, qu'a
s'étoit arrêtée plusieurs fois à s'arrête pour
tout d' bon, l' fois-là. Tchout Lurin s'informe.
Il étoit à pus d'ène liue d' la gare du Nord. Ein
ploinne nuit, par ù s'ein aller? I' n' counoit
rien naturellemeint dains l'z einvirons, ni per-
sonne. S'ein aller couchi à l'ouberge, i' n' vut
pus questchionner personne, pusqu'ein l' rein-
seinne si mal. I' n' foit pout froid, l' nuit alle
est claire. I' s' allonge donc d'sus ch' l'herbe
l' né y étoit pount putout qu' v'là trois hommes
qui s'approchent. L'un d'eux i' li dit même :

— C'hest qu' tu fois là ?

— Vous l' voyez bien, j' dors.

L' z'eutes i's couchent et tout l' monne s'eindort.

Mais n' v'là-t-i' pount qu' vers les deux heures du matin, passe êne ronne d' poulice. Chés sergents d' ville les révellent tous les quate et i's ont bieu dire et bieu foire, ein les emmoinne ou vioulon delle mairie d'à couté.

Là, ein l'z a fouilli tous les quate, tchout Lurin comme ses trois compagnons d' nuit, des bandits d' la pire espèce. Ch' coumissaire i' n'est pount peu étonné d' trouver dains les poches d' tchout Lurin, un porte-monnoie avu trois cheints francs d'dains. Ch' tichi i' li esplique qu' ch'est d' l'argeint qu'il a pris avuc li pour venir à l'Espousition et i' li raconte chou qui li est arrivé d'puis quites heures. Ch' coumissaire, ein voyant s' bonne figure, i' n'a pount eu d' ma' à l' croire, oussi s'est i' eimpressé de l' foire mette dehors et même, comme i' demandoit sin qu'min à ch' coumissaire pour s'ein aller à l' gare du Nord, ch' tichi, en ériant, il l'a foit conduire par un sergent d' ville.

Mais peindant ch' temps-là, dains un cuin, chés trois veuriens qu'atteindaient, disaient einter eux :

— Ch'est égal qué belle ouccasion qu' nous avons là manquie.

Sans compter qu' tchout Lurin i' l'avoit

échappé belle. Oussi i' s'est bien proumis de n' pus ervenir à l'Espousition; mais ch' n'est pount ène raison pour n' n'eimpêchi de y aller: l'essentiel, ch'est de n' pount s' ber'user d'oumnibus ein s'érallant.

---×××---

MIDI SONNE

Ch'est l'heure d' midi, dains chés kamps. I' foit ène kaleur sans parelle: ch'est dains l' moumeint d' couper chés orges et chés soilles. Deux voisins, Frédric et Roubert, piquettent chacun dains leu kamp. Rien qu' leu patalon pis leu k' mise su' leu dous: i's travaillent à corps perdu et depuis l' fémérie d'onze heures, i's ne s'sont pount dit un mout, tellemeint i's sont actionnés à leu ouvrage et pourtant i's sont à couté l'un d' l'eute; ch'est qu'avu ène heure d' pus i's éraient fini. Tout dé n'ein keup, ein einteind sonner chés cloques. Frédric réyève s' tête et i' dit à sin voisin:

— I' m' sianne à vir qu'j'einteinds l' cloque: v'là midi qui sonne.

Roubert, tout ein s'appoyant d' sus sin crouchet, tellemeint il a d' ma' à erdréchi ses roins, i' répond, ployi ein deux:

— Bien seur qu' oui, v'là midi... Ah! i' gna assez longtemps que j' travaille.

l'is, sans rien s' dire, i's acoutent l' sounerie, s'arrêtant dains leu travail histoire d'erprenne ène miotte veint ; l' cloque alle finit par ralentir, pis à s'tait.

— Cha m'reind tout triste, qu'il erpreind Frédric, mi, quand j'aouis cha ; j'erpeinse qu' v'l bien longtemps qu' j'einteinds sonner midi... Bientout chinquante ans que j' passe m' vie dains chés kamps... Ah ! je l'ai pus aouit que j' ne l'aouirai : j' k' meinche à m' foire viux !

—· Bah ! t'es crustieux, ti, qui réplique Roubert, d'avoir d' chés idées-là ; mi, quasimeint oussi viux qu' ti, j' n'y peinse jamois... Ah ! quoi bon songi à cha ? Je m' dis qu'apris oujourd'hui i' gna demain et j' preinds chés jours comme i's vientent. Comme j' sais qu' je n' serai jamois pus héreux un keup qu' l'eute, qui m' foura toujours travailli comme un lapide, eh bé, ma foi, j' fois m'n ouvrage sans peinser à rien, et pis, ou d' bout de m'n essillon, l' culbute.

— T'as bieu dire va, mi, quand midi sonne, cha m' reind triste, parche que j' réiléchis à tout cha : ch'est qu' tu vux, ch'est pus fort qu' mi : ein ne s'erfoit pount.

— Eh bé, mi, ravise, ch'est tout l' contraire : quand j'aouis l' cloque tinter, émon, j' peinse qu' ch'est l' moumeint d'aller dîner, parche qu' ch'est l'heure que l' soupe alle est dréchie

et pis qu'apris j' ferai prangère... Erviens-tu,
Frédric ? Mi, j' m'ervas...

— J' m'ein vas finir m' route d' vant partir...
Comme m' femme alle a cuit oujourd'hui, ch'
dîner i' n' sera pount prêt d' bonne heure, pis,
i' feut laissyi à ch' bounet blanc l' temps d'
défourner chés flamiques.

Ein disant cha, i' s'ermet à piqueter les tan-
dis qu'Roubert, apris avoir muchi sin piquet
d' zous un gavelout, sin crouchet deins s' main,
s'ein servant ein maignière d' canne, i' s'ein
va à grannes agambées, à travers kamps, tout
droit du couté de ch' village.

——————

CONSELS

———

Assis tous les deux d'sus un crinquet. dains
chés kamps, un homme d'ène soixantoinne
d'ennées, un jonne homme d' vingt et quites
ennées d' visent einter eux.

Ch' prémyi i' dit à sin camarade, moins âgi :

— Min guerchon, t'es jonne, feut n'ein prou-
fiter... Quand j'avois t'n âge — i n'a bien lon-
temps d' cha — j' m'amusois, j' t'ein réponds.

— J' m'amuse oussi, allez, qu'i foit l'eute.
Tenez, pount pus tard qu'hier dimainche, ou
cabaret, j'ai foit plusieurs parties d' piquet.

— Tu jues ou piquet ! à t'n âge ?... Mais ch'est un ju d' viux geins, cha ; ch'est bon pour mi d' juer à cartes. A vingt ans, parler d' juer ou piquet ouyu d'aller ou bal, d' foire danser chés filles .. I gna qu' cha d' vrai à t'n âge, vois-tu, parche qu'ein n'a qu'ène jounesse... Feut n'ein proufiter, sans quoi ein l'ergrette pus tard.

— Et bé, mi, j' n'y tchiens pount d'aller ou bal ; cha n'est pount dains mes goûts. D'abord, je n' sais pount danser et pis, ein pus, j'appérheinde d' parler à chés filles... I' m' sianne toujours à vir qu'a s' moquent d'mi.

— Mais, grand badgha, bien seur qu'a s' moquent d' ti si tu n' les ravises pount. Chés filles alles ont cair cheutes qui saitent les foire rire.

— Ch' n'est pount de m' feute : je n'sais rien dire... Ch'est pus fort qu' mi. J' manque un peu d' hardiesse... Apris tout, si a n' vutent pount m'avoir cair, tant pire.

— Ch'est-i permis d' dire des choses parelles, qui foit ch' l'homme âgi ein allemant s' pipe. Ah ! bé, mi, à t'n âge, j'érois passé dains l' fu, dains l'ieu, dains n'importe quoi, lewarou ! Mais quand tu vouras t' marier, qu'meint qu' tu feras ?

— Ah ! mais, j' n'ein sus pount coère là ; j'ai bien l' temps d'y peinser pus tard.

— A t' place, min flu, j' n'atteindrois pount pus tard. T'as la partie belle de ch' moumeint-chi : m'est avis qu' si tu voulois lourgni

l' chote voisinne qu'alle a l'air d' n'avoir d' yux
qu' pour ti, tu pourrois l' l'avoir d'ichi quite
temps. Alle est geintie, raisonnabe, cha fera ène
bonne moinagère et chou qui n' wate érien,
alle éra d'z' écus un jour.

— Oh ! j'y parle bien à chelle-là quand je
l' reinconte.

— A la bonne heure !... Et quoi qu' ch'est
qu' tu li racontes ?

— Cha dépeind Advant z'hier nous avons
parlé gardinage. Comme j'ai ermerqui qu'alle
avoit des belles chitrouilles, je y ai demandé
des pipins pour mi n'ein planter et avoir
d'oussi grous poutirons qu'elle : alle m'a prou-
mis d' m'ein donner.

— Demanne-li donc oussi delle graine d'
cournichons quand tu l'ervoiras.

———◦◦◦———

UN HÉRITAGE

Un fermyi, déjà d'un certain âge, qu'étoit
père d' famille, avoit cru bien foire ein parta-
geant d'avanche sin bien einter ses enfants
Cheux-chi, d' leu couté, s'étaient eingagis à
l' lougi, à l' nourrir et à l'eintertenir chacun
leu tour.

Ou qu'meinchemeint cha avoit d'abord bien

élé Ses trois flux et surtout ses belles-filles étaient ploin d' prévenances, d' tchouts soins, d'atteintions pour li. I' faisoit tout chou qu'i' vouloit et ch'étoit toujours bien : ein alloit même au devant d' ses désirs et d' ses b'soins. Li, n'ein demandoit pount tant ; i' n'aspiroit qu'à vive tranquille sans ète dourlouté ni poulouté, mais comme cha y eux plaisoit de l'arraingi delle sorte, i' les laissioit foire, d'outant pus qu'i' n'avoit pount à s'ein ploinne.

I' n' disoit qu'ène chose : pourvu qu' cha dure et à s'n avis ch'étoit troup bien pou qu' cha dure. Ein effet, ou d'bout d' quite temps, les uns pis l'z eutes s' sont comme ercrandis d' l'avoir à leu cherge. Bien lon de l'amignouté, chés belles-filles pour l'heure l' reimbarraient tant et pus, n' trouvaient pus rien d' bien quand i' fasoit quite kose et pour un peu i's éraient trouvé qu'i' vivoit troup viux.

Chagriné d'ète traité d' la sorte, ch' l'ancien fermyi s'ein va conter s'poinne et ses tourmeints à un d' ses amis du village, noutaire ertiré qui vivoit ein reintchi.

— Vous flux, qui li dit ch' tichi, i's n'ont pus d'égards pour vous ?... Cha n' m'étonne pount : vous l'z avez partagis d'avanche... J'ai vu cha arriver bien souveint. Voulez-vous les vir ervenir comme edvant

— J' vourois bien et je ne demanne pount miux... Ch'est qu'i' feut foire ?

— T'nez, j' viens justemeint d'erchuvoir ène

saquie d'écus. Vous allez l'eimpourter et vous érez soin, plusieurs fois par jour d' les compter dains vou chamme ein fasant tinter ches pièches l' pus fort qu' vous pourez. Vous n' serez pount lon à vous aperchuvoir d' l'effet qu' cha prouduira : vous enfanis, vous croyant erdevenu riche i's kangeront tout d' chuile d' conduite vis à vis d' vous.

Ch' pove père n' demanne pount miux, pour ertrouver s' tranquillité, que d' foire chou qu'ein li conseille Reintré, i' s'einfrème dains s' chamme et wuidant d'un seul keup ch' saclet su' chés carrieux, i' s' met à compter des pièches cinq francs à n'ein pus finir.

Oh ! l'effet i' n'est s'est pount foit attenne : l' belle-fille, intriguie d' savoir chou qu' sin bieu-père il erniquoit dains s' chamme, si longtemps, alle vient à keuchons acouter à l' porte, pis vite alle queurt trouver s'n homme qui battoit d' l'hivernage dains l' grange pour li raconter la chose. Et tous les deux, su' l' pointe d' leux pieds et ertenant leu respiration, i's vientent raviser par un treu de ch' cliquet d' porte. I's sont abazourdis d' chou qui voitent. Quand même, i's n' ditent errien jusqu'ou nuit, mais i's trampillaient d' savoir.

Ein soupant, ch'flu, ein maignère de rien, i' dit comme cha à sin père, quand i's z'ont eux fini d'maingi leu soupe :

— Papa, quoique ch'est qu' vous brasseins ou matin, qu' j'ai einteindu teinter des pièches cinq francs ein passant serrant vou chamme?

— Bé, j' mein vas t' dire, min flu, ch'est ène certaine somme qu' j'avois mis dains l' coumerce et qu'ein m'a reindue avu l'z intérêts...

— Mais ch'est qu' vous allèz n'ein foire? Pusqu' vous n'avez pu b'soin de rien; n'avez-vous pount ichi tout chou qu'i' vous feut?

— Cha n' foit rien; ein n' put pount savoir chou qu' l'avenir i' m' réserve; mais j' tchiens à conserver ch' l'argeint-là avuc mi pou' l' laissyi, apris mi, à ch' tide d' vous trois qu' m'éra l' miux soigni peindant l' restant d' mes jours.

I' n'est pount b'soin d' dire qu'à partir de ch' moumeint-là, ch' viux ceinsyi i' fut coère miux traité qu'i' ne l'avoit jamois été. Chés belles-filles surtout n' saveint pus qu'meint l' prenne pour li foire plaisi', a s'raient mis ein quate pour avoir ch' magout.

Quand il a été mort et einterré, quiles ennées pus tard, ses flux ont couru à l' boîte d' fer-blanc par ù qu'il avoit coutème d' metto s'n argeint, i's l'ont ouvert et i's n'ont pount peu été surpris de l' trouver wuide. I' gn'avoit seulemeint un martcheu d' fer avu un mourcieu d' papyi su' l'quel ch' fermyi il avoit écrit: « J' lègue ch' martcheu à ch' tide qui conseintira à brisyi l' tête de ch' père assez tourni pour partagi sin bien d' sin vivant à ses enfants ein comptant su' leu ercounaissance. »

I's z'ein sont restés tout bec et borne.

UN JOUR D'OUVERTURE

Ch l'histoire-chi a s'est passée l'jour d'l'ouverture dello cache, dains un wagon de la Compagnie du Nord.

I's s'étaient donné à plusieurs rendez-vous à l'gare, parche qu'i's z'étaient invités mon d'un grand proupriétaire pour foire sur ses terres l'ouverture delle cache. Ene fois dains ch'train, l'un d'eux i' s'eindort dains un cuin, les tandis que l'z eutes s' mettent à fémer et à parler, racontant surtout chés histoires d' cache qu'i's y eux étaient arrivées l'z ennées de d'vant et tout chacun sait si i's n'ont toujours ein réserve dains l' fond d' leu' carnassière.

A un moumeint, l'un i' dit à sin voisin, ein montrant ch' tide qui dourmoit :

— Et jou que ch 'n'est pount un tel qui dort ?

— Ch'est li même.

— Vous l' counaissez ?

— Comme j' vous counois.

— Voureins-vous m' préseinter ?... Quand i' sera réveilli ?

— Mais tout d' chuite. Ch'est un tel cacheu qu'il a un yève dains s' pauche ; j' sais l' moyen de l' réveyi sans l' touchi : vous all-z vir.

Ch' l'ami de ch' dourmeux i' s'approche de ch' tichi et i' li crie dains s'n éraille :

— Emile ! Un lapin ! ravise !

Ch' dourmeux s' révelle ein surseut, s' frotte
ses yux et s' mettant à rire, i' répond :

— Farceux, va !

L' préseintation a s' foit.

Mais dains un eute cuin de ch' vagon, un
voyageur, inconnu d' chés cacheux qui dour-
moit oussi, tout ébeubi par ch' l'hurlemeint de
ch' criard, preindant la chose d' travers, i' dit :

— Vous venez d' m'tte tout ch' train ein
révoulution ein criant à l'assassin. J' vux bien
qu' ch'est pour rire, mais ch' n'est pount ène
farce à foire ein public. J' sus inspecteur et
comme tel, je m' vois dains l'oubligation d'
vous foire ène contraveintion.

Plusieurs têtes curieuses s' moutraient à
chés tchouts carrieux qui gna einter deux
vagons et chacun, dains chés vagons voisins,
se demandoit chou qui venoit d'arriver à couté.

Ch' l'homme qu'avoit réveyi Emile s' débat-
toit comme un djabe de s' vir avu un proucès
su' les bras.

— J' n'ai pount cryi à l'assassin, j'ai cryi :
Emile ! un lapin ! Vous avez mal aoui et vous
croyez qu' vous allez trouver ène affoire avuc
mi, mais vous s'berlusez, parche que j'sais lire
et même écrire à l'ouccasion et nous voirons
bien.

Mais tous l's eutes voyant l' tournure qu'
preindaient les choses, s' sont eintermis, si
bien que ch' l'inspecteur d' vant l'air décidé de
ch' cacheu, il a ercounu qu'il avoit tort et ein

dévalant de ch' train i's erriaient tertoutes de
ch' l'aveinture.

CH' MEILLEUR LARD

Un jour ou matin, l' lennemain d'un marchi,
Bricoulet eimmoinne, tout ein d'visant, un d' ses
voisins du couté de s'n étave à couchons.

— Viens donc vir, qu'i' li dit, ch' pourcheu
qu' j'ai acheté hier pour foire du lard : tu
m' diras chou qu' t'ein peinses.

Tout ein ouvrant l' porte de ch' l'étave :

— Tchiens, ravise un peu l' bête-là... Ch'est
un hasard qu' j'ai foit.

Ch' voisin, s'esclamant :

— Cha, ch'est ène vieille truie qui poise pour
les moins trois cheints et qu'a pet-ête bien dix
ans d'âge... Et tu vux tuer cha ?

— Pour passer nou ennée, ch'est chou qu'i'
nous feut, vois-tu... Nous avons tertoutes ker
du lard, à l' mason.

— Mais einfin, qui réplique ch' l'ami étouné,
vous n'êtes qu'un moinage d' quate personnes ;
j'ai du ma' à croire qu' vous maingerez ène bête
parelle... Et t'es d'avis qu' cha fera du bon lard,
l' truie-là ? T'érois miux foit d'acheter un bon
couchon dains les cheint chinquante à deux
cheints...

Bricoulet, s'espliquant :

— Tu vas m' comprenne... Ène truie comme cha, cha n'est pet-ète pas oussi friand qu'un moyen couchon, mais oussi, pour foire ène bonne soupe avu' des gouettes, l'hiver, i' n' feut pount tant d' vianne non pus. D'un eute couté, comme ch' lard est troup gras, qui vous croque l' cair, personne n'y touche l' jour qu'ein foit l' pout-ou-fu, si bien qu'ein n'ein mainge froid l' lennemain et qu'i' n'ein reste coère l' jour d'apris pour foire ène fricassée à pemmes d' terre ; d'elle magnière-là, ch'est ène granne écounoumie, j' t'asseure.

— Il est bon d' moinagi sin lard, je l' vux bien, cha n'avanche pount d' gassouilli chou qu'ein a, mais tu n'es pount si malhéreux qu' tu vux bien l' dire et i' m' sianne à vir qu' tu pourrois tout ou moins maingi du bon lard...

— Du bon lard, qu'il erpreind Bricoulet, du bon lard, j' te l'accorde, seulemeint, j'acheterois un bon tchout couchon, jonne, tairre, ni troup gras, ni troup maigue, einterlardé, quoi, mais i' n'ein fouroit tellemeint qu'i' n' feroit pount m'n onnée avu' chés galafes qu'i' gna à l' mason, tandis qu'avu' ch' lard-chi, nous maingerons d'elle vianne plusieurs jours par semoinne et i' durera longtemps.

Ch' voisin il a été si estoumaqui qu'i' n'a rien trouvé à réponne.

———◦◦◦◦———

FEUTE D' COMPRENNE

Ou moumeint d' chés vacances ein voit erve-
nir dans chés villages, d' tous les coutés, des
jonnes geins qui restent leu' ennée ein ville
mais qui, eu mois d'éoùt ou bien d' septembe
sont conteints d'ervenir passer quite temps à
l' mason d' leux père et mère.

Ch'étoit l' cas de ch' tchout Gridoux, eim-
ployi comme comptabe dains èue granne mason
d' Paris et qui, tous l's ans, oux aleintours delle
Noter-Dame, ervenoit vir l' ferme par û qu'il
avoit été élevé et qu' sin père, glourieux delle
belle plache qu' sin flu il occupoit, l' l'erchu-
voit à bras ouverts.

l' gna quites jours, i' reinte comme chaque
ennée pour passer èue quinzoinne d' jours à sin
village. Sin père, apris l'avoir ravisé d' bas ein
heut, d'puis ses pieds jusqu'à s' tête, i' l'ques-
tchionne comme i' n'avoit l'habitude.

— Eh bé, tchout, t'as toujours l'air héreux...
T'es habilli comme un prince ; t'as des mains
oussi blanques qu' du lait : ein voit bien qu' tu
n' vas pount à l'air du temps... Combien qu'
t'es d'heures à tin bureu ?

— J'y sus ein moyenne huit heures par jour
et j' ganne deux cheints francs par mois.

— Cha est bieu... Cha veut miux que d' tra-

vailli l' terre... Et ein dehors d' tin travail,
ch'est qu' tu fois ?

— Oh ! chés distractions n' manquent pount :
ein été, nous avons la campagne, chés bous,
chés gardins publics, L'hiver, chés speclaques :
concerts, théâtes ; i' gna oussi chés musées ;
j'ai békeup cair l' peinture : j' passerois ma vie
à raviser des tableux : j' sus un passionné d'
l'art.

— Pourtant, qui li répond sin père, dains
l' temps, tu ne l'avois pount cair, quand t'étois
jonne. Cha foit vir qu'ein kange d' goût ein
vieillissant... Eh bé, ravise, tu tombes tout ou
pus mal : nous n' n'avons pount à ch' moumeint
chi et nou couchon i' n' sera bon à tuer qu'
dains un grand mois... Mais si tu n'ein vux,
nous n'acheterons.

Tchout Gridoux qui voit qu' sin père n'a
pount compris, rapport à sin peu d'instruction
et n' voulant pount li espliqui, chou qu'éroit
pet-ête été assez difficile, i' s' conteinte d' ré-
pliqui ein erriant.

— Nan, nan, papa, i' n' feut pount surtout. A
Paris, je n'ai tant que j' vus ; ichi, j' m'ein pas-
serais voulintchi.

— Comme tu vouras... Mais à t'n aise : feut
pount t'ein priver... Si tu n'as einvie, j'ein
preindrai quîtes lives mon de ch' cherculchi.

———✷◈✷———

L' VELLE DELLE FÊTE

Ch'est toujours l' coutème à chés fètes d'
foire delle pâtisserie : tourtes, flans, watcheux,
mais ou jour d'oujourd'hui, cha s' passe diffé-
remmeint qu' dains l' temps. l' gna pount coère
longtenps, quasimeint tout chacun il avoit sin
four à s' mason, parche que l' temps passé,
ch'étoit l'habitude qu' l'un l'eute i' foèche sin
pain, tandis qu' pou' l'heure, ein l'ajète mon
de ch' boulaingi. Ein n' reinconte presqu' pus
d' fours particuyis : cheutes qui restaient coère
sont fondus d' vieillesse et ein les a démoulis,
quant à chés masons nèves, ein n'y foit pus
d' four.

Mais gna quites ennées seulemeint — sans
ermonter bien heut — ein trouvoit coère un
four à cuire vachi vala, si bien qu' chés velles
d' fêtes d' village, ch'étoit un ermue-ménage
sans parel dains chés cours et par chés rues.
Chaque four étoit ertenu cinq, six fois pour y
foire des fournées d' flans : ch' prémyi qu'il
l'ertenoit, il avoit ch' nimérou 1, l'z eutes
venaient einchuite ; cinter deux fournées, ein
fasoit ène foée ein brûlant un d'mi fagout
d'épinnes et cha s' proulongeoit tellemeint qu'
chés dergnis flans étaient einfournés à l' clerté
d'un lémeron et défournés d' même.

Oujonrd'hui, ein va pourter cuire ses tourtes,
ses flans, pis ses watcheux. mon de ch' bou-
laingi qui vous sert vou pain ; et ch' n'est pount
ène moins tchote affoire qu' dains l' temps.
parche qu'alle fête. du flan, ch'est un régal ;
i' n' seroit pount l' fête si ein n' maingeoit
pount d' tourte : chés enfants, qu'ont bien
glainé dains l'éoût, dervent apris parche qu'ein
gn'eux z'a proumis, et chés grannes personnes
ein maingent oussi parche qu' cha y eus foit
plaisi' d'abord, pis einchuite, comme l' pâte
eintoque, cha foit boire et i' gn'a pount d' belle
fête sans buvatteries.

Donc. quites jours d'vant l' semmedi delle
fête. ein casse des ufs, chés hommes vont
cueillir des pronnes, ein a foit passer des pou-
tées d' poires ; ein ertchient à l'avanche du lait
dains chés fermes. et l' velle delle fête arrivée,
ch'est souveint un spectaque qui n' manque
pount d' coumique. Chés femmes n' ritent
pount ch' jour-là et i' n' foit pount bon d' les
approuchi, parche qu'alles ont, comme ein dit,
leu bounet d' travers. Peinsez peu, i' n' feut
pount manqui l' fournée d' pâtisserie : leu
réputation d' bonne moinagère ein dépeind et
alles mettent leu amour-prope à moutrer qu'alles
saitent tripouter l' pâte et ein pus alles tchein-
tent à foire maingi du bon à leus geins. Oussi
feut les vir ein court caracou, leux bras er-
troussés pus heut qu' leux kendes, einflquies à
milan corps dans l' moie, rouler l' pâte,

l'aplatir, l'ertourner, l'allongi ; i' feut les ein-
tenne donner des ordes à leux hommes étan-
chonnés dains l' chamme, sans ousoir bougi
parche qu'i's n' saitent pus par ù mette leux
pieds, tellemeint alle est eindouble d' pintlouts,
d' castrolles, d' telles, d' sieux, d' plats, d'as-
siettes, d' tourtchères reimplies d' prounée,
d' lait bouli, d' pronnes. Ch' bounet blanc est
oux cheints keups, alle va, alle vient, alle
queurt, alle ratourne, alle piétonne, pire qu'un
froumion, oussi einfoustaqui qu'ène couvoire
avu trois poulets ; alle demanne, ses mains
ploinnes d' pâte, ch' burre, ch' sô, l' cromme,
tout ein criant apris ses enfants oucupés à
treimper leux doigts dains chés soupières et à
les chuchi.

Einfin, non sans ma', tout il est prêt à
pourter mon de ch' boulaingi : alle a pinchi chés
erbords d' chés flans, cinquelé chés tourtes, foit
des déssins avu ène tête d'ouillette pour qu'i's
eucheint meilleure mine et qu'i's fucheint pus
préseintabes ; chés flamiques sont frémées
chés boulouts ervenus à point. Ch'est là quelle
pousseinssion alle qu'meinche : chés hommes,
qu'i's n' voiront pount leu ensoille delle jour-
née, preintent ène tourtchère d'ène main, un
pintlout d' l'eute et i s font la navette delle
mason à l' boulaingerie ; chés galmites chuitent
drière et l' femme vient apris, tertoutes pour-
tant quite kose, et ein foit ch' trajet-là tant
qu' toute i' n' sera pount pourté, si bien qu'ein

n' voit dains chés rues ch' jour-là qu' des geins ploins d' frainne, des femmes qui tempêtent et des hommes ein coulère.

Alle mason de ch' boulaingi, cha n'est pount fini : ch'est seulemeint là que l'z eimbarras i's qu' meinchent. Ch' l'homme et pis l' femme ein perdent la tête, i's n' saitent pus l' quel acouté et tout l' monne parle einsianne ; ch' fourni, l' mason, i's sont eimbernatés d'ustensiles d' toutes sortes, reimplis d' geins soignant leux flans apris y avoir mis delle reimplissure. Ch' boulaingi, oucoupé à sin four, l' netchi, l' tisonne, l'fourgonne, pis i' s' dépêche d' foire ène fournée, mais là chés disputes i's qu' meinchent.

— Ch'est à mi.

— Nan, ch'est min tour.

— Vous n' fasez qu' d'arriver.

— Cha n'est pount vrai, i' gna ène heure qu' j'atteinds.

— Si ein put dire.

Chés mouts s' creizent, chés langues marchent, ch' boulaingi s' fâche parche qu' sin four i' koffe pour rien, tandis que s' femme alle tâche d' les mette d'accord, chou qui n'est pount toujours facile ; l'ène qu' ch'est sin tour, a n' pus pount einfourner parche qu'a n'a pount mis d'ermerque à s' pâtisserie pour l'erconnoite ; ène eute a n'a pount fini d' reimplir ses tourtes parche qu'a n'a ène abouchie qui gna pount d' seins d' n'ein tant foire ; alle crie apris s'n homme qui no l'ai·lght pount. D'eutes s'ein vont, d'eutes arrivent d'eutes n'ercou-nollent pus leux flans et ch'est èno triourrie, èno vuée, à s' seuver.

Quand ein défourne chés disputes erprein-tent.

— Ch'est à mi ch' ti·là.

— Nan, ch'est l' mienne : je l'ercounois à l' dourure.

— Vous n' n'avez meinti.

— Répétez-lé peu.

I' n' s'ein feut pount d' hékeup qu'i's ne s' batchaient à keups d' louches à pouts. Chés enfants, ein juant, i's gènent tout l' moane : i's sont indinnes ; ch' beulaingi il a bieu les pour-chuirre, i's ervientent cinq minutes apris de-mander delle galette à leu mère. Et pour ermerciements, ch' boulaingi il a d'z erproches :

— Mes flaus éraient coère eu besoin d' cinq minutes d' four.

— Mi, mes watcheux, i's z'ont attrapé un keup d' fu... Ravisez si cha est préseintabe, cha, un jour d' fète.

Pour toute réponse, i's l'z einvoie proume-ner, eux, pis leu pàtisserie.

Ah ! nan, ch' n'est pount èno tchote affoire qu'èn . velle d' fête pour un bonnet blanc. Mais l'ennemain, ou dessert ein partageant chés tourtes, meueuites ou bien brûlées, ein treim-pant sin watcheu dains sin café ou brennevin,

tout chacun, s' régalant, n' peinsera pus à
ch' tourmeint qu'il a eu l' velle.

------··×××··---—·

OU CONSEL D' RÉVISION

Ch'étoit jour d' consel d' révision à ch' chef-
liu d' canton. Tous chés conscrits étaient ein
train de y eux débillis, quand n' n'arrive un
qui cinte ein tatounant et qui foit comme l z
eutes.

Ein passant d'vant ch' major, i' déclare qu'il
est quasimeint avule, à tel point qui n'y voit
pount pou s' conduire ni pour foire n'importe
quoi.

— Allongez vou bras gueuche, qui li qu'manne
ch'médecin, et écartez vous doigts.

Ch' conscrit oubéit.

— Maintenant, avu l' main droite, saisissez
vou pouce gueuche.

Ch' conscrit i' cherche, proumoinne s' main
droite outour de s' gueuche, comme si i' ne
l' trouvoit pount et finalemeint, i' parvient à
prenne sin peucha L' coumédie alle étoit cousue
d' filet blanc.

— Pou l'heure, erpreind ch' médecin, un viux
d' la vieille qui connaissoit tous chés tours
qu'chés conscrits pouvaient li juer pour y eux

foire exeimpter, donnez-vous un tchout keup
d' poing su' vou drière.

Ch' conscrit i' s' buque ou bas d' sin dous.

— Qu'meint qu'cha s' foit, li demanne ch'
major, qu' vous n'avez pount vu vou main,
qu'étoit d'vant vous et qu' vous avez trouvé
vou drière qu' vous n' pouveins pount vir.

Ch' conscrit n' répond pount et les tandis
qu'il l'einvole passer à l' toise, ch' major i crie :

— Bon pou' l' service !

N A N

Rose, l' fille de ch' kerpeintchi, cultivateur
et brasseur de ch' village — qu'importe ch'
nom ? — allcit s' marier. Ch'étoit ène belle fille
d' vingt et quites eunées. S' figure a y croit
mérité sin nom si tin ne li avoit pount donné
l' jour d' sin baptisiou ; ses yux bleus, ses
cavieux blonds assoutaient tous chés jonnes
geins à des yues oux environs, d'outant pus
qu' chou qui n'watoit rien, ein part elle d'en-
fant, alle étoit extra riche. Oussi, d'puis déjà
d'z années, à ch' bal alle fête, ch'est à ch'tide,
pour li plaire, qui l' feroit danser ; si bien
qu' chés partis, les pus bieux du canton, ne y
avaient pount manqui, et quand ein li parloit

mariage, alle errioit d' plaisir, n' fuche qu' pour
moutrer ses bieux deints. Toujours d' bonne
humeur, gaie comme un pinchon, cantant
comme un oursignoux, sans tourmeints, venue
ou monne d'zous êue bonne étoile, ch'étoit
plaisi' de l' vir et plaisi' de l'aouïr. A tout
chou qu'ein pouvoit li dire alle répondoit tou-
jours oui si voulintchi, qu' chés bonnes femmes
du voisinage s' plaisaient à dire : « Mamzelle
Rose a n'dira pount nau l'jour d' sin mariage ».

Un jonne homme, parmi cheutes qui tour-
naient à l'eintour d'elle, avoit seu li plaire. Il
étoit d' bonne famille, oussi bien tourné comme
jonne homme qu' Rose comme femme, chou
qui fasoit dire à chés geins qui les voyaient
einsianne : « Cha fera un bieu coupe ». Ch' ma-
riage étoit donc décidé, chés apprêts foits et
l' monne invité... Pou' l' mariage de s' fille,
ch' kerpeintchi avoit voulu bien foire les choses
et ein s' proumettoit ûne noce sans parelle,
dont ein parleroit longtemps. Ch' bal qui va
d' village ein village à chés fêtes, foire danser
chés filles et chés flux étoit monté d'sus ch'
fémyi, dains l' cour et pus d' cheint per-
sonnes, pour ch' banquet, i's devaient s'y assir.

Einfin, ch' grand jour arrive. Rose, dains
s' robe blanche d'mariée, étoit coère pus belle et
pus rose qu' d'habitude Tout l' monne arrive
l'un apris l'eute ; i' gné n'étoit même venu des
z'einvirons à cabrioulets. Chés cleques son-
naient à l' voulée. Tout ch' village, ein éroute,

étoit ramoncheló d'vant l' porte delle ferme
pour vir ch' banquet sourtir. A un moumeint,
v'là Rose qu'alle sort ou bras d' sin père. Ous-
sitout ein aouît des keups d'fusil. ein li pré-
seinte des bouquets, ein lit des compleimeints
et i's parteut pou' l' mairrerie.

Arrivés là. mossieu l' maire y eux lit l' four-
mule du mariage. i' pose la question d'usage à
ch' marié, qui répond oui, pis i' n'ein dit ou-
tant à Rose. Mais lutche qu'alle euche été
interleuquie. l' povo tchote, sans réfléchir à
chou qu'alle dit elle répond : « Nan ». Et ous-
sitout à s'erpreind : ch' n'est pount nan qu'alle
vouloit dire; alle vouroit rattraper ch' nan
d' malheur qu'alle vient d' prounonchi. l' kangi
conte un oui. chou qu'alle peinse. qu'alle a
voulu dire et qu'a n' put pount s'renne compte
qu'a n'a pount dit: il est troup tard ! Pou'
l' prêmière fois de s' vie, alle est triste; pour
un peu, alle y brairoit; déjà chés lermes y sor-
tent d' ses yux D'vant un pareil chagrin.
marié, père, mère, invités i's tâcheut delle
consouler. Ein dit à ch' maire qui gna erreur,
mais li n'vut rien einteinne. Comme i' dit:
« Vous compreindez, la loi, ch'est la loi ; i' gna
pount à aller à l'eincoute »

Tout l' noce alle est désappouintée : i' feut
erfoire des bans, et ch' mariage i' n' put pus
avoir liu qu' dains quinze jours. Ch'est un
conterteмps disgracieux, mais i' feut n'eir.

passer par là, parche qu'un nan, ch' n'est
pount un oui pou' ch'tide qui marie

Quinze jours pus tard, i's sont ertrouvés ter-
toutes à l' mairrerie, et, l' fois-là, sans bégui
ni s' berluser, Rose alle a dit un « oui » bien
décidé, et ch' banquet i' s'est foit l' pus joyeu-
semeint du monne.

Jonnes filles qui lirez ch' conte-chi, tâchez
d'ein foire vou proufit. N'euchez pount vou tête
alle nivérète ch' jour là ; tournez putout sept
fois vou langue dains vou bouque d'vant de
l'ouvert, mais n'allez pount dire un nan pour
un oui, si vous roulez avoir ch' tour qu'a y eu
Rose.

HISTOIRE D' POULES

Un jonne homme, qui travailloit d' méca-
nique, avoit erchu de s' marraine un jour qu'il
avoit été li souhaiter l' bonne ennée un grous
poulet, qu'étoit même ène tchote poule, d'ène
bieuté rare. I' n'avoit eu d' zufs et, l' mou-
meint venu, i' les y avoit foit couver. Si bien
qu'ou d' bout d' quite temps, il a vu s' basse-
cour ougmeinter, chou qui fasoit sin bounheur :
i' y eux z'avoit foit d'abord ène étave, pis chu
a été un parc ein fi' d'arquet. Ch' étoit li qui y
eux dounoit à maingi, qu'il ercueilloit leux ufs ;

il avoit veindu quites couquelets à un coucoigni et n'avoit wardé avu' l' première mère poule qu' cinq pouillettes qui proumettaient d' devenir ein n' pus pount pus belles, d'outant pus qu'i' les soignoit commo toute : tous les jours i' les déjouquoit, i' netchoit leu poulailli, i' les einfrémoit dans ch' carré qu' i' y eux z'avoit foit, pis dains l' journée, à chés fèmeries, i' les défrémoit pou' y eux foire pâturer d' l'herbe, einfin i' n'ein preindoit un soin estraourdinaire.

Mais n' v'là jou pount qu'un bieu jour ses six bêtes à becs disparaissent. Qu'meint, i' n' pouvoit pount s'ein renne compte : avoit-i' laissyi l' porte ouverte ? Ein n' pouvoit pount ôte venu les li prenne, parche que s' mère a s'ein seroit aperchu : i's étaient d' vant ses fernètes par û qu'à s' tenoit l' long du jour à keude. Ch' pove flu, bien débruchi, passe ène partie delle journée à cachi dains l'z cinvirons, d' chique qu' delà sans rien pouvoir trouver ; i' bat chés gardins d'aleintour, même un tchout bous qui gn'avoit à couté de ch' village : i' n' trève errien ; ch'étoit pusqu' drôle ; il atteind l' brenne : ses poules n'ervientent pount jouqui ; i' foit tous les suppousitions poussibes : ch' n'est pount un ernard qui l'a pu l'z étraner ; ène, quilzènes, pêt-ête, mais six ! Pis d'abord, chés ernards roulent raremeint d' jour. Einfin, n' les trouvant pount, il ernonche à les cherchi, i' les croyoit belle et bien perdues quand à

quite temps d' là, un voisin vient ll dire qui
croit qu' ses poules sont à l' mason d'un tel.
Vite, ch' jonne homme il y queurt, ravise dains
l' cour et ercounoit sin bétail à deux pattes.
Oh! i' n' foit ni ène ni deux, i' s'ein va oussi-
tout trouver ch' garde et i' li espose la chose.
Ch' tichi i' dit : Nous allons l'aller trouver à
deux pour les li réclamer. Là, ch' lancheu i' dit
à l' femme :

— Ch'est mes poules qu' vous avez : j'ercou-
nois l' mère, chés quate pouillettes et min cou-
clet. I' gna pount d' doute, vous voyez bien
qu' ch'est leu' plémage : i' gnó n'a pount d'
grimaillies comme cha dains ch' village.

— Acoutez, qu'alle réplique l' femme, mi, j'
vux bien qu' cha fuche à vous, seulemeint je
n' savois pount qu' vous aveins des poules,
mais je n' pux rien décider sans m'n homme ;
il est dains chés kamps, ervenez à midi : nous
voirons chou qu'i' dira.

Ch' proupriétaire d' chés poules n' se n'est
pount tenu là. Il est parti oussitout trouver ch'
maire et i' l'a mis ou courant d' la chose.

Ch' maire i' li dit :

— Ch'est bon. Dains ène heure d'ichi j'serai
alle mason de chtide qu' vous croyez qu'il a
vous poules et nous arraingerons la chose.

Ein effet, su' l' keup d' midi, ch' jonne
homme il erpreind ch' garde avuc li ; ch' fer-
myi ervenoit d'herchi et ch' maire il arrivoit

d' sin coutó l' dit à ch' tide qui poussédoit
chés poules :

— I' paroit qu' vous avez des poules qui n'
vous appartientchent pount.

— Bé, woitché, émon, ch'est des poules qui
sont venues y eux réfugyies ichi i' gna quites
jours : n' savant pount à qu'est-che qu' ch'étoit,
je l'z ai wardées... J' vux bien les renne, mais
coère écoère feut-i' que j' seuche à qu'est-che
qu' ch'est.

I' paroit qu' ch'est à li, qui dit ch' maire
ein moutrant ch' jonne homme.

— Je n' savois pount qu'il avoit des poules,
ni m' femme non pus.

— Atteindez, qui foit ch' maire. Nous allons
bien vir. Attrapons-né chacun ène, nous les
mettrons à milan voie qu'min de vous deux
masons et quand nous l'z érons lâchies, nous
voirons bien d' qué couté qu'a s' dirigeront.
Nous serons tertoutes juges dains l'affoire.

Chou qui fut dit fut foit. Avu' l' femme et
pis ch' varlet, i's font jouqui chés six poules,
i's les attrapent et i's vientent les plachi ou
milan delle queuchie, suivis par ène triourrie
d' geins qui se demandaient chou que ch' garde
et pis ch' maire i's fasaient à ch' l'heure-là
dains l' rue.

Chés poules, mis ein linne, sont lâchies ou
qu'mannemeint d' trois et sans s' berluser,
ch' couq ein tête a s' seuvent alle mason de
ch' travailleu d' mécanique qu'a ermercyi ch'

maire d' li avoir reindu s' voulaille, pis il a dit
à ch' fermyi :

— Pou' l'heure, vous savez qu' j'ai des poules,
comme vous ; eh bô, un eute keup, vous érez
soin de n' pus les tenir dello magnère-là, sans
cha, cha ne s' passera pount comme cha.

CH' GAGNANT DE CH' GROUS LOUT

Un dimainche apris-midi, dains un cabaret,
qu'i's étaient réunis à plusieurs ein train d'
boire des chopes, ein ein vient à parler d'chés
louteries. L'un d'einter eux i' dit à l'z eutes :

— Paroît qui gna à ch' moumeint-chi èno
louterie dont ein dit mervelle : ch'est chelle
pou' l'z enfants tuberculeux.

Et i's s' met à y eux raconter qui gn'avoit
des tas d' louts à gagni rien qu'avu un billet
qui n' coûtoit qu' vingt sous.

— Mon Dghu ! qui dit un, vingt sous, ch'
n'est pount la mort d'un homme.

Un eute erpreind :

— Ein pourroît pet-ête risqui d' gagni... Si
nous preindeins peu des billets ?

Un troisième il ajoute :

— J' vas vous proupouser èno chose : oussi
bien pour l'un qu' pour l'eute... Si vous l' vou-

lez, nous allons acheter chacun un billet, nous les mettrons tertoutes ein coumun... Tenez, pour pus d' seureté, nous allons les laissyi ichi et si i' gn'est na un dello benne qui gainne, nous partagerons einter nous, mais sans festryi. Ch'est-i dit ?

I's sont tertoutes d'accord là-dessus et même l' cabaretchère alle dit à sin tour :

— Pusqu' ch'est comme cha, eh bé, mi oussi je m' mets avuc vous : cha n'ein fera un d' pus.

Ch' prémyi qu'il avoit parlé, il erpreind :

— Nous sont cinq et pis Souphie (ch'étoit l' nom de l' cabaretchère) cha foit six : donnez-m'ein chacun vingt sous, je m' cherge d'acheter chés billets et dimainche je l'z appourterai, pis nous les donnerons à l' damme.

Tout chacun il allonge s' pièche, d'aucuns comme à ergret. Il est vrai qu'ou fond, i's avaient tertoutes l'espoir d' gagni ch' lout d' cheint mille francs et parelle ouccasion ne s' reinconte pount tous les jours.

Huit jours tard, comme il l'avoit annonchi, il appourtoit chés six billets : i's z'ont passé d' main ein main, chacun l'z a ravisés, l'z a tournés, pis ertournés et ein les a donnés à Souphie qu'alle l'z a serrés ou fin fond de s'n ourmaille, dains s' chamme à couchi, d'zous ène pile d' draps.

Là-dessus, comptant bien seur ête riches un jour ou l'eute, i's s' sont mis à boire du café et personne né y a pus peinsé.

. . . .

Deux mois s'étaient passés et Souphie elle-
même a les avoit pet-ête oublyis, quand un bieu
jour einte dains sin cabaret un étranger pou'
s' rafraîchir. I' s' met à parler et d' fil ein
aguille, i's n'arrivent-i's pount à parler d' lou-
terie.

— Ch'est comme mi, qu'alle foit Souphie, j'ai
là six billets d' louterie et j' vourois bien savoir
si j'ai gagni quit' kose.

— Montrez-les peu, qui dit ch' l'homme.

Souphie alle queurt les désaquis de s'n our-
maille et a les li moute.

— Bé, j'crois bien, qui foit ein ein preindant un
ou hasard, t'nez, v'là ch'tide qu'il a gagni cheint
mille francs.

— Pount poussibe, qu'alle crie Souphie, hors
d'elle et ein ouvrant des grands yux... Pusqu
ch'est ainsi, j' vous paie du café.

Tout ein parlant, ch' l'homme li esplique qu'i'
feut qu'alle voiche touchi s'n argeint à Paris
dains êne banque dont i' li donne l'adrèche, pis
i' s'ein va.

Souphie alle trampiloit; a n' pouvoit pus
s' tenir d' conteintemeint; alle éroit voulu avoir
des ailes pour aller ch' jour-là à Paris. Tout
oussitout a s'ein va trouver s' belle-fille pour
li dire — pount la chose, bien seur — mais
qu'alle avoit un tchout voyage à foire et a li de-
maanne si alle vut tenir sin cabaret peindant
qu'allo sera partie. Chelle-chi a n' demanne
pount miux. Souphie a n'a pount dourmi delle

11

nuit. Ou tchout jour alle étoit sur pied et alle a pris ch' prèmyi train. Arrivée à Paris, a s' foit conduire ein voiture à l' mason qu'ein li avoit einsignie pour s' foire soulder. Mais là, ein li dit, apris avoir ravisé sin billet qu'ein n' sait pount chou qu'alle vut : qu' dains tous les cas, ch' n'est pount elle qu'alle a gagni et ein li moute ch' vrai nimèrou gagnant sur ène felle d' papyi imprimé.

Souphie a n'ervenoit pount. Abasourdie, alle a erpris ch' train et tout coignue alle dévaloit de ch' train vers l' brenne, quand un eimployi qui l'avoit vue sourtir d'ène voiture d' première, à s'n habillement i' s' doute qu'alle a dû s' ber-luser et i' li dit comme a li dounoit un billet d' troisième qu'alle venoit d'ertirer d' sin pourte-mounoie.

— Pourquoi qu' vous n'êtes pount montée ein troisième classe ?

— Par û qu' ch'est donc qu' j'étois ? qu'alle foit finne aheurie d' sin voyage. Tenez, mossieu, comptez putout avuc mi...

Et avu sin doigt a li moute chés premyis wa-gons de ch' train.

— Tenez, ravisez, un, deux, trois... J'étois bien ein troisième, pourtant

Ch' l'eimployi, voyant qu'i' n'arriveroit pount à li foire eintenne raison, i' s'est conteinté d'li dire :

— Allons, ch'est bon, pou' l' fois-chi cha pas-sera, mais qu' je n' vous y erpreinche pus.

L' pove femme alle étoit déjà assez débeuchie
d'..voir foit un voyage pou' rien, croyant pour-
tant aller cherchi ène fourtène. Pourquoi oussi
qu'a n' n'avoit pount parlé à l'z eutes ? Ch'est
qu'alle comptoit tout warder pour elle.

Ch'est qu' pour vouloir attraper l'z eutes. ein
est souveint erfoit li-même.

BERTHE

Ch' n'est pount un cas rare que ch'tide que
j' vas conter, et i' sianne à vir qu' pus ein va
pus i' d'vient coumun. Chés jonnes filles d' pou'
l'heure a z'ersiannent d' moins ein moins à leu'
mère, et chou qu' chelle-chi alle fasoit tout
naturellemeint dains sin jonne temps, s' fille a
n'y conseint pus, ou, si a l' foit, ch'est à r'gret
et comme à conter-cair.

— Berthe, va peu traire l' vaque nouvelle
vélée, qu'alle dit comme cha, su' l' keup d' midi,
ène brave femme à s' jonne fille d' dix-huit ans
einviron.

— Qu'meint cha, manman, vous n'y peinsez
pount ?... Fanny a m'a eingagie à l'aller vir
apris-midi et j' m'habille.

L' mère alle est reintrée d' chés kamps, bien
ercranne, et a s' mettoit à foire à maingi ; alle

avoit peinsé qu' Berthe alle pourroit l'aidghie
ène bique, mais l' jonne fille alle est ervenue
d'ein peinsion d'puis huit jours, alla a sin
brévet, déjà eincadré et accrouchi à l' muraille,
alle a eu un prix d' chimie et un d'histoire
ancienne, si bien qu'alle pourroit parler d' chés
Pharaons comme si alle l'z avoit counus. A s'
croiroit déshounourée ein allant traire. S' mère
a n' répond pount, mais tout ein preindant sin
sieu pour s'ein aller à ch' l'étave, alle réfléchit
qu'à l'âge de s' fille alle fasoit chou qu' chelle-
chi, avu tout s'n instruction, a n' vut pus foire :
ch' n'est pount l' poinne d'ète si instruite pou'
n' pount vouloir travailli. Dains sin jonne
temps, l' mère d' Berthe alle alloit warder chés
vaques et alle cantoit tout ein tricoutant. S' fille,
elle, alle a appris à juer du pianou, et pour payi
ch' l'instrumeint-là à mitan, ein a veindu ène
vaque. Sin père n' l'acoute ein touchi que s'
casquette dains ses mains, s' mère alle trève
qu'alle jue comme un ange, et chés geins qui
passent dains l' rue i's s'arrêtent pou' l'aouïr.
    Quand a n' jue p   d' pianou, Berthe alle
brode ou bien alle f   de l' tapisserie avu ène
d' ses amies qu'alle a sin brévet comme elle, et
tous les deux, dains l'apris midi, vont y eux
proumener avu leu ombrelle ; alles d'visent de
ch' l'homme qu'alles preindront ein mariage,
alles rient et alles dervent pour rester ein ville ;
avu chés idées-là, ein n'a pus cair à traire chés
vaques Chés deux jonnes filles continutent,

comme à l' peinsion, à parler d' toilettes. Peinsez-vous qu' quand ein est jonne comme Berthe et belle comme elle, avu su' sin dous des robes qui erpréseintent l' valeur d' cinq sacs d' blé, qu'ein marche su' l' bout d' ses pieds, qu'ein puche aller patrouilli dains ch' soitchi ?

Berthe a s' mariera. Et la preuve, ch'est qui gn'a déjà quitz'un qui l'a demandée : ch'est l'flu d'un grous ceinsyi qui n' sait qu' lire, compter et foire pousser du blé. L' mère a n'a parlé à Berthe.

— Y peinses-tu, manman ?

L' jonne fille alle a déjà saisi ch'tide qui li convarra : ch'est l' flu d'un eute ceinsyi ; il a été ou coullège, pis, d'puis, clerc d' noutaire, comptabe dains ène mason d' coumerce, et i' gn'a un mois qu'il est eintré pour foire des écritures à l' mairrerie de ch' chef-liu d'arrondissemeint. I' gainne trois francs par jour. Berthe alle croit qu' ch'est ène situation, parche qu'a n' tchient pount à rester ou village : alle vut habiter ein ville. D'ailleurs, i' vient d'ervenir passer quinze jours d' vacances ; il a ène belle jaquette, un capieu heut, et i' sait rouler des cigarettes qu' ch'est plaisi' de l' raviser. Il a les mêmes goûts qu' Berthe ; chés deux jonnes geins s' plaitent ; alle ira ein ville ougmeinter l' nombe d' chés femmes qui n' font rien.

Ein effet, après l'éoût, 's s' maritent et i's s'ein vont lon de ch' village par ù qu'i's sont venus ou monne, et tous les quate mois, Berthe

alle écrit à sin père pour li demander d' l'ar-
geint, sous prétexte qu' cha coûte cair à vive
ein ville.

Peindant ch' temps-là, chés deux poves viux,
restés ein part eux, vieillilent côte à côte, tri-
mant pus qu' jamois. Pour reimplachi Berthe,
i'z ont pris ène tchote servante, et un doumes-
tique moinne chés gu'veux, ou yu de ch' bieu-flu
qu'i's z'éraient pu espérer avoir.

N'allez pount croire qu' ch'est ène histoire
inveintée par plaisi. Ein reimconte malhéreuse-
meint des filles de ch' calibe d' Berthe qui
quittent chés villages pour eincombrer chés
villes. Ch'est donc à chés pareints à s' contein-
ter qu' leux filles seucheint seulemeint lire et
compter, et alles z'éront cair à foire l' soupe et
à traire chés vaques, cha voura miux que d'
counoite la chimie et d'avoir cair à pourter des
capieux, des robes et des soyons.

------•※•------

L' LAMPE

Ou mois d' décembre, il est nuit d' bonne
heure ; chés velles sont d'ène longueur à n'ein
pus finir, chou qui foit, qu'ou village, d' tas
ein temps, chés voisins vont passer ène heure
ou deux mon d' l'un l'eute ; ch'est outant d'

gagni et pis ein s' déseinnuie quand ein est ein
benne. parche qu'ein parle et qu' cha distrait.

Ch' jour-là, i's z'étaient donc a plusieurs ein
train de y eux kouffer outour de ch' poêle et
comme i's z'allômaient leux pipes, v'là un moi-
nagi d'à couté qu'il arrive à sin tour. Chacun il
ercule s' cayelle. ein s' serre pour li foire delle
plache, d'oulant pus qu'avuc li ein étoit seur
qu'il alloit raconter du nouvieu, parche qu'il
avoit été à l'Expousition et personne n' s'er-
craudissoit pount de l'eintenne. ein preindoit
même plaisi' à l'aouir raconter chou qu'il
avoit vu.

— Disez-nous peu, qui foit l'un, chou qui
vous a l' pus amusé à Paris ?

— Bé, woitché, cha seroit bien difficile à
dire, parche qu' je n'ai troup vu.

— Et pour ch' maingi, qui questchionne un
eute, ch'est jou outroumeint qu' par ichi ?

— Ah ! bien seur, vous peinsez bien qu'ein
n' mainge pount d' soupe ou poiret ni à l'ou-
saille : ch'est toujours du routi, du boulli, pis
du gambon qu'ein vous sert. Sans cha, avu d'
l'argeint, vous n' savez, ein n' manque de rien
à Paris. Ein i' mainge même des pemmes d'
terre, chou qui m'a étouné, parche que j' croyois
qui gn'avoit qu' des poves lapides comme nous
qu'i's n'ein maingeaient.

— Et l' boichon, qu'il erpreind un eute.

— Pou' l' boichon, ch'est comme tout par-
tout : i' gna du vin, pis delle bière à voulinté,

quand ein n'a d' l'argeint dains s' poche. Ein
put même tout comme ailleurs s'y mette ein
ribotte quand ein a cair à l'ver l' keude.

— Et ou théâte, as-tu été ou théâte?

— Nan, parche que j' n'ai pount seu n'ein
trouver.

— Ah! ch'est dammage, tu nous érois ra-
conté chou qu' tu y avois vu : cha doit éte
bieu.

— Et pou ch' couchage? qui foit un delle
benne qui n'a pount coère ouvert s' bouque.

— Pour cha, ch'est eute kose... Ch'est cha
l' pire à Paris.

— Bah! qu'meint qu' cha s' foit?

— I' gn'avoit quitkose qui m' dérangeoit.
Ichi, à nou mason, j'ai l'habitude de m' couchi
sans clerté, mais à Paris, n'ont-i's pount l'ha-
bitude d' vous donner un lémeron qu'i's laissent
allómer l' long delle nuit.

- Mais tu n'avois pount l'avise de l'étoinne?

—. Ch'est bien chou que j' fasois tous les
jours. Ene fois débilli, j' m'ein allois ein pil-
qu'mise soufller d' sus, mais j' nai jamois seu
y arriver.

-- Qu' meint cha?

— Bô nan, parche que l' mèche alle étoit
einfréméc dains ène tchote boutaille.

ENE VAQUE A VÉLOUCIPÈDE

Ch' tour-chi, pusqu' vrai, il est arrivé der-
gnièremeint à un d' chés marchis à bêtes qui
s' tientent à ch' moumont-chi d' l'ennée d' couté
d'eute. Ch'étoit-i' à l' Troutterie, à l' Saint-
Simon ou bien à l' Sainte-Catherine? Je n'
sérois pount l'asseurer, mais cheutes qu'i's
l'ont vu i's l' saitent.

D' sus l' plache, chés qu' veux i's trouttaient,
chés pouloins couraient, chés barraques i's
juaient delle musique, tant et si bien qu'ein
étoit ein ploinne fète, quand tout dé n'un keup,
ène vaque qu'un viux pépère i' v'noit d'acheter,
échouie par ch' vakerme qu'alle einteind, alle
escoue s' tête et alle einvoie proumener sin
motte et mettant s' queue ein trompette, alle
preind s' course droit d'vant elle et alle queurt
l' long delle plache jusqu'à un maricha d'vant
l' forge de l'quel alle arrive. Ch' maricha il
avoit serrant s' porte ène poire d' reues d' baru;
l' vaque, arrivée là, a s'arrète, pis d'un seute-
tédé, alle agamme ch' l'essiu avu ses pattes
d' padvant, mais a n' put pus s' dépêtrer d' là
et l' v'là à cadvayon, avu s' panche d' sus ch'
l'essiu, einter chés deux reues qui, avu ch'
poids delle bête i's s' muettent à démarrer d'
sus l' queuchie. L'hasard i' vut qu' cha alloit
ein dévallant d'ène forche sans parelle.

Mettant à prooflt ch' l'élan qu'alle avoit donné sans l' vouloir à sin vélout d'ène nouvelle esp̀èce, l' pove bête, absoulum-int aheurie, alle queurt ma'gré elle, deux pattes seulemeint touchant l' terre, à un moumeint cheutes de d'vant, pis apris cheutes d' drière. Ch'étoit, pour chés geins qu'i's ravisaient un spectaque nouvieu qu'ein n'avoit pount prévu ein venant à l' fête. Oussi, pour vir, tout l' monne accouroit, du keup, chés musiciens eux-mêmes i's s'arrêtent d' juer Pourtant, ein n' pouvoit pount laissyi l' vaque dains l' pousition-là, d'outant pus qu' des accideints pouvaient arriver. Quites hommes, dont un gendarme, s' mettent à courir apris, mais l' côte alle étoit longue et cha n'étoit pount facile d' rattraper l' vaque et sin véloucipède, quand un jonne homme, qu'étoit là avu un vrai, i' seute d' sus s' machine et s' met à l' pourchite delle bête qui rouloit toujours ; ch'étoit crustieux d' les vir aller : ein s' seroit cru à ène course d' sus un véloudromme.

Arrivé serrant l' vaque, ch' jonne homme qui tenoit par hasard un bâton dains s' main, i' proufite d'un moumeint où l' vaque alle ralentissoit sin train pou' li fourrer s' matraque dains chés raies. Mais ch' l'idée a ne y a pount réussie. L' trique a s' met à tourner avu l' reue, alle accroche l' bécanne de ch' l'homme et l'einvole bouler ou bieu milan de ch' l'erlout delle route. Mais du keup, l' vaque arrivée ein

bas delle côte, alle s'arrête d'elle-même avu
ses reues : tout l' monne i' survient. L' vaque
a n'avoit rien mais l' pus cindommagi, ch'étoit
ch' pove jonne homme restallé su' s' panche.
avu s' machine démoulie à couté d' li. Ein l'
réyève, mais par bonheur, i' n'avoit rien d'
grave : quites égratignures.

Ein a sourti l' vaque du miux mal qu'ein a
pu d' ses reues, et ch' proupriétaire il est parti
avuc elle. Là-dessus, l' fêt: elle a erpris d' pus
belle.

—◦◦◦—

UN FÉMEU

———

l' gn'a des geins qu'ont des habitudes dont
i's n' putent pount y eux défoire facilemeint.
Tenez, par exempe, chés fémeux : je n' parle
pount de l'z ivroinnes. Eh bé, chés vrais
fémeux, vous y eux feraient tout foire putout
qu' d'ernouchi à leu habitude ; ch'est tellemeint
invétéré qu'ein diroit qu'ils l'ont dains l' sang ;
i's n'ein passeront par tout chou qu' vous vou-
rez putout qu' d'abandonner leu pipe ou leu
cigarette

Ch'est l' cas que j' vas vous conter.

Groumolon i' venoit de s' marier. A cha i'
gn'a rien d'estraoardinaire ; ch'est des choses
qu'arrivent tous les jours, mais i' feut vous

dire qu' ch'étoit un fémeu sans parel, pet-ête
ch' pus fort fémeu de ch' village. L' jonne fille
qu'avoit conseinti à devenir s' femme, a s'étoit
dit : « Je m' cherge de l' foire kangi ». Et même
a gné n'avoit touchi deux mouts peindant qu'il
alloit l' vir, devant ch' mariage.

— Acoutez, Groumulou, qu'a li avoit 'it un
jour ou nuit qu'il allémoit sin brûle-gueule
pou' l' trois, quatrième fois, un bout d' pipe
culoutté, oussi noir que l' cramillio, cha n'est
point bieu, pour un jonne homme d' fémer
tant qu' cha ; vous pouvez vous foire du ma' ;
j'espère bien qu'éne fois qu' nous serons ma-
riés vous perdrez l' méchante habitude-là.

— Pusqu' cha vous déplait, j' vas reinsaqui
min te deum.

Ou fond, cha pouvoit être déplaisant pour ène
jonne fille de s' marier avec un tel fémeu, mais
comme ch'étoit ène ouccasion pour elle, rapport
à s' pousition, a n'ousoit point coère troup l'
contraryi.

L' noce a s'foit ; même ch' jour-là, Groumu-
lou i' n'a point fémé ; qu' meint qu'il a foit sin
compte, j' n'ein sais rien ; il éra dû ête bien
privé. Mais point putout quo l' lennemain,
aprés sin café, v'là qu'i' s'ein va à ch' rabat
querre s' pipe.

— Ch'est qu' vous fasez là, qu'à li dit s'
femme, qui s' doute d' l'affoire.

— Bé, j' m'ein vas fémer.

— Vous savez chou qu'il est convenu ; j' ne

m' sus marié avec vous qu'à condition qu' vous laissereins là vous pipe : vous avez à saisir einte elle ou bien mi.

Groumulou n' réplique pount, mais i' rumine quitekose dains s' tête. I' s' met à foire l'muet : chaque fois que s' femme a y adréchoit la parole, i' muloutoit einter ses deints des mouts qu'a n'einteindoit pount, si bien qu'à la fin cha n'étoit pus tenabe pou' l' jonne femme.

Un jour, deux jours, trois jours i's s' passent. I' n' kange pount. Ein éroit pus croire qu'il avoit avalé s' langue. Li qui, d' vant avoit cair à parler et même à foire un tchout conte pour rire.

— Ah ! cha, qu'alle dit s' femme à la fin, ch'est qu'il a dains s' caboche ?

N'y tenant pus, a s'ein va trouver s' mère pour li conter la chose. Chelle-chi qu'étoit ou courant d' l'histoire, a li réplique :

— M' fille vux-tu qu'i' t'erparle-che ?

— Bé oui, manman, quô j' vux bien ; je n' demanne même qu' cha.

— Eh bé, marche li acheter ène pipe et pis du toubac, donne-li et tu m'ein diras des nouvelles.

Ch'est chou qu'a s'est dépêchi d' foire, oayu d' s'eintêter à vouloir l' foire kangi d'habitude. Si bien qu' Groumulou ein erfémant il a ertrouvé l'usage d' la parole et que d' puis ch'est ch' moinage l' pus héreux qu'ein puche vir.

UN DROLE D'HOMME

J'erjoins l'eute jour Bourseloul, oh! un drôle
dé corps, cinter nous. Sans cha, il est toujours
ein coulère et j' ne l'ai jamais vu outroumeint que
d' méchante himeur : ch'est pire qu'un hirchon
qui drèche ses picouts ou bien un cat qu'ein li
marche d'sus s' queue.

Nous s' reincontrons donc dains chés camps
et nous reintrons einsianne à ch' village. Ch'est
que ch' n'est pount un homme ourdinaire qu'
Bourseloul : i' les sait longues et i' n'appreind
coère tous les jours parche qu' ch'est un liseux
comme je n'ai jamois vu : i' passereit ses jours
et ses nuits sin nez dains ses lives, même.
voyez-vous, qui n' n'ermouterreroil à pus d'un
miolte d'école.

Nous s' disons donc boujour et nous v'là
partis. Mais nous n'aveins pount foit quate pas
que l' v'là, suivant s'n habitude, qu'i' s' met à
berteler, à bertonner :

— Tchiens, iaviso, qu'i' m' foit : cha m' dé-
goûte.

— Ah ! que j' li dis, si tu vux que j' conti-
nuche min qu'min avuc ti, tâche d' preune t'n
air d'alle dimeinche.

Il est vrai que ch' jour-là, il a l' même carac-
tère que d' sus l' semoinne.

— Et pis surtout, que j' li fois, ne m' parle pount poulitique

Parche qu'i' feut vous dire qu'ène fois qu'i' met la questchion su' ch' chapite-là, i' n'ein finit pus.

— Ah! qu'i' m' réplique, ch' n'est pount l' poulitique qui m' tourmeinte békeup à ch' moumeint-chi.

— Quoique ch'est pus?

— Tout chou que j' vois, tout chou qu' j'aouis, tout chou que j' lis

— Tu lis pet-éte d' troup, oussi.

— Non, qu'il erpreind, mais n'eimpèche qu' nous vivons d'un drôle d' monne.

— Qu'meint cha, je n' trève pount.

— Tchiens, ti, par exempe, sais-tu par ù qu'il est l' fort d' Charenton?

— Bé dame, à Charenton, parbleu, cha n'est pount malin à adviner.

— Et bé, tu t' berluses ; l' fort d' Charenton il est à Maisons-Alfort.

Je l' ravise à deux fois, comme un homme qu'il est bon à y conduire, à Charenton et je m' dis ein mi-méme : ch'est pount poussibe, il a l' chervelle déraingie. Mais li, sans s'ertourner de rien, il continue.

— Sais-tu d' par ù qu'i's vientent chés couchons d'Inde et ch' blé d'Algérie?... Nan, émon, sans doute?... Et bé, chés couchons d'Inde i's vientent d'Amérique et ch' blé d'Algérie, d' Tunisie.

Je n' n'ervenois d' moins ein moins d' tout chou qu'i' raboubinoit, quand il erpreind d' pus belle.

Ch' n'est pount toute...

— Mon Dghu! que j' fois ein mi-même, ch'est qu'i' va m' dire ?

— Sais-tu combien que l' Guerre d' Cheint ans alle a duré ?

— Mais voyons, a n'a pu durer qu'un sièque,

— Pount du tout... Alle a duré cheint quinze ans, d' même qu' chés Cheint-Jours i's n'ont duré qu' quater-vingt-onze, qu' chés cheint-gardes étaient cheint chinquante... Et tu crois qu' cha n'est pount pour vous dégoûter ?

— Mais nan, que j' li réponds tranquille-meint, je n' trève pount... Quoque ch'est qu' tu vux qu' tout cha cha m' foiche ?

— Ah! tu n' trèves pount ?... Ah! cha n'e t' fois rien ?... Ch'est qu'i' t' feut donc ?... Mais malhéreux quand tu bois un lait d' poule, éjou qu'i' vient d' chés bêtes qu'i's sont dains tin pouilli ?... As-tu quitfois trouvé du froumage dains du froumage d' tête d' couchon ?... Delle fraise dains une fraise d' vieu, et tu vux que j' suche couteint ?... Tchiens, i' qu'éroit d' quoi...

I' n'a pount fini ou putout j' n'ai pount voulu einteinne ch' reste .. Abasourdi, fin aheuri, je m' sus dépêchi, comme il étoit midi, d' reintrer à nou mason maingi mes soupes.

Vous converrez qui gn'a dains l' monne des
geins qu'ont un drôle d' caractère.

———•✕•———

UN DOMPTEU

———

Ein m'a raconté qu'ène fois, i' gn'a d'cha
d' z' ennées, à ène fête, comme l' Saint-Michel
— mais ch' n'est pount-té à Péronne qu' cha
s'est passé — i' gn'avoit toute ène triourrie
d monne ramonchelé d'vant ène ménagerie où
s' trouvaient un lion, d's ours et plusieurs
eutes bêtes féroces et seuvages.

Ch' dompteux il étoit cin train d' débiler un
discours à tous chés geins qui l'eintouraient
quand tout dô n'un keup il offe, pour prève
qu' ses bêtes sont oussi mèchantes qui l' dit,
mille francs à ch' tide qu'il éra l' courage
d'eintrer dans l' cage d' sin lion.

Oussitout, v'là un homme einter deux âges,
bablili avu ène rouillère qui accepte ch' défi de
ch' dompteu et n' demanne pount miux que
d' gagni chés mille francs: Tous chés geins
s' ravisent einter eux, s' disant que ch' l'homme
i' va s' foire maingi tout net, et pour vir, i's
z'eintent tant et pus dains l' barraque, à tel
point que ch' dompteu i' n'avoit jamois
vu outant. D' sin côté, ch' tichi i' n'étoit qu'à

12

mitan rasseuré, se demandant à li-même si ch'
n'étoit pount un concurrent habilli ein villa-
geois. Nou homme li il paraissoit tranquille
comme Baptiste, les tandis qu' tout l'monne i'
l' dévisageoit.

Arrivé tout serrant l' cage, ch' dompteu i' li
dit, comme pou' l'épouvainter, d' vant ch' lion
qui groignoit ein moutrant ses broques :

— Voulez-vous toujours eintrer là-dedains ?

— Bé cha, bien seur qui foit nou hou me.

Les tandis d' cha, l' monne qu'étoit dains
l' barraque crioit : « Einterra ! Einterra pount ! »

— J'einterrai, qui foit ch' villageois l'ar û
qu' ch'est qu'ein passe ?

— Venez avuc mi, qui li dit ch' dompteu.

— Ah ! minute, qu'il ajoute l'ente ; i' gn'a
ène tchole précueution à prenne à l'avanche.

— L' quelle ?

— Fasez d'abord sourtir vou bétail.

— Qu'meint cha ? Ch' n'est pount delle ma-
gnère-là qu' j' l'einteinds.

— Ah ! bé mi, j' vux bien eintrer dains l' cage,
mais je n' vux pount qu' vou animal il y fuche !

———✳———

L' TEMPS PASSÉ

———

Où moumeint où un sièque i' finit, les tandis
qu'un eute i' qu'meinche, ch' n'est jou pount

l'ouccasion d' parler d' chou qu'ein est convenu d'appeler l' *temps passé*.

L' temps passé, pou' chés jonnes geins, jusqu'à un certain âge, i' n'existe pount; i' n' compte qu' pou' ch' tide qu'il est einter deux âges ou qni vieillit, outroumeint dit, quand ein put l' comparer avu un eute, ch' tide par exempe dains l' quel ein s' trève; mais pour qu'il cuche s' vraie signification, i' feut déjà qu'il ercule un peu ein arrière et qu'i' préseinte quite différeince avu ch' tide dains l' quel ein est.

L' moumeint m' sianne donc bien saisi pour n'ein parler et l' raison, ch'est parche qu'dains quite temps, cheutes qu'i's vitent pou l'heure, pour nous tertoutes, ch' moumeint-chi cha sera l' temps passé. Et vous savez, cha ch'est ène ermerque à foire, ein trève toujours que l' temps dains l' quel ein n'est pus il étoit békeup meilleur que ch' tide dains l' quel ein est. L' raison? I' gn'est n'a plusieurs. D' même qu' l'homme ein vieillissant espère toujours arriver à ène pus belle situation qu' chelle qu'il a — chou qu'il arrive quitfois, mais pount toujours — d' même, ein ravisant drière li si ein n' voit pus, ein n' se souvient pus de ch' ma' qu'ein a eu; ein s' figure qu'ein étoit pus héreux, l' temps passé.

Pour chés viux surtout, ein s' rameintuvant chés ennées pour toujours einvoulées, sans espoir de l'z ervir, ch'étoit l' bon temps, et

ch'est un peu la vérité. Et jou qu'à ch' mou-
meint-là, i's n'étaient pount jonnes, adlives,
quertus, tandis qu' pou' l'heure, ein vieillis-
sant, tout il est kangi pour eux : pus d' rires,
d' kanchons, d' gaieté ; i's sont putout erbous,
mourmaches, reincoignis, n' trouvant pus rien
d' bien. Ah ! oui, qu'à l'âge qu'ont pou' l'heure
chês jonnes geins, tout étoit miux, comme
cı.eutes ichi trèvent qu' la vie a du bon et que
l' monne est bien comme il est. Ein voit tou-
jours les choses avu l' caractère qu'ein a et à
l'âge qu'ein est : qu' cha fuche à vingt ans ou
bien à soixante : i' gn'a qu'ène chose d' kangi,
ch'est l'âge et par chuite l'z idées. Apris toute,
cha veut-i' l' poinne d'ercherchi si l' temps
passé vouloit miux que ch' tide dains l' quel
nous sont ? M'est avis, sans trouver tout pour
les miux, qu'il est pet-ête préférabe d'atenne
pour savoir pus tard si un eute temps veut
miux que ch' t'ichi Pour n'ein flatr : nous l'
sérons quand nous y serons si nous y arrivons.

L' BOUILLOTTE

Counaissez-vous Floureint ?... Ah ! je ne vous
dirai pount qu' ch'est un homme comme vous
pis mi, parche que j' crois bien qu'i' n' nous

seroit pount arrivé, ni à vous, ni à mi, ch' tour
qu'il a eu l' mois dergni ; et pis, d'abord, ein
n' put pount s' récomparer à un eute parche
qu'ein a toujours meilleure oupignon d' li que
d' sin voisin.

Donc, pour vous n'ein finir d'avuc m'n his-
toire, i' feut vous dire qu' Floureint i' n'avoit
jamois été ein qu'min de fer, chose rare oujour-
d'hui, mais ch'est tel qu'cha et vous converrez
qu'ène prómière fois, ein n'est pount ou fait ;
cha nous est arrivé à tertoutes, émon, ein tri-
fouillant un peu dains s' mémoire, ein put se
l' rameintuvoir.

Einfin, si bien, qu' Floureint, monté dains
un vagon, s' trève ein compagnie d'un voya-
geur qui s' kouffoit ses pieds sur ène espèce
d' machin ein fonte qu'ein appelle ène bouil-
lotte ; ch'étoit ou premier train d'ou matin, il
avoit gélé tout blanc par nuit, d' sorte qu' Flou-
reint il avoit l' piquette à ses pieds. l'our les
dégourdir un peu, i' demanne à sin compagnon
d' route l' permission d' pouser ses queuchures
d'sus s' bouillotte chou qu' l'eute li accorde
bien voulintchi et i's s' mettent à d'viser comme
si i's s' counaissaient d'puis longtemps. Flou-
reint complimeinte ch' voyageur su' l' précueu-
tion qu'il a eue d'eimpourter ène affoire qui
l'eimpêche d'avoir froid à ses pieds.

— Bô, voyez-vous, qui il répond ch' l'incounu,
quand ein a l'habitude d' voyagi, ein s' prémunit
d' tout chou qui feut pour éte à s'n aise ein

qu'min d' fer, parche qu' la compagnie a vous
trimballe bien, mais a n' s'ouccupe pcount bé-
keup si vous avez keud ou froid. Mais, Dghu
merci, ch'est fini... Oui, j'étois voyageur d'
coumerce et j' m'ertire apris fourtène foite.

— Vous avez d' la chance, qui li foit comme
cha Floureint, histoire d' dire quite kose.

— Et la preuve, tenez, ch'est qu' si vous
l' voulez, j' pus vous venne m' bouillotte ; a ne
m' servira pus, parche que j' fois min dergni
voyage. Alle est quasimeint toute nève et si
vous avez l'habitude d' voyagi, alle put vous
éte utile.

— Bah ! des fois, qui dit Floureint. Oh !
ch' n'est pount que j' vas souveint ein qu'min
de fer...

— Et bé, ravisez, qu'il erpreind ch' l'incounu,
nous allons foire un marchi et vous ferez un
hasard... A combien l'estimez-vous ?

— Ch'est que j' n'ai pount l'habitude d'acheter
delle ferraille.

— L' voulez-vous pour vingt francs ?

— Vingt francs, i' m' sianne à vir qu' ch'est
un tchout kose ker.

— Nous pouvons rabattre cinq francs.

— Nan, tenez, pour mi, cha n' veut qu' dix
francs.

— Et bé, allez, preindez-lé pour dix francs,
mais ch'est bien parche qu' ch'est vous.

Floureint donne deux pièches cinq francs à

ch' voyageur el, ou même moumeint, ch' train
i' s'arrête ein gare.

— Quand vous dévalerez, qui li dit ch' vein-
deux, vous n'érez qu'à l'eimpourter : ch'est à
vous. Mi, j' vous quitte parche que j' sus
arrivé.

El i' dévale vite et bon train.

— Bé mi oussi, qui réplique Floureint,
atteindez-mé, nous s'ein irons à deux et si vous
voulez payi du café...

Ah ! bé oui, il étoit déjà lon. Mais Floureint
n' perd pount la carte : i' cherge l' bouillotte
d'sus s'n épeule et i' s'ein va pour sourtir.
Comme i' passoit d'sus ch' quai, ch' chef
d' gare, qui surveilloit, i' l'huque.

— Dites-donc, vous, par ù qu' ch'est qu' vous
s'ein allez avu' cha ?... Eintrez donc par ichi.

Et i' l' foit eintrer dains sin bureu.

— Qu'est-che qui vous a permis d'eimpourter
l' matériel d' la compagnie ?

— Mais, qui li répond Floureint, je l'ai bel et
bien payi.

— Allons, ch'est pount poussibe, vous voulez
rire.

Alors, ch' povre homme il esplique à ch' chef
d' gare qu'il l'a acheté dix francs à un voyageur
qu'étoit dains l' même vagon qu' li et qu' dains
chés conditions-là, i' s' croyoit ein droit
d' l'eimpourter.

Ch' chef d' gare il a eu toutes les poinnes du
monne à li foire comprenne qu' chés bouil-

lottes là i'z appartenaient à la compagnie.
qu'ein n'avoit pount l' droit d' s'ein aller avuc,
et pour l' consouler, il a dit à Floureint :

— Nous allons tàchi d'ertrouver vou homme.
Donnez-m'ein toujours sin signalemeint, mais
j'ai bien peur qu' vous n'eucheins eu affoire à
un escrouqueux.

———◦◦◦———

DEUX TRUANDS

I' gn'avoit dains l' temps un village qu' chés
truands avaient cair pa'-d'sus tout, parche
qu'ein y vivoit facilemeint et sans y foire grand'
kose.

Ou nombe d' chés héreux habitants, i'
gn'avoit ch' garde, qu'étoit pus paresseux coère
qu' tous l'z eutes. Il étoit vraimeint débeuchi
quand i' li fouloit foire quite kose. Un jour
même qu'il avoit été oubligi d' trimer, comme
ch'étoit pus fort qu' li, i' s' résout pour n'ein
finir à aller s' noyi dains l' rivière qui couloit
à cinq cheints mètes de ch' village.

-- Comme cha, qui s' dit tout ein part-li,
ein s'ein allant, delle magnière là, j' serai tran-
quille et j' dourmirai tout min seù.

Mais n' v'là jou pount qu'ou d'bout delle
voyelle qui chuyoit, i' trève adoussé ou l'omme

d'un crinquet, un cantoigni, bien éteindu tout
d' sin long su' sin dous, qui dourmoit comme
un bienhéreux, s' bouque ouverte et ses puings
frémés.

— Cha seroit jou poussibe, qui foit ch'
garde, qui gné n'éroit un dains ch' village pus
truand qu' mi ?

Et ein même temps, i' cafoule dains s' poche
et il y trève l' pièche d' cinq francs que d' puis
longtemps i' proumenoit d' cabaret ein cabaret,
sans jamois l' kangi, parche qu' chaque fois
qu'il avoit bu ène chope, d'un keup ch'étoit ch'
cabar'tchi qui n'avoit pount d' mounoie à li
renne, d'eutes fois des amis li disaient : « Ch'est
pount l' poinne d' kangi cinq francs pour payi
deux sous ; ein eute keup cha sera tin tour :
ch'est mi qui t' régale oujourd'hui ». Si bien
qu'il avoit toujours s' pièche cinq francs sur li
comme ch' Juif-Errant il a toujours cinq sous.

Mais pou' l'heure, qu'il alloit n' pus avoir
b'soin de rien, i' s' dit : « J' mein vas l'ouffrir
à ch' camarade-chi ; alle pourra putout li ser-
vir qu'à mi ».

— Hé ! dis don, ch' l'ami, qui foit ch' garde
ein huquant ch' dourmeu.

— Quoi qui gna, qui répond ch' cantoigni
sans même ouvert un œl.

— Vox-tu m' dergnière pièche d' cinq francs ?
Mi, a n' put pus m' servir parche que j' mein
vas boire à l' granne tasse.

Ch' cantoigni, non sans ma', tâche d'ouvert

un papart, ein groignant d'éte reinvyi, et i' ravise qu'est-che qui li parle, pis i' dit à ch' garde :

— Mets-lé là.

Pis i' s' reindort.

— Ma parole, qui foit ch' garde, i' m' sianne à vir qu'il est coère pus truand qu' mi, pusqu'i' n'a même pount l' courage d' tenne s' main pour erchuvoir ène pièche d' cinq francs.

« Si ch'est tant, j'ai trouvé min motte ein paresse ; j'atteindrai pou' m' foire périr qu'il euche qu'meinchi li-même ».

Ein disant cha, comme i' gn'avoit un kamp d' soile à couté, i' s'allonge d' dains tout d' sin long pour y dourmir jusqu'à l' brenne.

ÈNE LETTE D'ESPAGNE

I' gn'a des geins qui s' laissent coère erloyi malgré tout chou qu'ein put y eux dire. Chés gazettes i's z'ont bieu prévenir, i' gné n'a qu'ont tellemeint la croyance dure, si peu d'einchimeint, qu'i's n'ein sont tournis ; i's s' laisseraient coère erjoinne. Il est vrai, d'un eute couté, qu' tout l' monne n' lit pount chés gazettes.

Ch'étoit l' cas d' Grégoire, et ch' tour qu'il a

eu prève qu'i' seroit quitefois bon d' lire
l' journal.

Un bieu jour, il erchoit ène lette qui li venoit
i' n' savoit d' par ù. I' l' lit : s' femme alle
l'acoutoit ; chou qui gn'avoit d'dains n'avoit
quasimeint pount d' seins et ch' l'histoire qui y
étoit racontée alle étoit cousue d' filet blanc :
Grégoire il éroit dù s' déméfyi. Lon d' là,
i' preind chou qu'étoit su' l' lette pour parole
d'évangile.

Ch'lide qui li écrivoit racontoit qu'ène four-
tène d' cinq cheint mille francs s' trouvoit
plachie dains ène caisse restée à ène gare
d'Espagne. Il éroit pu, à chou qu'i' disoit,
ertirer s' malle, mais il étoit ein prison pour
keuse d' faillite. I' supplioit donc Grégoire de
l'aidghi à reintrer ein poussession de s' caisse
et de s' fourtène ; moyennant quoi i' s'einga-
geoit à li laissyi l' tiers de s'n argeint. Seule-
meint, l' clef delle malle à s' trouvoit dains ène
boîte plachie sous scellés ou greffe du tribunal
d' Barcelone. I' s'agissoit donc d'einvoyi à un
ami de ch' prisoigni l' somme nécessaire pour
avoir d'abord l' boîte contenant l' clef, pis
ch' bulletin delle malle afin d'ertirer chelle chi.

Eh bé, vous conv rrez qu'i' feut flèremeint
avoir cair d' l'argeint pour croire à des koups-
à-l'ainne parels. Oh ! bs, Grégoire il a cru tout
cha dur comme fer, mais apris i' se n'est
mourdu sin peuche. Voyons, einter nous, éjou
qu'i' n'éroit pount mlux foit d' prenne consel

d' quitz'un qui l'éroit pu l' reinseigni et li dire
qu' tout cha ch'étoit des fariboles. Ouyu d' cha,
i' s'est concerté avu s' femme. Chelle-chi a n'a
vu qu' chés cheint à deux cheint mille francs
qu'i's pouvaient ramasser.

— Peinse et peu, Grégoire, qu'à li dit, tout
ch' l'argeint qu' cha foit ; du keup, nous n'érons
pu besoin d' cultiver : nous vivrons ein reint-
chis ; nous serons les pus héreux d' la terre.

Ah ! oui, marche-z'y vir ! Si souveint ène
femme est d' bon consel, dains ch' cas-chi,
Grégoire il a eu tort d' croire l' sienne.

Ein li demandoit d'einvoyi deux cheints
francs : il a veindu ène vaque, et avu ein tchout
mout d' réponse, il a mis deux billets d' cheint
francs dains ène einveloppe et il a foit partir
l' toute à ch' l'adrèche qu'ein y avoit indiquie.

Cha foit min pove Grégoire il a atteindu des
semoinnes et pis des mois, mais i' n'a jamois
erchu d' réponse, pount pus qu' d'argeint. Il a
eu s' vaque d' veindue pour li et s'n argeint
d' perdu.

J' vous ai raconté ch' l'histoire d' Grégoire
pou' l' cas où si i' vous arriveroit parel tour,
vous n' fucheins pount oussi nayu qu' li.

A PROUPOUS D'ÈNE ÉLECTION

———

Arc, ch' chrouniqueu du *Journal*, i' disoit
l'eute dimeinche, dains un d' ses artiques, qu'
si j' savois chou qui s' passe à prour ous d' chés
démarches qu' font d'vant chés élections chés
candidats sénateurs, j' trouvérois d' quoi foire
un conte picard. Et bé, ma foi, cha n'est pount
d'erfus et ch'est chou qu'est arrivé à Ramulet
que j' vas vous dire. Je n' fois jamols d' pou-
litique : cheutes qui m' litent d' puis quites
ennées i's l' saitent, donc vous pouvez éte
tranquille, ch' n'est pount d' chɔ qu'i' s'agit.
    I' feut qu' vous seucheins d'abord qu' Ramulet
est conseilli municipal d' sin village et ein pus,
il a été désigni pa' l' z'eutes pour aller vouter
à Amiens à l' fin d'élire un sénateur. Mais ch'
n'étoit pount ène tchiote affoire que d' savoir
pou' l'quel d' chés candidats i' vouteroit. Cha
l' tourmentoit ou point qu'i' n' dourmoit pount
delle nuit; i' n'ein parloit dains l' jour à s'
femme, si bien qu' chelle-chi pour qu'i' l' laisse
tranquille, alle éroit voulintchi appris pour
qu'est-che qu'il alloit vouter, delle magnière-
là, i' y éroit moins peinsé. Mais cha n'étoit
pount facile de s' décider, parche qu'i's étoient
cinq ou six à y eux pourter et Ramulet étoit
tout l' temps à se demander qu'el étoit ch' bon.
Tertoutes avaient foit des proufessions d' foi

admirabes. A l'z einteinno, allez marchez, cha iroit miux qu' cha n' va.

· La prémière chose d' toutes, qui disoit Ramulet à l'un des conseillis qui l'avoit arrêté l' semoinne passée, dains chés rues, eu mitan delle queuchie pour li demander pour qu'est-che qui vouteroit, l' prémière chose d' toute, vois-tu, ch'est d' saisir un homme qui s'ouccupe d' la culture.

— Tu n'as donc pount li su' chés gazettes qu' tertoutes tant qu'i's sont, i's proumettent ein prémière ligne de n' foira qu' cha ?

— Ah ! v'là l'eimbarrachant... Si i' gné n'avoit qu'un qui n'ein parleroit, ein vouteroit pour li, mais si i's n'ein parlent tertoutes, qu'meint foire ?

— I' fouroit pet-ête bien les counoître, les vir, y eux parler à eux-mêmes pour savoir ch'est qu'i's comptent réellemeint foire ène fois ou Sénat.

— Je n'ai déjà vu quites z'uns : i's vientent m' vir l'un apris l'eute, même qu' cha foit plaisi' à m' femme, qu'alle dit chaque fois qu'i' gné n'a un d' parti, qu'i's n' sont pount fiers pour deux yards pour des geins si heut plachis. — Marche, que j' li réponds, ravisa-les bien quand i's vientent, parche qu' tu n'es pount prête de l's ervir.

— Avu tout cha, tu n' sais pount cnèra pou' l'quel vouté ?

— Nan, je y ai déjà bien réfléchi pourtant,

mais je n' sus pount coère décldé pour l'un
putout qu' pour l'eute.

-- Fouroit pet-être bien vous réunir à quate
ou cinq : ein t' donneroit èno idée. l' gna pus
d'esprit dains plusieurs têtes qu' dains ène.

Chose dite fut foite.

Quites jours apris l'conversation-là, 7ers les
trois heures d' l'apris-midi, v'là qu'ène calèche
à deux qu'veux alle débuque à fond d' train
dains l' rue d'Ein Heut, par à qu' restoit Ra-
mulet Ein aouyant ch' bruit d' voiture, tous
chés geins i's sortent d' leux masons et ch'est
oussitout ène vuée sans parelle d'sus l' queu-
chie. Ch'est un étounement ein voyant qu' chés
deux mossieux qu'étaient dains l'calèche eintent
à l' mason de ch' conseilli. Pus d' doute. ch'est
un candidat à l' plache d' sénateur, avu un d'
ses amis. Ein effet, quite temps apris i's sortent
delle mason Ramulet qui les moinne mon de
ch' voisin qui li avoit parlé quites heures d'vant.
Ou d' bout d'ène mi-heure, chés deux mossieux
i's ermontent ein calèche et i's filtent vite et
bon train pou y eux ein aller à un eute village.

Chés conseillis i's s' consultent et i's s'ein
vont n'ein trouver un troisième, pis d'là, tous
les trois vont vir ch' maire, par à qu'i's trèvent
écoère un eute conseilli, chou qu'i' foit qu'i's
étaient à cinq pou' y eux einteinne, et, miux
qu' cha, tertoutes du même bord : cha reindoit
donc la chose facile. Tant et si bien qu'i's s'
mettent à deviser poulitique.

L' feimme de ch' maire alle alloit foire des
ratons pour elle et pis s'n homme souper : alle
avoit un grand pintfout ploin d' pâte ein train
d'ervenir pa-d'zous ch' poêle.

— Pusqu' vous v'là là tertoutes, qu'a y eux
dit, vous allez n'ein maingi avuc nous.

Ch' maire, pour foire avaler chés ratons.
i' lévale dains s' cave querre quiles boutailles
d' chite, et quand il a été ermonté, l' conver-
sation alle a erpris d' pus belle.

— Mais cha n'est pount tout cha, qui finit
pa' y eux dire Ramulet, i' nous fouroit désigni
un candidat su' chés cinq qu'i's s' préscintent ;
ch'est qu' vous n'ein dites ?

— Oui, qu'il erpreind un eute, et même un
qui s'ouccupe d' nous, qui défeinche les intérêts
delle culture.

— Mais v'là l'eimbarras, qui foit un troisième,
i's sont tertoutes pou' l' culture ; n'importe
l'quel qui sera noumé, i' fera nous affoires, à
les einteinne, miux qu' personne n' les a foit
jusqu'ichi.

Peindant ch' temps-là, Magrite. l' femme
d' Ramulet, ein part-elle à s' mason, à s' débla-
meintoit de n' pount vir s'n homme ervenir.

— Par ù qu' ch'est qu'il est bien parti reuder,
qu'alle fasoit, v'là qu'il est nève heures delle
nuit et i' n'est pount coère reintré. J'avois foit
ène bonne fricassée pour nous souper. mais à
forche d'ête d'sus ch' fu, v'là qu'alle s'attaque à
ch' cu de ch' keudron... Par ù aller vir apris li ?

Seroit-i' ou cabaret ? Ch' n'est pount s'n habitude.

A ch' moumeint-lô, ch' l'hourloge alle sonne la demie.

— Nève heures et demie, qu'allo eirpreind Magrite. I' gna pount d' seins d' rester si tard déhors par un temps comme i' n'ein foit un. Je n' pos pourtant pount m'ein aller avu' ène lanterne rouler d' cabaret ein cabaret ; ein s' mouqueroit d' mi, et pis, à l'heure qu'il est, i's sont quasimeint terloutes frémés. Ah ! il avoit bien b'soin d'accepter d'ête délégui : cha l'avanche bien ; chés hommes, avu' leu poulitique i's n'ein d'verraient souls.

Les landis d' cha, Ramulet, alle mason de ch' maire, il étoit lon d' peinser à Magrite : i' maingeoit des ratons avu' l'z eules, que l' femme de ch' maire a y eux fasoit à mesure et qu'i's fasaient passer ein buvant des grands verres d' chite. A la fin, i's z'ont bu du café par là-d'sus. Apris dix heures, comme i's n'étaient pount pus avanchis qu'ou qu'meinchemeint, l'un des cinq i' dit à l'z eules :

— Si nous s'érallaient peu à nou mason ? Nous femmes sont capables de y eux einnuyi de n' pount nous vir ervenir.

Comme Ramulet reintroit, Magrite, ercranne d'atteinne, alle venoit d' maingi ène bouquie et alle alloit s' couchi. I' n'avoit pount putout tourné ch' cliquet delle porte qu'a li crie :

— D' par û qu' ch'est qu' t'ervient à ène

13

parelle heure ? Tu m'ein as foit foire du sang ;
l' fricassée alle est brûlée pis feinne froide pou'
l'heure, parche qu' j'ai laissyi détoinne ch' poêle.

— J' m'ein vas t' dire, nou femme, si je
m' sus tant attargi, émon, ch'est parche qu' nous
avons saisi un candidat pour ête sénateur.

Magrite, un peu rapurée d' vir s'n homme
reintré et de l' savoir fixé, a li demanne :

— Et pour qu'èche qu' tu vas vouter
dimeinche ?

— Bé v'là, j' n'ein sais rien ; comme nous
n'avons pount pu nous mette d'accord, i's
m'ont dit d' vouter pou' ch'tide que j' vourois.

A PROUPOUS D'IMPOUTS

Tchout Flout étoit ein train d' lire l' *Journal
d' Péronne* à s' mason, tout ein fémant s' pipe,
un dimeinche apris-midi ein atteindant l'
moumeint d' s'ein aller boire ène chope ou
cabaret, quand arrive Grand Flan qui venoit
l' cherchi pour aller foire ène partie d' cartes.

— Eh bé, qui li demanne ein l' voyant ertirer
ses lénettes, ch'est qui gna d' nouvieu oujour-
d'hui ?

— Bé, woètte, pount grand kose....

— I' gna-t-i' un conte picard ?

— Oui, comme tous les dimeinches. J' te l' lirois bien, mais comme j'ai déjà assez d' ma' à lire du français ch' n'est pount là pour déchiffrer du patois.

— Et à part cha ?

-- Ah bé, eintr'eutres, ène grande nouvelle ..

— Bah ! l'quelle ?

— I' paroît qu' chés députés i's z'ont fini par vouter ch' budget.

— Oui, j' counois cha : chés impouts, quoi ?

— Tout juste.

— Bé mi, chés impouts, vois-tu, cha n' m'actionne pount békeup.

— Qu'meint cha ? Mais tu n' sais donc pount qu' ch'est chou qui gna d' pus caterneux et si tu n' fois pount inteintion à cha, quoiqu' ch'est qu'i' l' feut donc ?... Réfléchis ène minute et tu voiras qu' ch'est l' milan d' la vie qu' chés impouts à payi. Bientout même, si cha continue, ein n' travaillera pus qu' pour cha....

— Bah ! tu crois ?

— Tu n' t'es donc jamois reindu compte ?

— Nan.

— Bé pus, acoute putout : Ein t'élevant ou matin, si t'ouvert l' fernète de t' chamme cha t' foit peinser à l'impout d' chés portes et fernètes.

Ene fois habilli, t'allème t' pipe pour foire passer l' méchante haloinne delle nuit : ch'est l'impout su' ch' toubac et l' z'allémettes.

Ein buvant tin café, tu paies ch' l'impout su'

ch' chuque, ch' café, l' chicorée et pis l' reste.

Tu t'ein vas travailli ; à ch' premyi pas qu' tu fois ein pousant tin pied su' ch' gravyi, tu peinses à chés prestations. Si tu vas à qu'veu ou bien à kérette, ch'est coère tout d' même.

T'erviens dîner à midi, ein maingeant tu paies ch' l'impout su' ch' sé, ch' poive, su' tout chou qu' tu preinds ; ein buvant, ch' tido su' chés boichons. Mais même pou' l' cayelle su' l'quelle t'es assis l' tavo par à que t'n assiette alle est plachie t' rameintutent l'impout moubilli.

Si tu t'ein vas fuir ène paléo dains tin gardin tu songes à ch' l'impout foncyi.

Ou nuit, t' femme pour vyi ou bien pour donner à boire à tin vieu alle est oubligie pour y vir clair d'allémer l' lampe à pétrole ou bien l' lanterne : ch'est coère d'eutes impouts.

Et je n' parle pount d' chés centimes additionnels. Tin flu i' vient d' tirer à l' mélisse, et bé, ou mois d' novembe, quand i' partira ète souldat, i' paiera l'impout du sang.

Mais si j' voulois continuer, j' n'ein finirois pount, si bien qu' nous n'ireins pount foire nou partie d' cartes : tchiens, rien que pour cha, bé i' gna coère un impout à payi et n'euche pount peur, ch' cabar'tchi il a soin d' te l' foire payi d'ène magnière ou d'ène eute ; jusqu'à pou' chés brides d' tes chabouts, jusqu'à chés cleus qn' t'as padsous tes bronnequins, tu paies quite-kose.

Einfin, vois-tu, Flan, tout d'puis qu' t'es
élevé jusqu'à dont qu' tu t' couches, eh bé, tu
n'arrêtes pount d' payi, pusqu' tu paies pour
hanser fémer, marchi, boire, maingi, travailli,
t' kouffer, t'assir, t' mette ou koi, cultiver,
dourmir et jusqu'à moirir, tu n'arrêtes pount
qu' je t' dis

— Ch'est pourtant la vérité, Flout : j' n'avois
mi jamois peinsé à tout cha. Et l' moyen d'évi-
ter cha ?

— Cha seroit de n' pount venir ou monne.

---·×·×·-----

CH' L'ANGLAIS & CH' GAMBON

L'eute jour, un Anglais i' dévaloit à Amiens
d'un train venant du couté d' l'Angleterre.
Comme il avoit justemeint faim, i' s'ein va tout
droit ou buffet d' la gare et, oussitôt eintré, il
accoste un doumestique et i' s' met à bara-
gouiner quitkose ouquel l'eute, qui n' counais-
soit pount l'anglais, n' compreind naturellemeint
rien. Tout d' même, espérant pet ête saisir
un mout, i' foit répéter trois, quate fois l' même
chose à ch' l'Anglais et à la fin, i' li sianne
einteinne l' nom de Ham.

— Ham ? qui foit ch' garchon d' salle.

— Yes, ham! erpreind vivemeint ch' l'Anglais qui croit qu' l'eute a einfin compris.

— Ah bé, mossieu, Ham, ch'est pount par ichi ; si vous voulez aller à Ham, i' feut prenne un billet.

Et pour renne service à ch' voyageur, i' sorte ein l'eintroînant avuc li, pis arrivé dains l' gare, il ermet ch' l'Anglais à un eimployi ein li disant qu' ch'étoit un voyageur qui vouloit aller à Ham et qu' sans doute, comme i' n' parloit pount français, i' n'y einteindoit rien pour s'y renne.

Complaisant, ch' l'eimployi i' conduit ch' l'Anglais à un grillage par ù qu'ein distribuoit des billets pou' l' line d'Amiens à Tergni et i' foit sinne à ch' voyageur d' donner d' l'argeint. Ch' tichi, apris avoir fuleté dains s' poche d' gyet, i' pose des pièches d' cinq francs su' l' tchote planquette, peindant que ch' l'eimployi i' dit à ch' tide qui s' trouvoit drière ch' grillage :

— I' paroit qu' ch'est un voyageur qu'i' vut aller à Ham, mais i' n' sait pount deux mouts d' français pour demander sin billet. Donne gné un d' prémière classe, il a l'air d'éte riche, pis j' vas l' conduire à sin vagon pou' qu'i ne s' perde pount.

— Ham ! Ham ! qui répétoit toujours ch' malhéreux Anglais

— Oui, oui, qui répond ch' douneu d' billets,

j'einteinds bien : ah ! cha, éjou qu'i' croit que j' sus sourd ?

Les tandis que ch' l'eimployi i' l' pousse d' sus ch' quai, il erdit coère ène fois : *Ham !*

— Mais oui, un peu d' patieinche, vous allez partir pour Ham.

Arrivé à ch' train, ch' l'eimployi i' l' foit monter quasimeint d' forche dains un vagon d' prémière classe, pis il erfrème l' porte. Il étoit temps, ch' train i' chiffloit pour s'ein aller ; i' démarre oussitôt, ein important ch' l'Anglais aheuri.

Deux heures apris, il arrivoit à destination, ein coulère comme toute. Ein n'a pount pus tout cryi : Ham ! qu'i' seute ein bas de ch' train et i' queurt apris un eimployi ein li baragouinant ène esplication qu' par bounheur l'eute compreind : i' savoit l'anglais.

Là-dessus, tout s'est tiré ou clair et ein a seu que ch' l'Anglais, qui s'ein alloit à Paris, il étoit dévalé à Amiens pour maingi ène tranche d' gambon. Tout ch' maleinteindu étoit venu d' chou qu'ein anglais, un mourcieu d' gambon s' prounonce : *ham.*

Ein y avoit foit foire quinze yues mal à proupous et ein pus d' cha, i' s' moiroit d' faim. V'là chou qu' ch'est que d' voyagi dains des pays dont ein n' counoit pount l' langue.

------◆◆◆------

KIEN D'AVULE

I' gn'a des mendjiants qu'ont tous les avises. Bien seur leu' sort i' n'est pount einviabe, mais einfin, békeup à ch' metchi-là — si toutefois ch'est un metchi — i's y vitent et avu' chou qu'i's ramassent d' porte ein porte, d'un bout d' l'ennée à l'eute, i's n' sont pount troup à ploinne.

I' gné n'avoit donc un dains l'z einvirons qu'avoit l'habitude d'aller demander l'oumonne avu' un kien noir qu'i' menoit ou d'bout d'ène fichelle. Un jour qu'il alloit foire s' tournée comme d'habitude, nou homme il crjoint ène belle damme, habillie à l' dergnière mode, comme ène Parisienne : ch'étoit ène marquise, l' jonne marquise de ch' catcheu, nouvellemeint marïée et ervenue avu' s'n homme passer quite temps ou village.

Et tous les matins, comme i' fasoit bleu, alle preindoit plaisi' à aller alle messe à pied et à foire un tour d' proumenade einchuite. Ch' prémyi jour, comme ch' povre homme i' rcinconte l' belle jonne femme, i' s' met à li demander la charité :

— Euchez pitchi, madamme, d'un povo avule, s'i' vous plaît.

L' marquise, ein l'aouyant, à s'arrête, déflique sin porte-mounoie, preind ène pièche d' dix

sous et li donne. L' lennemain, ch' mendjiant
i' n'a garde d' perde ène si belle ouccasion et à
l' même heure i' s'ertrève à l' même pièche,
comme l' damme alle sourtoit de ch' l'église et
il erpreind s' complainte. L' marquise a y
erdonne ène pièche. Peindant plusieurs jours
d' chuite, cha a été l' même rétoire, mais n' v'là
jou pount qu'un matin, pour ène keuse ou pour
ène eute, l' damme alle oublie d' foire l'ou-
monne à ch' povre homme. Comme alle passoit
à couté d' li sans l'ermerqui, i' li crie :

— Ma bonne damme, vous oubliez donc
vou pove avule eujourd'hui ?

L' marquise, assez étounée, a s'arrête et,
ravisant ch' mendjiant étampi à quites pas
d'elle, a li dit :

— Vous me reconnaissez donc, mon brave
homme ?

— Ah ! mais j' crois bien, madamme la
marquise, pusqu' vous m' donnez ène pièche
d' dix sous tous les matins. Et quand cin vous
a vue ène fois, vous ôtes si belle qu'cin n' put
pus vous oublyi.

— Mais comment pouvez-vous savoir si je
suis belle, puisque vous êtes aveugle ?

— Ah ! ma bonne damme, ch' n'est pount mi
qui sus avule, heureusemeint ! Ch'est min pove
kien, tenez, li qu'est là devant vous... Ch'est
pour cha que j' dis : *Donnez pou' ch' pore avule.*

L' PUCHE

—

— Voyons, Erbine, qui dit comme cha Cliquet, un jour à l' veile, à s' femme, ch'est qu' t'as à trempiler comme tu l' fois ?

Et d' fait, d'puis un moumeint, l' jonne femme -- ch'étoit un nouvieu moinage, marié d'puis quites semoinnes — a n'arrêtoit pount d' grinchi ses épeules, d'houchiner sin dous, d'ermuer su' s' cayelle, d' foire gigoutter ses gammes, tout ein erprisant des bas, les tandis que s'n homme, assis à l' même tave qu'elle, tout serrant ch' poèle, i' lisoit sin journal tout ein fémant ène cigarette.

— Bé, ravise, Cliquet, émon, je n' sais pount chou qu' j'ai .. D'puis ène mi-heure, je n' sus pount comme d'habitude : cha m' preind, cha m' quitte, cha m'erpreind, sans que j' puche m'espliqui chou qu' ch'est...

— Cha n' seroit pount quitfois ène maladie qu' tu couverois ?

— Ah ! i' gna pount d'eimbarras .. Tu sais bien qu' je n' sus mi jamois malade : j' n'ai même dassanput jamois eu l' niflette.

I's s'ermettent à leu ouvrage ; li à s' lecture, elle à s' couture, et, peindant un moumeint, i's moufieteint si peu qu'ein n'einteindoit que ch' tic-tac de ch' l'hourloge. Mais ou d'bout d' quite temps, Erbine alle erqu'minche sin manège.

— V'là coère qu' cha t'erpreind, qui foit Cliquet ein 3j'tant sin bout d' cigarette dains chés cheinnes. Ein diroit, ma parole, qu' t'es dérévinée...

— Ch'est qu' tu vux, j' ne l' fois pount esprès : ch'est pus fort qu' mi.

— Mais einfin, ch'est qu' t'as ?

— J' n'ein sais rien, là.

Pour un peu, l' pove Erbine a n'éroit brait.

Voyant cha, Cliquet il erpreind :

— Si demain cha n'est pount passé, j'irai cherchi ch' médecin, sans atteinne pus longtemps : tchiens, ravise t' v'là coère à t' gratter

— Ch'est qu' tu vux, cha m' dégatouille, cha m' pique, cha m' brûle tout partout.

— Eh bé. voëtte, si tu vux m'acouter, tu feras comme mi : t'iras t' couchi et d'main cha sera pet-ête passé.

Ein disant cha, Cliquet i' sort dains l' cour pour aller donner à fruqui à ses qu'veux et foire un tour à l'z étaves. S' femme a n'atteind pount pus longtemps. Aussitout qu'il a erfrémé l' porte, alle déboutonne sin caracou, à s' dégratte, et l' v'là qu'a s' met à cherchi et alle finit par trouver d'sus s' qu'mise ène tchote pucho de rien du tout qu'alle seutoit comme ène arragie d' chique d' là. D' ses deux doigts fraiquis alle l'a attrapée et elle l'a peuchinée jusqu'à tant qu'alle a été écramouillie.

A ch' moumeint-là, Cliquet qui reintroit, i' li demanne qu'meint qu'à s' trève et elle, ein erriant, d' li répoune :

— Tu n' sais pount ? Eh bé, ch'étoit ène puche qu' j'avois dains m' poitrainne.

———◦✕◦———

CH' SANGLYI EINGÉLÉ

———

Ch' tour qui va chuire est surv'nu à un cachex einragi qu'alloit à l' cache par tous les temps. Donc, par un d' chés jours d' gelée qu'il a foit dergnièr'ment, nou homme i' sort un matin, sin fusil su' s'n épeule et ein chifflant sin kien qui accueurt à grannes agambées.

Il étoit à poinne sourti dé ch' village et il eintroit dains ène pâture, quand tout dé n'un keop, ch'est qu'i' voit à quites mèles d' li ? un moncheu noir qu' ermoit ; il avanche un peu pus pris et v'là que ch' moncheu i' tâche de s' metto su' ses pattes et i' drèche sin musieu. J' vous donne à adviner chou qu' ch'étoit : un bieu sanglyi.

Oussitout, sans perde d' temps, nou cacheu il arme sin fusil, met ein joue et tire. L' bête alle quet et alle reste sans mouvemeint. I' seute d' sus et, sans foire ni ène ni deux, i' l' cherge su' ses épeules, pis i' l' rapporte à s' mason et

i' l' dépose dains s' cuisine. L' nouvelle a s'é-
bruite oussitout dains l' rue par ù qu'il éloit
ervenu qu'i' venoit d' tuer un sanglyi. V'là
donc des ribambelles d' curieux qu'i's vienlent
vir ch' l'animal qu' nou cacheu, héreux d'avoir
abattu ène parelle pièche, s' moute fler d'y eux
foire vir ; chés varlets delle ferme, ch' bargi,
ch' garchon d' cour qui netchoit chés pour-
cheux, i's z'accueurtent tertoutes, si bien qu'
tout chacun tourne pis ratourne outour de
ch' sanglyi pour savoir par ù qu'il l'avoit été
attrapé. Ch' cacheu, eimbêté à la fin par leux
réflexions, i' finit pa' l'z cinvoyi proumener ein
y eux disant d'aller ein tuer outant.

Mais n'ein v'là bien d'un cute. Ch' sanglyi,
qui n' mouffeloit pus, rébeubi à l' longue pa'
l' kaleur de ch' poêle, i' finit par ermuer ses
pattes. i' s' ravigote et, s' dr'chant d'un bond,
i' fonce d' sus chés geins qu'i's l'eintouraient :
i's n'ont eu que l' temps d'y eux seuver ou pus
vite par ù qu'i's z'ont pu. Ch' bétail seuvage,
ein voulant passer d'zous eine tave, l' reinverse
avu tout l' vaisselle qu'i' gn'avoit d'sus : telles.
plats, assiettes, soupières, verres, à tel point
qu' cha a foit un vakerme d'einfer, pis, non
conteint d' cha, comme tous chés curieux s'
s'étaient seuvés dains l'z cutes chammes, ch'
sanglyi, épouvainté pa' ch' bruit qu'il avoit
foit, il einfila l' prémière pièche qu'i' reinconte ;
ein voulant passer d'zous un poêle, su' l'quel
ein fasoit cuire un bruvage pou' chés vaques,

il l' culbute avu' ch' keudron qui gn'avoit
d'sus. Pis, d' pus ein pus animé, i' continue sin
qu'min, traverse à l' granne course ène espèce
d' salon, et finit par arriver dains l' chamme
par ù que ch' moite et pis l' damme i's cou-
chaient; i' tourne outour ou galoup, mais
comme ein avoit frémé l' porte drière li, n'
pouvant pus sourtir, i' seute à l' voulée d'sus
ch' lit. Ch' cacheu avoit pris un grand coutcheu
qui servoit à saigni des couchons, et i' dit à
tous chés geins éparveudés qui couraient d' chi
d' là, à milan morts d' peur :

— Eh bé, pusque j' n' l'ai pount tué avu min
fusil, j' vas l' tuer à keups d' coutcheu.

Il einte donc dains l' chamme à couchi. mais
ou moumeint où i' s'approuchoit de ch' lit,
ch' sanglyi erbondit, et d'un keup d' boutoi li
labeure sin bras, li foit querre sin coutcheu et
l'étale à terre, les quatre fers ein l'air.

Heureusemeint, à ch' moumeint-là, ch' pré-
myi varlet qu'arrivoit avu l' fusil d' sin moite,
ajuste l' bête à bout pourtant et, li einvoyant
ène cherge d' plomb dains un d' ses yux, i'
l'éteind roide mort

Dains l'apris-midi, ein a traité ch' sanglyi ni
pus ni moins qu' si ch'avoit été un couchon
ourdinaire, et ch' cacheu, qui ravisoit dépieuter
l' bête, avu sin bras ein écharpe, i' disoit à
s'n eintourage :

— Un eute keup, si j'erjoins coère un sanglyi,
j' qu'meincheral d'abord pa' l' laissyi créver

d' froid : j' ne l' rappourterai qu' qua..d i' sera mort. parche que ch'tichi i' nous a donné troup d' tracas.

———

CH' LAPIN DU MARDI-GRAS

———

— Acoutez-mó bien. m's enfants, qui dit comme cha Ménieux à sin flu et à s' fille, des galmites d' sept à dix ans. huit jours d' vant l' Mardi-Gras : si vous êtes bien sages. j' tuerai ch' lapin gris pou' l' jour d' chés masques, si ein n' nous l' vole pount d'ichi là. Vou mère a nous fera un tchout répillet avu' et nous s' régalerons bien tertoutes.

Chés enfants sont oux anges et i's gambillent d' plaisi'.

Ein effet, l' semoinne d'apris. l' jour du Mardi-Gras ou matin, tandis qu' chés premyis masques i's couraient chés rues, Ménieux i' s'ein va à s'n étave, chuivi d' ses deux enfants et i' tue à grands keups d' puing sus s' tête ch' bleu lapin gris qu'il eingraissiot d' puis des mois ; i' l' débille einchuite, pis i' l' cope par mourcieux et' l' brenne venue, l' mère à s' met à l' foire cuire. Quite temps apris, tout l' monne. avu' des deints aguisis comme des broques d' leups, s'assyoit à l' tave ein s' régalant par avanche d' chou qu'i's allaient maingi.

Tout dé n'un keup, l' femme qu'alle venoit d'ertirer ch' lapin de ch' keudron pou' l' mette dains ène belle terrine ganne toute nève, alle dit comme cha à s'n homme ein maignière d'errien :

Ch'est égal, Ménieux, i' m' sianne à vir qu' t'as pet-ète eu tort d' tuer ch' lapin gris.

— Pourquoi cha, qui répond ch' l'homme.

— Parche qu' ch'est ène femelle. Ein croit coère pu avoir des jonnes.

— Ah ! nan, qui réplique ch' l'homme, ch'étoit un marle.

— Je t' dis qu' ch'étoit ène femelle.

— J' sutchieins qu' ch'étoit un marle.

— Ch'étoit pourtant ène femelle...

— I' gna personne pour savoir miux qu' mi qu' ch'étoit un marle.

— Et mi, je t' dis qu' ch'étoit ène femelle.

Ch' l'homme, eimbêté que s' femme a li tchient tète, sans réfléchir à chou qui foit, d' coulère i' preind l' terrine, ouvert l' porte et éjette toute à l' voulée dains l' cour.

— Tchiens, pucho qu' t'es si têtue, mainge-l' lé t' femelle... Mi, pour avoir la paix, j' m'ein vas.

Et Ménieux, là-dessus, erclaquant l' porte un bon keup, i' sorte, nan sans avoir einteindu s' femme qui l'agounisoit d' souttises.

— Oui, va, grand prope à rien, marche guergaté ou cabaret peindant qu' nous maingerons

du pain sec : tu n'as déjà pount assez bu
oujourd'hui...

Chés enfants ein aouyant leux père et mère
y eux disputer, s' mettent à braire comme des
queues dénichies.

Pour les foire taire, l' mère alle a été oubli-
gie do y eux dire :

— Ch'est bon, m's enfan's, n' brayez pus, j'
m'ein vas vous foire des ratons.

#*#

Un an apris, à l' même époque, quasimeint
jour pour jour, tout l' monne à l'mason Ménieux,
vers l' brenne, s'ertrève, avu chacun ène ennée
d' pus su' leu tête, assis à l' tave, d' vant ène
platée d' lapin nouvellemeint fricassée. Chés
deints, prêtes à daqui, alles dervent apris l'
vianne cuite et chés narinnes i's aspirent l'
bonne oudeur de ch' lapin qu'a longtemps
mijouté avu des oignons, du louryi et d'eules
herbes qu! seintent bon.

Comme l' femme àlle eyève s' louche à pout
pour puisyi dains l' terrine, a n' put pount
s'eimpêchi d' dire à s'n homme, ein erriant :

— Avons-nous été bêtes tout d' même l'en-
née passée, hein ? Ménieux d' nous disputer à
proupos d'un marle ou bien d'ène femelle d'
lapin. Quoiqu' ch'est qu' cha put foire qu' cha
fuche l'un ou bien l'eute ?

— Oui qui répond tranquillemeint Ménieux,
d'outant pus qu' ch'étoit un marle.

14

— Ah ! nan, cha, qu'alle erpreind l' femme, ch'étoit ène femelle.

— Pusqu' je t' dis qu' ch'étoit un marle.

— Du tout, cha n' pouvoit éte qu'ène femelle.

— Un marle !

— Ène femelle qu' je t' dis !

— Ch'est tout cha, qui foit Ménieux, l'erpreind des querelles vieilles d'un an ou sujet d'un marle ?

— Ch'est ti qui s'eintête, pusqu' tu sais qu' ch'étoit ène femelle

Saisissant l' terrine d' fricassée, i' li foit erprenne l' même qu' min qu' chelle d' l'ennée de d' vant et i' crie ein l'éjettant dains l' ceur :

· Tchiens, pusqu' ch'est comme cha, tu n' séras pount ou goût si ch'est un marle ou bien ène femelle.

Et claquant ène deuxième fois l' porte ein coulère, i' s'erva ou cabaret.

Ch' keop-là, l' femme a n'a été tellemeint estoumaqui, qu'a n'a rien trouvé à réponne ; chés enfants non pus l' fois-là i's n'ont rien dit. Mais l' lennemain ou matin, tandis que s'n homme il étoit à s'n ouvrage, l' femme Ménieux alle a veindu tous chés lapins qui restaient dains ch' l'étave pou' n' pus avoir à s' disputer à leu sujet l'ennée d'einchuite.

UN UF D' JUMENT

Tchout Lurin s' trouvoit l' mois passé à ch' marchi à vaques d' Reisi qui s' tchient tous les vingt huit d' chaque mois. Ses affoires foites, ein atteindant l' moumeint d's'éraller, i' s' prou-monoit d' chique d' là, ses bras ballants, hé-reux d' n'avoir rien à foire et de n' peinser à rien

A un moumeint, i' passe d' vant un marchand qui veindoit quitekose qu' tchout Lurin n' cou-naissoit pount. Ch'étoit grous comme trois ufs d'aisons einsianne. Einter nous, pour vous l' dire d'un mout, ch'étoit des noix d' coucous, mais tchout Lurin n' n'avoit jamois vu d' sa vie. Par quel hasard que l' marchandise-là qu'ein n' voit qu' dains chés grannes villes a s' trouvoit su' ch' marchi, ch'est chou que je ne m' cherge pount d' vous espliqui. Toujours est-i' qu' nou homme intrigui d' savoir chou qu' ch'étoit qu' chés affoires-là, i' tourne, i' vire, i' ratourne tout outour de ch' l'étalage, pis i' finit par prenne ène d' chés noix dains ses mains et i' l' souyève, i' l'erpose, pis i' l'er-preind pour l'erb'zer ; einfln, i' s' décide à demander à ch' marchand qu'i' l' ravisoit foire ein erriant depuis un moumeint, quoqu' ch'étoit que l' marchandise-là.

Ch' marchand, advinant rien qu'à l' vir qoi ne y acheteroit jamois cha, mais qu' ch'étoit simpel'meint par pure curiousité qu'i' l' questchionnoit, il erpreind :

— Cha, mossieu, voyez-vous bien, ch'est des ufs d' jument.

Tchout Lurin ravise ch' marchand sans vouloir croire chou qu'i' li dit :

— Vous s' mouquez d' mi sans doute, émon?... Ejou qu' vous croyez que j' sus assez noyu pour croire cha?... Je n'ai des juments dains m'n écurie et jamois d' la vie a n'ont pondu des ufs parels.

— Ah ! oui mais, qu'il erpreind ch' l'homme, j' m'ein vas vous dire : ch'est que ch' n'est pount des juments ourdinaires, des juments d' chés pays chi qu'ont pondu chés ufs-là... Nan, cha vient d' des juments arabes et i' gnó n'a qu'ein Afrique.

Ein voyant ch' l'air sérieux de ch' marchand qui li débite cha sans rire, tchout Lurin réfléchit.

— Et combien qu' vous m'ein veindreins un?

— A vous, je l' laisserai d' vingt francs.

Pis, pour l' décider, il ajoute :

— Pour avoir un pouloin, vous n'érez qu'à l' mette dains du fémyi d' qu'veu, parche qu'il est pus keud que d' l'eule, pis ou d'bout d' deux mois vous s'rez tout étouné d'vir un matin un pouloin courir outour de ch' moncheu d' fémyi par ù qu' vous l'érez mis couver.

Ein aouyant cha, tchout Lurin s' risque, ein
disont ein part-li : Apris toute, j' pus toujours
vir, pusque vingt francs ch'est l' prix d'ène
saillie

I' donne donc un louis d'or à ch'marchand
qui li r'met un uf bien eintourtilli dains du
papyi d'gazette.

Reintré à s' mason, i' s' garde bien d' parler
de s'n'acquisition à s' femme. Comme i' peinse,
i' sera toujours temps d' lui foire l' surprise
quand ch' pouloin i' sera venu. L' lennemain
tout au matin, i' s' met donc à netchir ses
qu'veux, et i' broute du fémyi dains un treu
qu'il avoit dans sin gardin drière s' grange,
apris avoir mis s'n uf ou fond de ch'treu.

Pis, cha foit, il atteind. Ou d'bout d' deux
mois, i' n' voit rien venir : ch' fémyi i' n'er-
muoit pount. Il avoit bien s'élever matin tous
les jours pour vir si i' n' trouverroit pount un
pouloin outour d' sin treu, i' qu'meinchoit à n'
pus avoir d' flate dains chou que ch' marchand
d'ufs d' jument i' li avoit dit.

— Bah ! ein n' put pount savoir : j' vas coère
attenne un mois, parche qu' quand ch'est ène
jument, cha a toujours du r'tard.

Mais quato semoinnes pus tard, comme i' n'
voit toujours errien, i' s' met à wuidgi sin treu
et il ertire ch' l'uf qui trève out comme quand
il l'avoit mis. Mais, pris d' coulère il l'éjette à
l' voulée à terre C' l'uf i' s' casse et oussitout,
v'là un bétail qui s' met à s' seuver.

J' crois bien, il l'avoit éjeté tout serraut ène outchère drière l'quelle un lapin, qui étoit nichi, s'étoit seuvé d' peur.

— Et bé, qui dit tchout Lurin, j'ai été troup pressé. Si je l'avois laissyi venir ein part-li, j' n'érois pount eu un qu'veu, mais j'érois toujours eu un mulet : je l'ai vu à ses érailles.

UN NAYU

Dalic, qui, d' sin metchi, étoit louqu'tchi, devoit aller foire ses treize jours. Il avoit dains les trenne-six ans et ch'étoit l' dernière période d'exercices qui li restoit à foire puisqu'il avoit déjà foit deux fois vingt-huit jours.

Non sans ergret — ein n'est jamois souldat par plaisi', surtout à s'n âge, — ou jour dit, i' s' reiud à l' caserne, mais i' n'est y est pount resté longtemps. Quites jours apris ses voisins n' sont pount peu surpris de l' vir ervenir et i' s'ermet à foire s' tournée pour ramasser ses loques et ses oux. Mais chacun, intrigui, i' li demande qu'méint qu' cha s' foit qu'il a si vite fini ses treize jours.

— Ein t'a donc reinvoyi, Dalic, que t' v'là ervenu ?

— Et jou qu' tu serois passé chef ?

— Nan, qui foit l' pus tranquillemeint du monne. Seulemeint, là-vas, à l' caserne, l' lennemain qu' j'ai été arrivé, comme i's m'ont dit d' m'ein aller, je n' me l' sus pount fois dire deux fois : j' sus parti.

Mais tout d' même cha ne s'est pount passé comme cha. A quites jours d' li, un matin, l' rue par ù qu' restoit Dalic alle étoit ein émute. Un geindarme à qu'veu i' venoit d'eintrer alle mason de ch' louqu'tchi et i' li appreind qu'il est considéré comme déserteur. V'là ch' pove Dalic aux cheints keups.

— Qu'meint cha, mossieu, cha n'est mi poussible ...

Et i' s' met à raconter à ch' geindarme qui l'acoute ein erriant qu'meint qu' cha s'est passé.

— L' lannemain de m'n arrivée ou corps, qui dit comme cha, j'étois à l' théourie. Tout dé n'un keup, ch' l'adjudant il arrive à mi et i' m' pose ène question. Naturellemeint, je n' pus pount li réponne pusqu' je n' savois pount chou qui m' demandoit. Deux, trois fois i' m'erpose l' même chose, j' reste là m' bouque ouverte, sans rien dire. Alors ch' l'adjudant i' s' fâche et i' m' crie en coulère : Pusqu' vous êtes si bête, allez-vous ein »

Vous compreindrez, mossieu, qu' ch'est tout chou que j' demandois ; je n' me l' sus pount foit dire deux fois : j' sus ervenu à noû mason, pusqu'ein m'avoit dit d' mein aller.

CHÈS DEUX PÈRES

I' gna quiles vingt el des ennées, un dou-
mestique d' ferme i' s'étoit amourachi delle
servante qui s' trouvoit dains l' même mason
qu' li ; à se n'étoit laissyi conter pa' ch' varlet,
qu'étoit alors un bieu jonne homme et alle
avoit si bien aconté ch' l'injoulen, qu'alle avoit
eu ène tchote fille. Ch' varlet, pour ercounoïte
s'n enfant, il avoit été à l' mairrie.

Mais à l' longue, pour des raisons qu' nous
n' counaissons pount et qu'ein n'a jamois seu,
ches deux amoureux s' sont brouillis, si bien
que ch' mariage qui devoit s' foire einter eux,
i' n' s'est pount foit.

Ch' varlet il a quitchi l' ferme par û qu'il
étoit pour s'ein aller dains un village voisin où
par la chuite i' s'est marié, et à l'heure qu'il
est il est à la tête d' quate enfants.

L' servante, d'sin coûté, a s'est mariée avu
un butchi, qui, du fait d' sin mariage avu' l'
servante, a ercounut l' tchote fille qu'alle avoit.
Chelle-chi, avu' l' temps, alle a grandi et alle
vient d'avoir vingt-deux ans, si bien qu'à sen
tour alle vouroit bien s' marier avu' un bergi
qui l'a demandée ein mariage.

Mais n' v'là jou pount qu'à la chuite d' dé-
marches foites dains ch' l'inteintion-là, ein y a
appris qu'alle étoit fille d' deux pères : l'un qui

l'a ercounot et l'eute légitimée eiu s' mariant avu' s'mère.

Qu'meint foire? l' paroit qu'à u' pos pount s' marier à ch' moumeint-chi, comme alle l'éroit voulu, si bien que l' pove tchote a n'est débeuchie : ein li a donc conseilli d' s'adréchi ou tribunal pour régulariser s' situation et alle a bieu foire et bieu dire, i' feut qu'alle atteinche qu' chés juges i's s' fucheint prounonchis pour passer devant mossieu l' maire av' sin bergi : ch'est chou qui l'einnuie l' pus.

A l'einconte d' tant d'eutes qui n' counollent pount leu père, l' servante dont j' vous parle. a n'a deux, elle ; ch'est bien seur un d' troup.

------- ✠ -------

CH' L'ERCEINSEMEINT

L' mois dergni tout chacun il a été invité à reimplir des telles pour ch' l'erceinsement. Ch'est ène tchote oupération qu'a liu tous les cinq ans. Mais put on ê'e bien seur, apris cha, qu'ein sait exactemeint combien qu'i' gna d' Français ein France? Cha n'est jamois que d' l'à peu pris. Et la prève, tenez, ch'est qu' dains pus d'ène mason il est assez difficile d' savoir la vérité. Chou qu'il ervient à dire, qu'on found, ch'est bien d' l'argeint d' gassouilli inutile-

meint. Comme m' disoit un homme d' bon
seins : « Ein définitive, à quoi qu' cha sert ? »

Rien qu' dains un tchout village qu' je n'
noumerai pount, ch' l'instituteur qui tchient
ein même temps l' greffe, i' fasoit s' tournée
pour foire ch' l'erceinsemeint. Apris avoir déjà
passé dains quiles rues, il arrive à l' mason
d'ène vieille femme qui restoit tout ein par
elle. I' tourne ch' cliquet delle porte et il einte.
L' femme alle étoit ein train d' tisonner sin
poèle su' l'quel alle venoit d' mette sin pout-
ou-fu : ch'étoit l' dimainche.

Ch' l'instituteur qu'étoit nouvellemeint arrivé
dains l' commune, i' n'étoit pount counu delle
vieille femme qu'avoit pus d' quater-vingts
ans, qui n' sourtoit jamois, et qu'ein pus d' cha
alle est sourde comme ène vieille bécache. Ou
d' bout d'un moumeint, alle finit par ermerqui
qu'il est là et a li demanne ch'est qui vut.

Li, i' li débite s'n affoire. Etant durte d'é-
raille, a n'aouit rien et a li demanne chou qu'i'
vut. Il errépète chou qu'i' venoit d' dire.
Plait-i' ? qu'alle foit l' vieille femme. Ch' l'ins-
tituteur, espérait l' foire comprenne. Il moute
s' fèlle d'papyi. N'y compreindant rien, l' femme
a li réplique : « Merci, je n'ai pount besoin »
Mais li, erpreind d' pus belle, ein li criant
dains s'n éraillé qu'i' feut qu'alle écriche sin
nom, prénoms, proufession, etc., et i' foit sinne
d'écrire avu sin doigt.

Ch'est-i' qu'alle a fini par comprenne, tou-

jours est i' qu'a li répliquo qu'a n' sait pcount
écrire, qu'ein pus d' cha a n'a à s' mason ni
plème ni cinque et pour tout dire, a n'a pount
besoin d' chou qu'i' li apporte : ch'étoit tou-
jours à cha qu'à n'ervenoit

Ch'étoit donc dire i ch' greffyi d' s'ein aller :
ch'est chou qu'il a fini par foire, pou' n' pount
perde sin temps mil à proupous, ein peinsant
ein li même qu' si i' gn'avoit bekeup d' femmes
parelles dains ch' village, i' n'étoit pount prêt
d'avoir fini s' tournée.

Malgré cha, voulant n' n'avoir i' cair net, i'
s'est adréchi à des voisins pour avoir chés rein-
seinnements que i' vieille femme a n'avoit
pount pu li donner, mais i' n'a pount été pus
avanchi. Personne i' n'a pu li dire l'âge qu'allo
avoit parche qu'alle étoit békeup pus vieille
qu' tous chés geins qu'i's l'eintouraient. Ein
l'avoit toujours quasimeint counue comme alle
étoit; ein n' savoit pount par ù qu'alle étoit
venue ou monno, a n' travailloit pus et même,
personne i' n' counaissoit sin nom d' famille.
Voyant qu'i' n'arriveroit a rien, rapport à i'
vieille femme, ch' l'instituteur, sans cherchi à
n'ein savoir pus long, il a continué s' tournée.

Croyez-vous que ch' cas-chi i' fuche i' seul ?
M'est avis qu' nau.. Si ch est taul, à quoi qu'
cha sert d' foire des erceinsemeints ?

———•xx•———

UN TOUR D' MAQUIGNON

A l'un d' chés dergnis marchis à qu'veux qu'ont liu tous l's ans à ch' l'époque chi, l'ascaline, ène femme vôve qu'avoit ène haridelle à venne, s'ein va donc l' conduire su' ch' marchi pour lâchi d' sin défoire.

A n'étoit pount arrivée d'ène mi heure, qu' v'là un marchand qui vient tourniqui à l'eintour et l'examine d'puis s' tête jusqu'à s' queue, pis un deuxième qui qu'meinche à l' marchander, einfin un troisième qui li prouposo un marchi, si alle vut l'accepter.

— V'là chou qu' ch'est, qui li dit. Si vous voulez m' laissyi vou qu'veu qui n' veut pus dix pistoles et m' donner deux cheints francs, j' sus prêt à vous livrer un bon qu'veu pour reimplachi ch'tichi, un qu'veu d' première forche, doux comme un égneu, qu'ène jonne fille alle méroit, qu' vous pourrez oussi bien motte ou brabant qu'atteler à ène kérette.

Einfin, l' v'là qui s' met à li vanter à n'ein pus finir l' bête qui vouloit li céder. L' femme, qui n'ein savoit pount pus lon, n'étant pount habituée à fréquenter chés marchis, alle accepte, outant pour avoir un aute qu'veu qu' pou' s' débarrachi de ch'tide qu'alle avoit amené.

Donc, ch' marchi convenu, ein li amoinne

l' bête qu'alle conduit à ch' l'ouberge pir à qu'alle étoit arrivée. Alle foit donner un picoutin d'avoinne à sin nouvieu qu'veu, et comme a n' tenoit pount à s'allargi, apris qu'il a eu bu, a l' foit tout d' chuite atteler à s' voiture. Mais n'ein v'là bien d'un eute : ch' l'animal, ène fois ein limon, i' n' vut pount mette un chabout d'vant l'eute ; im oussibe de l' foire avanchi d'un pas

Quitz'un d' bien dains l'eimbarras, ch'étoit l' pove femme. Alle raconte s'n histoire à quites cultivateurs qu'étaient ein train d' dîner à ch' l'ouberge, et oussitout ein v'là deux, trois qui preintent fait et keuse pour elle.

— Ah ! mais. qui dit l'un, cha n' va pount s' passer comme cha.

— Vous avez été vouté comme dains un bous, qu'il ajoute un eute.

— Nous allons aller trouver un vétérinaire, qui foit un troisième.

Ein effet, ein ein foit venir un qui reconnoît tout d' chuite qu' Pascaline alle avoit été erloyie. I's n'ein restent pount là : i's s'ein vont su' ch' marchi et ertrèvent ch' marchand d' qu'veux à qui i's content la chose.

— Mi, cha n' m'ergarde pount, qui dit. Ein me l'a veindu tel, je l'ai erveindu d' même.

— Qu'est-che qui vous l'a veindu ?... Pouvez-vous l'ertrouver ? .. I' feut nous l'einsigni.

— Tenez, ch'est ch' marchand qu'il est là-vas.

Sans pus attenne, i's vont trouver ch'
deuxième maquignon, mais à sin tour i' s'
débat comme toute, disant qu' cha ne l'ergarde
pount, qu'ein y a veindu òne bête, que d' sin
conté i' l'a erveindue ; i' n'y put rien, ch'est
l' coumerce qui vut cha et cheint eutes raisons
qu'i' donne.

— Tout cha, ch'est bel et bon, qui foit un
ceinsyi, mais ein a voulé l' femme-là, cha ne
s' passera pount comme cha.

— Vous allez nous dire tout d' chuite et sans
berguigni qu'est-cho qui vous l'a veindue.

Pusqu' vous voulez l' savoir, qui réplique
ch' marchand, tenez, ch'est ch' maquignon que
vous voyez là à deux pas.

Sans perde d' temps, i's vont l' trouver, mais
li, à sin tour, i' les reinvoie à un quatrième.

Ein définitive, i's fasaient tertoutes partie
d'òne benne. Mais chés trois fermyis qu'escour-
taient l' femme n'ein sont pount restés là. Voyant
qu'i's n'arriveraient à rien pa' ch' moyen-là,
i's z'ont conté l'affoire à un sergent d' ville ein
li moutrant ch' qu'veu veindu par Pascaline et
qui s' trouvoit su' ch' marchi.

Ch' l'agent de poulice i' n'a foit ni òne ni
deux : il l'a mis ein fourrière avu' ch' nouvieu.
S' voyant acculés, chés marchands, pou' n'ein
finir, i's z'ont erpris leu' méchant kercant et
reindu chés deux cheints francs à l' femme.

———•×•———

CH' KIEN & L' PIPE

———

Derguiéremeint su' l' line d' Picardie l'an-
dres, un voyageur putout jonne qu' vinx, i'
monte dains ch' train à Chaulnes pou' l'Péronne
et i' s'installe dains un compartimeint d' fémeux
Pis i' sorte s' pipe, i' l' bourre et i' s' met à
foire delle fémée à renne jalouse l' queminée
delle loucoumoutive. Il étoit bien ein train d'
chuchi l' manche de s' pipe d' mérisyi, quand,
dains sin vagon, monte toute essoufflée, n'ein
pouvant pus à forche d'avoir couru pou' n'
pount manqui ch' train, ène tchote femme bou-
lotte assez bien mis.

A s'assit ein face de ch' fémeux et apris
avoir installé su' ses genoux un tchout caniche
noir, quand alle a été un peu rapurée, comme
ch' train i' démarroit, alle dit à ch' l'homme
qu'i' li feroit bien plaisi' de n' pount fémer
parche qu' cha l' fasoit toussir.

— Mais, madame, qu' i' li foit oubserver,
nous sont dains un compartimeint d' fémeux et
si vous n' vouleins pount ète gênée, i' vous
fouloit monter ailleurs. Ein pus, ch' n'est pount
l' plache d' vou kien non pus d'ète ichi...

— Cha n' m'ergarde pount, qu'alle réplique
l' tchote femme déjà à mitan ein coulère. Vou-
lez-vous détoinne vou pipe oui ou nan ?

— Eh bé, nan, pus qu' vous l' preindez su' ch' ton-là.

l' n'avoit point putout fini, que l' femme a s'éyève, a li arrache s' pipe de s' bouque et a l'éjette à l' voulée pa' l' fernète.

— Tenez, qu'à li crie, marchez l' cherchi, mal appris !

Ch' voyageur i' s' fâche à sin tour, mais comme i' n' trèvo errien à réponne, i' n' foit ni ène ni deux. Il eimpoinne ch' kien delle femme pa' l' pieu d' sin dous et i' li foit prenne l' même qu' min qu'a pris s' pipe.

Vous voyez d'ichi l' figure delle femme ; alle agounit ch' voyageur d' soutlises et apris li ein avoir dit tant et pus, alle finit par li annonchi qu'alle va dépouser ène plointe conter li ein dévalant. Li, comme i' n' li répond point, i's s' tienlent tous les deux chacun dains leu cuin sans y eux parler. A Péronne, i's dévalent justemeint tous les deux et l' femme elle sorte delle gare sans rien dire.

Deux heures apris, leux affoires étant finies, i's s'ertrèvent tous les deux à l' gare pour erprenne ch' train, mais bien einteindu, l' fois-là i's n' montent pus einsianne dains l' même vagon.

Quite temps apris i's z'arrivent à Chaulnes et vous n'advinereins jamois chou qu'i's voitent ein arrivant . Ch' kien, assis su' sin drière, atteindoit tranquillemeint ein tenant l' pipe de ch' l'homme dains s' gueule.

L' bonne tchote bête, qu'étoit keut sans s'
foire d' ma, a s'étoit figuré qu'ein l'avoit éjetée
pa' l' fernète pour aller ramasser l' pipe.

CHÉS DEUX BÈGUES

Ougusse, un journayi d'un village voisin,
qui béguoit tant soit peu. s'ein alloit l' semoinne
passée. renne visite à s' tante Rousalie dains l'
coumune par ù qu'alle restoit. Comme alle
venoit d'eimmoinagi tout nouvellemeint, i' n'
counaissoit pount s' mason. Arrivé d'vant l'
mairrerie, il accoste un homme, su' l' pas de
s' porte, qui finissoit d' déjéner et i' li dit, ein
béguant l' moins poussibe :

— Mo... mo... mossieu, si... si... ch'étoit
un... un... né .. né... fet d' vou bonté... pou...
pou... pourreins-vous m'ein... m'ein.. m'ein-
signi pa... pa... par ù qu'à... qu'à... l' reste...
m' tan... tan.. tante Rou... Rou... salie ?

Ch' l'homme, qu'étoit un travailleux d' mé-
carique ein n' put pount pus tranquille, i' li
répond su' l' même ton :

— Vou.. vou... tan... tante Rou... Rousalie ?

— Oui, qu'il erpreind ch' voyageur, croyant
déjà qu' l'eute i' l' deintchoit. M' tan... tante
Rou... Rousalie. Ene vieille femme nou.. nou...

15

nouvellemeint a... a... arrivée dains l' cou...
cou... coumune ?

— Ah ! oui, qui foit ch' déjêneux, ein houssant sin coutcheu à s'gamme d' patalon, et ein
l'erfrêmant pou' l' mette dans s' poche. Vou...
vou... tan... tante Rousalie ?

Ah ! i' n'avoit pount pu'out fini, qu'il erchut
un keup d' puing à roie-bras su' s' figure. Naturellemeint, i' riposte, et les v'là tous les deux
qu'i's s'eimpoinnent et qu'i's s'éjettent à l' voulée
à terre et ein s' débattant i's roulent tous les
deux dains chés gadroules qui gn'avoit su' ch'
bas-côté delle queuchie.

A ch' moumeint-là, arrivent à l' mairrerie,
pour un mariage, ch'maire et pis ch' l'instituteur avu' ch' garde. Ein voyant deux hommes
ein train de y eux amourmelé, i's queurtent
sur eux, mais i's z'ont eu tous les ruses du
monne, à eux trois, à les foire rétampir et dains
quel état : minables, écliffés, abourlatés d' keups,
ploins d' sang et ploins d' flaque.

Là-dessus, ch' maire i' vut avoir d' z'esplications, mais chés deux bataillards, comme i's
parlaient ein même temps, i' gn'avoit pount
moyen d'y counotte quite kose ni de y eux foire
eintenne raison. Pour ein finir, ch' l'instituteur
pis ch' garde i's n'ont pris chacun un pa' l'
bras et i's l' z'ont foit eintrer dains l' magon d'
coumune et là, i's z'ont dit à ch' bègue d' parler : mais il étoit tellemeint révoulutionné
qu'ein ne l' compreindoit pus du tout.

— Puisqu' vous n' pouvez pount parler, qui dit ch'maire, écrivez chou qu'vous avez à dire.

Et ein même temps, ch' l'instituteur i' li donne ène felle d' papyi pis ène plème.

Nou bègue i' s'assit et il écrit :

« J' sus de ch' village voisin et j' viens vir m' tante Rousalie. Ein passant, j'ai demandé bien poulimeint à Mossieu de m' dire par ù qu'alle restoit. Comme j'ai l' malheur d'ète bègue, ouyu de m' réponne, il a trouvé drôle de m'déconterfoire : ch'est pour cha qu' je m' sus fâchi. »

Ein lisant cha, ch' maire et ch' l'instituteur sont partis à rire et comme i's donnaient ch' papyi à lire à ch' travailleu d' mécanique, i' ne l'avoit pount putout ravisé, qui crioit à ch' voyageur, chou qu'espliquoit toute :

— Bé, mi oussi j' sus bègu !

———◆◆◆———

CH' DÉBALLAGE

———

Il étoit ch' jour-là vers les huit heures du matin, quand tout dé n'un keup, v'là qu'ein aouît ch' tambour ein heut delle rue. Vite, tout d' chuite, chés femmes, pus curieuses l'ène qu' l'eute, accueurtent tout oussitout à bord d' rue, Phrasie et Matchotte, deux langues

d'erveindresses, ein tête, ein presse d'savoir
chou que ch'garde il alloit annonchi.

Quites minutes apris, ch'l'ichi arrive, bat
su's'caisse et annonche, pour dains l'apris-
midi, l'arrivée d'sus l'plache, d'un déballage
d'artiques avantageux ; al' l'ointenne, ch'étoit
des ouccasions sans parellos, estraourdinaires :
ein n'avoit qu'à y aller, ein éroit toute pod'rien.

Quand il a eu fini, Phrasie pis Matchotte,
restallées su'leu pas d'porte, leux puings d'
su'leux hanques, s'mettent à d'viser, à n'ein
déchouler tant et pus

— Ejou qu'vous y allez, Phrasie ?

— Bé oui, peinsez peu, émon, ch'est èno
ouccasion pour nous ernipper.

— Mi oussi, j'ai besoin d'toile ; apris-dîner,
quand j'érai foit m'vaisselle, pis que j'serai
ernouvelée, j'irai foire un tour d'sus l'plache.

— Si vous l'voulez, nous irons einsianne...

— Bé oui, que j'vux bien, je n'demanne mi
miux.

Ein effet, dains l'apris-midi, su'l'keup d'
deux heures et demie, mes deux coumères,
apris avoir erkangi d'coutrons, mis des mou-
chois nufs à leux têtes, chaquène un peigni à
leu bras, s'ein vont comme père et compagnon.
Même, Catelinout, qui les ravisoit passer avu'
ses lénettes, pad'sus l'haie d'sin gardin y eux
crie, ein maignère d'mouquerie :

— Ejou qn'vous s'ein allez à l'fête, mes
tchotes femmes ?

— Va oui, qu'à li réplique Phrasie, vous n'ein pensez jamois ène bonne.

Arrivées d' sus l' plache, alles ravisent, alles erbaient, alles erluquent et alles finilent pa' demander des prix à ch' marchand qui servoit déjà d'eutes pratiques ein raconlant des histoires pour foire rire sin monne.

Ein bien examinant ch' marchand, i' gn'avoit surtout ène chose qu'alle intriguoit Phrasie. Alle finit même pa' l' foire ermerqui à Matchotte : ch'est qu'i' donnoit pus que ch' compte qu'ein li demandoit. A un moumeint alle pousse s' voisinne du keude et a li dit :

— Voyez-vous qu'meint qu'i' sert ?

— Oui, i' m' sianne à vir qu'alles sont bien servies, cheutes qu'i's s'ein vont là.

Leu tour arrivé, ch' marchand tout ein y eux débilant ses tchouts contes comme à l'z eutes, i' s' met à emmesurer chou qu'a li demanne et ène fois servies, a s'ervont à leux masons. Mais ein roule, comme leux langues à les démingent, a s'ermellent à les foire marchi.

— Eh bé ! qu'alle qu'meinche Phrasie, vous l'avez vu comme mi sans doute, hein ?

— Oui, qu'alle erpreind Matchotte, je n'ai ou moins l' doube d' chou qu' je y ai demandé.

— Mi oussi.

— Nous allons bien l' vir ein reintrant : j'ai justemeint un mèle à nou mason, j' vas remmesuré m' toile avu

Ch'est chou qu'alles z'ont eu d' pus pressé d'

foire ène fois reintré. Mais qu'est-che qu'il a
été bien joint ? Ch'est mes deux coumères :
alles n'avaient qu' juste leu compte Tout ein
les fasant rire, ch' marchand il avoit l'air d' les
miux servir, d'emmesurer pus long qu' sin
mète, tandis qu'ein réalité, alles n'avaient qu'
juste chou qu'alles devaient avoir.

———◆◆◆———

A L' RÉVISION

A ch' dergni consel d'révision de ch' canton,
parmi chés jonnes conscrits appelés, i' gn'avoit
un espèce d' géant qui mésuroit tout serrant
deux mètes d' taille, et à couté d' li, un eute
conscrit qu' étoit quasimeint un noin.

Ene fois qu'il a eu passé d'vant ch' major,
ch' tchout nabout il ervient vite et bon train
s' rhabilli et comme sans l' foire esprès, il
cinfile ch' palalon de ch' colosse, dains l'quel
ein n'éroit mis trois comme li et i' s' dé-
pêche d' sourtir. Pis, ein maignère d'errien,
mais ou fond pour foire rire tout l' monne et
pour juer ène farce l' v'là parti rouler d' ca-
baret ein cabaret, buvant des chopes et racon-
tant, tout ein ermontant sin palalon, et ein
l'ertroussant à ploinnes mains comme si cha
avoit été un coutron, qu'un espèce d'hercule,

pour li foire un jour, li avoit pris s'maronne
ein li laissant l' sienne à l' plache, mais qu' cha
y étoit bien égal, parche que ch' drap étoit
meilleur que l' sienne et qu'ein pus d' cha i'
pouvoit n'ein foire foire deux pour li, et mille
eutes ribus qui fasoient rire chés conscrits pis
leux pareints, outant qu' de l' vir eimbarrachi
dains sin patalon à plois, pire qu'ène culotte
d' zouave.

Peindant ch'temps-là, ch' conscrit géant,
dains l' salle à coulé de ch' consel d' révision,
i' s' mourfondoit et s' débeuchoit de n' pus er-
trouver s'culotte, mais à l' plache ein tchout
patalon qui n' pouvoit même point li servir
d'quenneçon, car non seulemeint i' ne l'y seroit
venu qu'à ses genoux, mais coère il étoit trois
fois troup étroit delle chointure, et si il avoit
essayi de l'einfiler, il l'éroit épeutré du fond.
Ch'pove colosse étoit donc oubligi d'attenne,
gammes tout roie-nues et bagnère ou veint,
ein mouloultant d' coulère, qu'un camarade
complaisant, parti à l'ercherche d' sin patalon,
i' fuche ervenu.

Einfin, ch' tchout noin, quand il a cru que
l'farce alle avoit assez duré, il est ervenu rap-
pourter ch' grand décime patalon et erprenne
l'sienne. Mais un eute qu'avoit li oussi, perdu
s' qu'mise, ène belle qu'mise toute nève, qu'i
mettoit pou l' prémière fois, il a eu bien cher-
chi, tout ertourner, tout erbatte, attenne qu' tout
l' monne i' fuche parti pour miux erfuiter, i'

n'a jamois pu mette la main d'sus : i' feut croire qu'elle, alle alloit à ch' tide qu'i' l'avoit trouvée à s' convenance.

Ch' pove conscrit il a été oubligi pour rein- trer dains sin village sans qu'ein voèche qu'i' n'avoit pount d' qu'mise, d' rélever l' coullet d'sin paletout.

CH' SOIRET

A ch' l'époque-chi d' l'ennée, ch'est l' mou- meint delle frémeture delle pèque. Mais i' n'est d' chelle-chi comme delle cache, i' gna des bra- coignis, des geins qu' ch'est pus fort qu'eux : i' feut quand même qu'i's conteintent-cheint leu' einvie.

Donc, dimainche passé, ch' père Latuile, un pêqueux ernoumé pou' s' capacité à prenne du poisson, n'avoit pount pu i' tenir : i' gn'avoit troup longtemps qu'i' n' tourmeintoit pus an- guiles, brouchets et eutes bêtes d'ieu. Preind- dant s' ligne, i' s'ein va s'installer, comme ein vrai temps d' pêque, à ch' l'eindroit delle ri- vière d' sin pays par ù qu'il avoit l'habitude de s' mette, i' s'assit bien d'sus ch' l'herbe et i' s' met à pêqui.

I' gn'avoit un bon moumeint qu'il étoit là,

tranquille comme Batisse, ein train d' surveilli
sin bouchon, quand tout dé n'un keup survient
ch' garde champêtre. Arrivé drière sin dous,
ch' tichi i' li crie :

— Ah ! l' fois là, j' vous y preinds.

Mais ch' père Latuile n' bronche pount ; i'
continue sin manège comme si ch' garde i'
n'avoit pount été là

— Ah ! cha, dites donc, éjou qu' vous n'
m'aouyez pount

Père Latuile foit l' sourd et n' répond pount.

— Vous savez, qu'il erpreind ch' garde ein
coulère, j' vous déclare proucès-verbal : cha
vous appreindra.

A ch' mout-là, ch' péqueux s' décide à mouf-
feter.

— A proupous d' quoi ? qui réplique.

— Parche qu' vous preindez du poisson pein-
dant l' frémeture delle pèque.

Mais pour li foire vir qu' nan, père Latuile i'
sorte s' line de ch' ieu avu' précoeution et i'
mout' à ch' garde aheuri, qu' ch'étoit un bieu
soiret tout ganne qu'il avoit ahouqui ou d'bout
de s' line.

— V'là chou qu' ch'est qu'il esplique pèie
Latuile sans s'émuvoir ; j'ai cair du soiret et
comme i' gna rien d' tel qu' de l'ieu couranne
pou' les foire dessaler, j' sus venu appourter
ch' l'ichi ichi d'vant l' maingi pour mi souper.

———✕✕———
.

UN MÉCHANT DEINT

l' fasoit ch' jour-là ène kaleur à n' pount tenir. Bourselout, qu'avoit démarié des betteraves d'puis cinq heures du matin, i' reintroit à midi d' chés kamps avu ène soi' d' qu'veu. S' première ouvrage cha a été d'aller à l' selle et d'boire deux graones castées d'ieu S' femme, l' voyant, a li dit :

— Bourselout, tu ferois pet éte émieux d' maingi tes soupes, pus qu'alles sont dains t'n assiette ; cha t' rafralchiroit békeup miux qu' delle ieu, d'outant pus qu' chelle-chi a n'est pus troup fraîche pusqu'alle est sourtie de ch' puits d' puis trois jours, même qu'i' nous foura y aller ou nuit.

Bourselout n' répond pount, mais i' s'assit à l' tave et i' s' met à avaler s' soupe à ploinnes cullerées. A l' troisième, i' réjette à l' voulée s' cuiller dains s'n assiette, chou qui foit qu'il éclaboute tout l' tave ; pis, oussitout, il éyève s' gamme droite ein l'air ein buquant d'sus à grannes claques, tout ein pourtant l'eute main à s' maquoire gueuche. S' femme qu'étoit ein train d' foire cuire des ufs dains un keudron d'ieu houillante, a li demanne :

— Ch'est qu' t'as, Bourselout, à foire des grimaches comme cha ?

Il a été un moumeint sans pouvoir li réponne,
pis einfin, i' finit par dire :

— Je n' sais pount chou que j' viens d'avoir,
mais j'ai bien peur qu' cha n' fuche un qu'mein-
chemeint d' ma' à mes deints : cha m'a foit
comme si j'avois erchu un grand keup d' four-
qui dains mes broques.

— Mainge tes soupes tout d' même, cha t'
fera pet-ête passé tin ma'

— Tes soupes, tu pux les ruer d' sus ch'
fémyi.

— J'ai pus cair à les donner à ch' couchon,
cha proufitera davantage.

Sans n'aouïr pus long, Bourselout s'ermet à
élever s' gamme, à buqui d' sus, tout ein s'
tourdant et ein tenant s' maquoire.

— Eh bé, qui dit, nou dame, j' n'ai pount à
cherchi pus longtemps, va, ch'est du ma' à mes
deints que j' viens d'attraper.

— J' te l'ai dit : t'as bu d' l'ieu froide.

— Et nous betteraves qui sont tertoutes
pusqu' bonnes à découpler... Ah ! i' gn'a pount
à dire mon bel ami : j' m'ein vas aller mon de
ch' maricha pour qu'i' me l'arrache ; j' serai
tranquille quand je l'érai foit einlever.

— Moute un peu par ù qu' ch'est qu'il est
ch' deint qui t'affole ?

— Tiens, ravise, là, à gueuche, par ein bout.

Et ein disant cha Bourselout ouvert ène
bouque comme un eintounoir. S' femme a li

fait tourner s' bouque ou jour et apris avoir
ravisé d' dains allo erpreind :

— Oui, t'as raison, Bourselout, allo est
walée .. Va, i' gn'a pount d'ergret a y avoir de
l' foire tirer...

Et comme il erfrémoit s' bouque :

— Si ch'est tout, tu n' vux pus maingi ?

— Nan, nan, j' n'ai pount faim et pis, d'abord,
je n' pus pus attayi su' min deint.

Ene mi-heure apris, Bourselout, tout ein
tenant s' maquoire, arrivoit men de ch' maricha
comme ch' t'ichi il éloit ein train d' boire sin
café.

— Eh bé, tu tombes bien, qui li dit ch' mari-
cha, tu vas boire du café avuc nous. Nou
femme, mets un goubelet.

— N' vous déraingez pount, qui li crie Bour-
selout vivemeint, ch' n'est pount pour cha que
j' sus venu.

— Et pour quoi qu' ch'est ?

— J'ai là un deint qui ne m' laisse pus durer.

— Et bé, viens par ichi, min garçon, j' vas
t' débarrachi d' cha...

I's passent dains l' chamme à couté, qu'étoit
quasimeint comme ch' salon par û qu'il oupé-
roit ; Bourselout s'assit dains un cadout, et
comme ch' maricha t' preind s' clef, i' li dit :

— Surtout n' vous berlusez pount, émon...
Tenez, ravisez, ch'est chelle qu'alle est là à
gueuche, ein heut, l' walée.

— Oui, oui, ch'est bon, qui foit ch' maricha.

l' li cimpoinne sin deint et crac ! i' li arrache
ein disant à Bourselout :

— Raque, pou' l'heure... Tchiens, l' v'là, ch'
deint qui t'affouloit : i' ne t' fera pus d' ma'.

— Ah ! qué tour, qui crie Bourselout, ein
preindant sin deint : vous m'avez arrachi ch'
lide d'à coulé, qui n'avoit rien du tout.

Pis, sans n'ein dire d' pus, i' paie ch' maré-
cha, tout p'neud d' s'ète berlusé, et i' sorte.

Reintré à s' mason, i' raconte la chose à s'
femme :

— Tu n' sais pount, ch' bourrieu-là i' m'a
arrachi un bieu deint tout blanc qui ne m'
fasoit pount d' ma' du tout.

— Vois-tu, qu'a li dit s' femme ein maignière
d' consoulation, t'a pet-ète eu tort de y aller.

— T'as raison, nou dame, mais j' n'irai pus :
tu vas vir.

Ch'est qu'i' foit ? I' preind ène moyenne
llchelle, du cachuron, i' loie solidemeint sin
deint et i' dit à s' femme :

— Ravise bien, ch'est jou l' bonne qu' j'ai
loyie ?

— Oui, Bourselout, mais quoiqu' tu t'ein fas
foire ?

— L'arracheu' d' deints.

I' crie d' tous ses forches :

— Ene, deux, trois !

Et i' tire un bon keup d' sus, à roie bras. I'
tire même si fort qui s'arrache un morcieu de
s' maquoire, ou point qu'i' n'a comme ène fai-

blesse et qu'il est oubligi d' s'assir pou' n'
pcount cair.

— Ch'est qu' t'as Bourselout? qu'a li dit s'
femme.

Mais n'ein v'là bien d'un cute : i' n' put pus
ouvert s' bouque ni dire un mout, i' foit ène
waque d' sang à terre tellemeint qu'i' n'ein
reind. Ein voyant cha, ch'est tout justo si s'
femme alle a l' force d'aller li cherchi èno ter-
rine d'ieu pour qu'i' puche s' laver : alle man-
que d' s'amatir à sin tour.

Ou d' bout d' quite temps, quand il a été un
peu ervenu à li, il a foit atteler s' kerriolle pa'
s' femme pour s'ein aller l' jour même trouver
un deintisse à Péronne pour li foi e ercouller
s' maquoire.

Mais depuis ch' temps-là, i' s'est bien prou-
mis de n' pus jamois s'arrachi d' deints li-
même.

<hr>

DEUX QUI S' GÊNENT

Sébastien et Louison étaient mariés d'puis
nombe d'ennées et jamois jusqu'à ch' mou-
meint-là i's n' s'étaient ploint l'un d' l'eute,
quand un jour delle semoinne passée ou matin,
comme i's venaient d' s'élever, Louison alle dit
à s'n homme :

— Ch'est drôle, Sébastien, comme d'puis quite temps tu ronfes ein dourmant.

— Ah bé, qu'i' li réplique, ch'est affoire à ti d' dire quit' kose... Ein voit bien qu' tu n' t'aouïs pount : d' tin coulé, tu n'arrêtes mi d' parler tout heut, même qu' tu m' reinvelles plusieurs fois tous les nuits. T'as l'air d' babilli outant d' nuit que d' jour.

— Merci, qu'alle erpreind Louison, t'es coère pouli aujourd'hui... Ah cha, éjou qu' tu viens coère de t'éhuter tin drière premyi ?

Sébastien, pou' n' pount einvenimer les choses, i' s' tait et i' sorte. ein peinsant ein li-même qu' si i' continue cha va coère foire ène querelle d' moinage.

Mais l' même jour, ou nuit, i's n'étaient pount sitout couchis, comme Sébastien i' qu'meinchoit à s'assoupir, s' femme a li einvoie un keup d' keude à l' voulée dains les côtes et tout ein s' rèbeubissant eimbêté d'ète réveyi dains sin premyi soumeil i' li crie :

— Ah cha ! éjou qu' tu rêves ! de m' rabuqui comme tu l' fois ?... T'es ou moins malade ?

Louison a li répond :

— Tu n' t'einteinds donc pount ? V'là coère qu' tu ronfes.

— Va, woète, tu m'eimpêches d' dourmir... J'ai pus cair à t' laissyi ch' lit pour ti ein part-ti : i' foit troup keud d'abord, j'ai oussi cair à m'ein aller couchi dains ch' l'aire d' grange... Ou moins là, j' dourmirai tranquille.

Et i' l' foit comme i' l' dit. Il einfile sin palalon, met ses chabouts et i' sorte.

I' paroit qu'il a dourmi ein n' put miux, comme un loir, mais cha n'a pount été d' même pou' s' femme, car l' lennemain quand i' li a demandé qu'meint qu'alle avoit passé l' nuit Louison a li a répondu :

— Ejou qu' tu vas coère découchi l' nuit chi ?... Acoute bien, j'ai coère pus cair à einteinne t' musique que d' dourmir ein part-mi.

— J' vux bien n' pus aller couchi dains ch' l'aire d' grange, qui li dit Sébastien, mais à la condition qu' tu ne m' révelleras pus à keups d' keude.

EIN PAYS SEUVAGE

Ein m'a raconté ch' l'histoire-chi, qu' je n' garantis pount comme réelle.

Ene benne d' jonnes geins, des joigneux, j' m'atteinds, des étudiants ou des coullégiens, s' proumenaient par un jour apris-midi sur les bords d' la Somme, quand i's voïent un batyi eindourmi dains s' barque. Oussitout i's s' demannent einter eux qué farce qu'i's pourraient bien li juer : à ch' l'âge-là, ein n' peinse qu'à rire.

— I' feut nous habilli ein seuvages, qui dit l'un.

— Et pis, qui foit un eute, nous l' troîne-rons, li pis s' barque à quites cheints mètes d' là pour qu'i' n' s'ercounoiche pus.

Vite, habile, ein deux temps, i's défont leux paletouts, i's l' z'ertournent, pis i's les reinsaquent. Ein même temps, i's ertirei t leux capieux et mettent leux mouchois d' poche eintourtillis outour d' leux têtes.

Comme i' gné avoit un qu'avoit ène pelote d' fichelle dains s' poche, i's loèttent ch' bat-cheu avn', i's s'attellent tertoutes et les v'là ein train d' conduire m'n homme bieux et lon d' par û qu'i's l'avaient trouvé.

Ou d' bout d'un moumeint, ch' t'ichi s' révelle et i' n'est pount peu surpris de n' pus s'ercounoître à l'eindroit par û qu'i' s'étoit eindourmi. Ein pus d' cha, nous jonnes geins, pour li foire coère pus peur, s' mettent à bara-gouiner l'un d' l'anglais, l'eute d' l'allemand, ch, t'ichi du latin, un eute, ène eute langue.

Einter temps, l' nuit alle étoit venue, si bien qu' nou homme n'étoit pount du tout rasseuré : i' se demandoit même si i' n'étoit pount ein pays seuvage, à vir l'habillemeint d' cheutes qu'i's l' troînaient. Pris d' peur, i' fluit par y eux demander grâce. Ein voyant cha, i's z'ar-rêtent l' tchote barque et ch' pus grand delle benne i' li demanno ein français d' û qu'il est :

— Bé, mes bons mossieux, j' sus d' Cléry, mais voureins-vous m' dire où que j' sus?

Et l' laissiant ein plan, i's sont partis ein erriant.

———— ※ ————

ENE VENTE D' COUCHON

Un chercutchi d' Montrouge dains Paris étoit père d'un tchout flu. Coumme s' femme n' pouvoit pount l' warder à keuse d' leu' coumerce, i's l'avaient mis ein nourriche dains un village oux einvirons d' Péronne. Un dimainche de ch' l'été-chi, ch' chercutchi i' vient vir s'n héritchi et i' proufite d' sin voyage pour passer huit jours d' vacance à la campagne.

Coumme d' sin metchi i' s'ouccupoit d' couchons, sin plaisi', ou village, étoit d'aller d' ferme ein ferme, raviser dains chés étaves à pourcheux, interrougeant l'un, questchionnant l'eute pou' y eux demander si i's n'avaient pount d' bêtes bonnes à venne.

I' trève, l' surlennemain qu'il étoit arrivé, mon Cadépois, un tchout moinagi, un couchon quasimeint bon à tuer pus qu'i' b'soit déjà dains les cheint chinquante. D' fait, à l' vir, il avoit vraimeint bonne mine avu ses tchouls yux malicieux, ses grannes érailles peindantes et s' queue ein trompette, heut sur pattes avu ène panche comme un tchou bari.

Ch' chercutchi parisien foit un prix à nou
Picard, qui, pou' déballe ène affoire, vouloit
deux Normands ; i's chicannent, i's discutent :
l'un vante l' bête, tandis qu' l'eute l' déprécie.
Einfin, à forche d' maquignonner, i's finitent
par tomber d'accord su' ch' prix : à tant l' live
de ch' couchon veindu vivant et ch' chercutchi
i' dit à Cadépois :

— Quand i' sera bien gras, à vou idée, vous
l' conduirez à ch' qu'min d' fer et vous m' pré-
verrez qu' vous me l'einvoyez par ène lette su'
l'quelle vous érez soin d' coulier un timbe d'
trois sous.

L' dergnière erqu'mandation alle sianne drôle
à Cadépois qui n'sait ni lire ni écrire et qui
n'a jamois einvoyi ni erchu d' lette.

Il y peinse l' jour et pis l'nuit. Einfin, l' mou-
meint d' mener sin pourcheu à ch' qu'min d' fer
étant venu, i' foit écrire ène tchote lette tant
bien qu' mal pa' sin galmite, un vacabonne
d'ène dizoinne d'ennées qu'avoit pus caîr à aller
dains chés hayettes dénichi des nids d' jonnes
et cueillir des nézettes qu'à aller à l'école, pis
min Cadépois s'ein va à ch' bureu d' poste
cherchi un timbe.

— Pardon, Madamme, qui foit ein eintrant à
ch' l'ercéveuse, pourreins-vous m' dire pour-
quoi que ch' mossieu-là d' Paris, à qu'est-che
qu' j'écris, l' m'a si bien erqu'mandé d' mette
un timbe d'sus l' lette qu' jə y einvole ?

— Ch'est sans doute parche qu'i' n' vut pount payi ch' *port*.

— Ah! ch'est cha, qui réplique Cadépois; ah! i' n' vut pount payi min bétail ?... Eh bé, si ch'est tant, i' n'éra pount min couchon : j'y gainne trois sous.

Ch' l' ercéveuse, qui s'aperchoit qu' nou homme n' compreind pount, alle a bleu li espliqui qu'il einteind d' travers, Cadépois s'eintête et n' vut pus einvoyi ni sin couchou ni s' lette.

— J' m'ein douloit que ch' Parisien-là i' m'éroit jué un tour : il avoit ène figure qui n' m'ervenoit pount... Mais pus qu' ch'est comme cha. i' n'éra pount min porc : cha y appreindra.

Et v'là pourquoi chés geins d' Montrouge i's n' maingeront pount d' couchon picard.

CH' PEINDU

Deux coumerçants — oh! qui n'étaient pount d' Péronne — i's décident. un dimainche ou matin, tellemeint i' fasoit keud d'aller passer l' journée ou l'omme, à l' fraîche, dains un bous des einvirons et d' maingi d'sus ch' l'herbe. Chés femmes, ouxquelles ein demannent leu avis, sont finnes conteintes et chés enfants, flux et fille, gambillent d' plaisi.

Donc, su' l' keup d'onze heures, chés deux moinages i's frèment leux d'vantures d' boutiques, pis Larimont, l'un d' chés deux coumerçants, l' dit à l'eute, Macarit : « J' m'ein vas attelé m' voiture. »

Un quart d'heure apris, chés deux hommes, chés deux femmes et quate enfants, deux tchouts Larimont et deux tchotes Macarit i's s'einfiquaient à huit dains l' kerriolle avu' des peignis ploins d' maingt.

I's arrivent dains ch' bous, i's cherchent un endroit convenabe et i's dévalent tertoutes, ein dételle ch' qu'veu, qui s' met à s' rafourer d'herbe, les tandis qu' tout l' monne s'installe outour d'ène nappe éteindue à terre et su' l' quelle ein avoit déjà étalé des boîtes d' sardines, du seucisson, un grous mourcieu d' vieu, des tranches d' gambon, du froumage, ène pégnoutée d' cerises et des bouteilles d'vin rouge et pis blanc qu' Larimont il avoit armonté de s' cave d'vant partir

Tous les huit s' mettent à maingt du meilleur appétit. I's n'étaient coère qu'à chés premières bouquies, quand survient, débuquant d' drière un busson, un homme avu' ène barbe tout noire, qui y eux z'a quasimeint foit peur, tellemeint il avoit des grands yux et on air pcount rasseurant du tout.

Arrivé serrant eux, i' s'met à cryi, ein moutrant avu' sin doigt :

— Là-vas !... là-vas !... Vous n'avez pount vu ?

— Quoi ? qui demannent einsianne chés deux familles, tout ein s'arrêtant d' maingt.

— Un peindu !

— Un peindu ?

— Oui... qu'il erpreind ch' l'homme noir. Et même i' passe êne langue longue comme cha.

— Ah ! mon Dghu ! qu'alle foit Mme Larimont, ch'est mi qui n' vouroit pount vir cha.

— Ni mi, qu'alle erpreind Mme Macarit : cha m'empêcheroit d' dourmir par nuit.

— Mi, qui dit un d' chés galmites, j'irois bien : j' n'ai jamois vu d' peindu.

— Cha a l'air d'ête un homme comme i' feut, qu'il ajoute ch' l'incounu. Il a êne roudingote et un capieu montant.

— Ma foi, j'y vas, qui dit à sin tour M. Larimont : ch'est nou devoir aprìs toute et comme alle dit l' kanchon : « Peut-ête bien qu'il n'est pas mort »

— Pus j'y vas avuc vous, qui foit M. Macarit.

— Si ch'est tant, nous oussi, qui dilent chés femmes dévenues curieuses et moins péreuses.

— Eh bé, pis nous, qui font einter eux chés quate tchouts enfants.

D'un bond, v'là tout l' benne sur pied prête à partir.

— Tenez, ch'est par là, qu'i' y eux einsinne ch' l'homme ; chuivez l' route : à ch' tournant, vous l' voirez.

Nous huit geins marchent donc droit d'vant eux, i's vont à ch' tournant et i's ravisent à

drolte, i's ravisent à gueuche, d' tous les coulés;
Larimont s'aniche, Macarit s'éhcuche, chés
enfants queurtent d' chique d'là et chés femmes
i's finitent par dire :

— Ein n' voit pount d' peindu.

Einfin, ercrant d' cherchi, i's z'ervientent
pour continuer leu' déjéner, tandis qu' Larimont
i' dit à Macarit :

— Ch' l'étrangi-là il éra voulu s' mouqui d'
nous.

Mais i's n'étaient pount au d'bout d' leux
poinnes. Ein arrivant serrant leu' voiture,
ch'est qu'i's voient? Pus d' déjéner! Ch'
l'homme noir il avoit tout eimpourté : vieu,
gambon, froumage, cérises, vin et jusqu'à l'
nappe. Cha n' n'étoit un d' tour ch' ti-là : chés
hommes n' n'ervenaient pount, chés femmes
étaient ein coulère et pour un peu, chés tchouts
enfants i's n'éraient brait.

Comme i's avaient faim, i's n'avaient qu'ène
chose à foire : ervenir querre à maingi ein
ville. Ch'est à chou qu'i's s' sont décidés, eux
qu'i's croyaient avoir coère, apris avoir déjéné,
assez à maingi pour ou nuit.

———————

PUS BÊTE QU' SIN BEUDET

l' gné n'a qui préteindent qu' nous venons d' chés singes. l' gn'a des contrées où qu' chés geins i's croitent qu'i's prouvient d' chés bourriques. Cha ch'est la pure vérité, même, à tel point, qu'i's n'ein preintent un soin sans parel et, qu' tout comme ein Franco, chés membres delle Souciété proulectrice pou' chés bêtes, i's font aller ein justice cheutes qu'i's les chergent par troup. Quoiqu' ch'est qu'i's éraient dit, si i's avaient vu dimainche dergni un appelé Gajut, brutaliser d'abord sin bourrique, pis apris, l' soulagi ou point d' foire l' bourrique à s' placho ? J' m'atteinds qu'ils l'éraient d'abord foit aller ein prison, et pis qu'einchuite i's li éraient donné ène médaille.

V'là ch' l'histoire :

Gajut, qu'a un beudet pou' troiner s' voiture, n'avoit pus d'étroin à li donner à fruqui ni pour li foire litchère. Si bien que l' semoinne dergnière il a acheté à ch' village d'à coûté quate dizieux d' paille d'avoinne ein atteindant qu'il cuche reintré sin blé qui qu'meinche à meurir. Il étoit donc parti dimainche à midi cherchi ses forres, pis ène fois s' voiture foite, il étoit ervenu, mais pour reintrer, i' fouioit qu'i traverse un eute village par à qu' chés cabarets i's sont oussi drus qu' chés moncheux d' cail-

leux d' sus ène route: i' fasoil ène kaleur à
moirir, d' telle sorte qu' Gajut, moins pour
foire erpouser s' bête qu' pour s' rafraîchir, n'
passoit pount un cabaret. A sept heures delle
nuit, il étoit arrêté d' puis un bon moumeint à
ch' dergni débitant de ch' village et, ein train d'
boire des chopes, i' n' songeoit pus à s'éraller.
Ch' bourrique, li, j' m'atteinds qui s'einnuyoit
et, comme chés bêtes le cha n'est pount si
bournées qu' cha n'a l'air, i' ruminoit dains s'
caboche ch' bon tour qu'il alloit juer à sin
moîte.

Cha n'a pount manqui. Quite temps apris
Gajut i' sorte et comme i' vouloit sans doute
rattraper ch' temps qu'il avoit perdu à guer-
gatter, i' s' met à ramanchi sans raison d' keuds
d' cachoire sin pove bourrique, sans se d'man-
der si i' n'avoit pount putout soi', l'quel, ein
pus d'cha, étoit mis eln appétit à erniller,
d'puis des heures qu'il atteindoit, ch' l'étroin
d'avoinne qui troinoit, min beudet n' bronche
pount. Il avoit l'air d' dire à sin moîte, à cha-
que keud d' manche d' perpigoan qui pluvaient
su' s'n ékainne comme des guerjus par ène
plöve d'ourage, ein escouant ses longues
érailles. « Ah ! li, t'es prêt, pou' l'heure, eh
bé, j' sus oussi têtu qu' li, et je n' sus pount
prêt à démarrer ».

Et d' fait, Gajut il avoit bieu li cryi : « Hue !
hue donc, faignant ! » sin bourrique i' n'avan-
choit pount d'un chabout.

I' gn'avoit déjà quite temps qu'i's juaient eux deux eintêtés, l' nuit a n'étoit pus lon, quand Gajut voyant qu'i' n' sourtiroit point d'eimbarras. i' s'est décidé à foire l' bourrique. « L' l'éte et pis l' foire, qui dit un prouverbe d' nou pays, ch'est d' troup », mais dains l' pousition où qu'i' s' trouvoit, Gajut i' n'avoit point d'eute parti à prenne. Pour ein finir, il a donc été oubligé d' dételer sin beudet et d' prenne s' plache dains chés limons.

J' vous laisse à peinser si chés geins qu'i's erjoindaient erriaient d' vir nou homme foire l' bourrique et suer à grosses goutles pour reintrer ses quate dizieux d' bottes d'avoinne. Mais l' pus crustieux d' l'affoire, ch'étoit que ch' bourrique, qui marchoit à conté delle kerrette, avu' chés guides qu'i' tenoit pa' s' bride, il avoit l'air d' mener s'n ivroinne d' moite et, héreux d' reintrer à s'n écurie, il avoit l'air d' li dire ein fasant d' tas ein temps hi-han, de n' point choupper ein dévalant l' côte.

———•———

CHOU QU' CH'EST QU' DE N' POUNT SAVOIR

———

L'eute jour, d' sus un oumnibus, à Paris, ein a bien ri, allez ! Il étoit vers les trois heures d' l'apris midi, quand un oumnibus — ène grosse voiture troinée pa' trois qu'veux — il arrive

sus l' plache d' l'Oupéra. Un voyageur qu'étoit
monté dains l'intérieur, i' s'eyève pour dévaler,
mais comme l' voiture alle filoit bon train, i'
n'ousoit pount s' risqui, d' peur d' querre. I'
ravise ses voisins, des geins qu'étaient là étam-
pis d' sus l' plateforme, comme pou' y eux
d'mander consel. L'un d' cheux-chi i' li dit, par
complaisance :

— Tirez ch' courdon !

Nou homme ravise ein l'air et i' voit comme
êne tchote manivelle. Sans n'ein savoir pus
lon, i' tire un bon keup : cha sonne ; il ertire,
cha ersonne ; mais comme l' voiture alle con-
tinuoit d' courir, i' sonne, i' sonne sans arêter.
Ein l' voyant foire, tous chés geins do ch'
l'oumnibus s' mettent à rire, quand survient
ch' conducteur qu'étoit ein heut, ein train d'
ramasser s' mounoie. Ein aouyant i' sounerie
marchi sans fin, i' dévale quate à quate et i'
trève nou voyageur qu'étoit ein train d' tirer
su' ch' deuxième bouton, ch' tide qui sert à
merqui cheutes qui montent à l'impériale.

Croyant qu'il avoit affoire à un fou, i' li
preind sin bras pou' l' foire tenir tranquille,
mais l'eute i' s' débat ein disant qu'il est ein
train d' foire arrêter l' voiture.

— Ah ! vous croyez cha, qui li réplique ch'
conducteur ein coulère. Vous merquez des
voyageurs qui n' sont pount montés : vous allez
m' payi tout d' chuite chés plaches ein troup.

— Cha, jamois, qui répond ch' Picard. J' sus

des einvirons d' l'éronne, ch'est vrai, mais i'
n' fouroit pcount croire pour cha quo j' sus pus
bête qu'un eule... J'ai payi m' plache six sous,
cha suffit. Ch'est putout mi qu'il a l' droit do
s' ploinne de n' pount êto dévalé à temps.

Peindant ch' temps-li, ch' conducteur il avoit
foit arrêter ch' l'oumnibus.

— Pusqu'il est arrêté, qui dit, j' dévalo.

— Ah! mais non, ça n' va pas s' passer
comme çà.

Et ein mêmo temps, il huque un sergent d'
ville qui s' proumenoit tranquill'meint su' ch'
trouttoi', les deux mains drière sin dous.

Il accueurt et quand ch' conducteur i' li a eu
espliqui d' quoi il ertournoit, sans pus d' mai-
gnière, il a emmené nou homme mon do ch'
co.missaire, qu'étoit d'ailleurs à deux pas d' là
Tous les deux s' sont débattus comme des ein-
ragis, mais nou pays il a eu bieu diro et bieu
foire, il a été oubligi d' payi chés plaches qu'il
avoit souné mal à proupous.

Quoqu' ch'est tout d' mêmo qu' de n' pount
savoir ?

---•✕•---

A L' FÊTE D' MARIE FOURÉ

D'puis pus d' huit jours, l' bruit i' n' étoit
venu ou village d' chés fêtes qu'i's allaient avoir
liu à l'éronne pour Marie Fouré. L'un i' disoit:

« Vous savez, cha s'ra coère pus bieu ch' l'ennée-chi que l'z eutes ennées. » Et ch'éloit à ch' tite qui diroit : « Mi, j'irai i' foire un tour, pis mi. » Tant et si bien qu' quiles jours d' d'vant ein n' parloit pus dains ch' village qu' delle fête d' Marie Fouré.

Un viox moinage, qu'avaient chacun ène soixantoinne d'ennées, Bélicart et s' femme Nourine, s' décident comme l'z eutes à aller ch' dimainche-là à Péronne, vir l' fêté dont ein parloit tant.

Ch' jour-là arrivé, i's s'habillent tous les deux comme pour ène fête : Bélicart i' sorte sin capieu heut qui n' mettoit qu' dains chés grannes ouccasions, deux, trois fois l'an ou bien à ène cérémounie ; il einfique s' roudingote d' mariage qui qu'meinchoit à dev'nir trop étroite, avu' un bieu patalon blanc, l' v'là habilli comme un prince. Nourine, d' sin couté, alle avoit mis chou qu'alle avoit d' miox. Comme i's s'ein allaient d' bonne heure, i's preintent à maingi pour déjéner à Péronne ein buvant ène chope. Nourine, ein pourtant sin pégni, Bélicart avu' s' canne, même qu'i' s'erdréchoit à tel point qu'ein ne y éroit pount donné s'n âge, i's s'ein vont prenne ch' train ein compagnie d' quites voisins.

I's z'arrivent terloutes à Péronne et i's font un tchout tour ein ville ein y eux proumenant. Pis l'un d'eux i' dit :

— J' qu'meinche à avoir faim; si nous alleins
peu dîner ?

I's eintent tertoutes dains un cabaret, i's
qu'mannent des lites d' bière, pis pour complô-
ter leu erpos, i's boitent du café avu' pousse-
café qu'i's font chuire d'ène tchole rinchette ;
ch'est qu' vous voulez ? ein n'est pount tous les
jours à l' fête à Péronne ! Einfin, i's qu'mein-
chaient à bien gazouilli quand i's sont sourtis
de ch' cabaret ; comme l' fête alle qu'meinchoit
tard parche qu'ein avoit peur delle troup grande
kaleur, i' s'ermettent à y eux proumener d'sus
chés trouttois ein parlant heut. L' monne il
arrivoit pas mal des z'einvirons. Comme ein n'
pus pount s' proumener des heures eintchères
sans rien prenne, i's s'ermettent à boire quites
chopes va-chi va-là, des chopes ein n'ein vient
à boire du café, pis i' z'erboitent des chopes :
un voyage à Péronne ch' n'est jou pount ène
partie d' plaisi' ?

Si bel et si bien qu' min Bélicart, su' l' keup
d' quatre heures, il éto t un tchout kose gail-
lard et marchoit dains chés rues d' Péronne
avu' s' buse su' l' cuin de s'n éraille comme un
casseu d'assiettes.

Quatre heures ! Ein tire l' cainon, v'là ch'
défilé qui qu'meinche, chés prémyis cavayis i's
s' moutent. Chés rues sont noirtes d' monne,
l' plache alle est à bord d' geins.

Bélicart et pis Nourine i's z'ont perdu leux
voisins. I's s' mettent serrant ène borne, à couté

d' l'houtel d' ville pour bien vir ch' courtège.

A couté d'eux, i' gn'avoit un tchout vius pépère qui fémoit s' pipe et comme s' langue à l' démaingeoit sans doute, pour dire quito kose. les tandis qu' Nourine a n'avoit pount d' troup d' ses deux yux pour raviser, i's s' mettent à d'viser.

— Ch'est égal, qui dit ch' pépère, ein escouant chés chennes de s' pipe d'sus s'n ongue d' peuche, ch'étoit ène luronne qu' Marie Fouré...

—· Ch'est qu' vous n'cin savez, qui réplique Bélicart, voulant paroite oussi bien reinsigni qu' sin voisin

— Qu'meint cha. vous n' savez donc pount qu'alle a seuvé Péronne dains l' temps, tout ein part elle ?

— Cha, ch'est des meintiries, qu'i' foit Béli-cart. Sait on seulemeint si Marie Fouré alle a jamois existé ?

Ermerquez qu' Bélicart, quand il est réceint, i' n' conterdiroit personne et qu'i' n' seroļ pount capabe d' foire du ma' à ène mouque ; mais quand il a un verre dains l' nez, ch' n est pus l' même homme.

— Ch' meinteu, ch'est vous, qu'il erpreind ch' tchout pépère.

— Ch'est qu' vous disez ? qui foit Bélicart. L' répétercins-vous bien ?

Et ein même temps, l' v'là qu'il ahert sin voisin pa' l' coullet de s'n habit et qu'il l'escoue comme un proigni ein criant :

— Ah ! j' sus un meinteu !... Eh bé, j' vas vous l' foire vir.

Bélicart il élevoit s' main pour plamuser ch' tchout pépère, quand cheutes qu'étaient outour d'eux l'ein eimpêchent. L' pove Nourine a n'éloit oux cheint keups : v'là qu'i's étaient venus à l' fête et v'là que s'n homme i' s' bat ! Actionnée à raviser ch' courtège, a n' s'éloit pount aperchu d' chou qu'i' s' passoit drière elle ; ch' n'est qu' quand s'n homme i' s'est mis à cryi qu'a y a foit inteintion : mais il éloit déjà troup tard pou' l'eimpêchi : Bélicart éloit monté, monté à n' pas s' counoîte.

Comme il arrive toujours dains chés foules, chés geins qu'eintouraient Bélicart i's preintent fait et keuse pou' ch' tchout pépère et, histoire de l' défenne, i's s' rutent à cinq six su' ch' l'homme d' Nourine L'un i' li serre sin gaziou à l'étraner, l'eute, d'un keup de puing, i' li aplatit sin capieu heut comme ène flamique, un troisième, ein li preindant ène peignie d' pieu d' dous, i' li écliffe ène berlafe de s' roudin-gote ; comme i' vut s' défenne avu' s' canne, ein li casse ; et tout ch' monne-là, dains sin cuin, n' n'oublie Marie Fouré : i's critent, i's jurent, i's teimpêtent, peindant qu' Nourine, voulant v'nir ou sécours de s'n homme, a l' buque sur eux à keups d' parapuie ; l'un d' chés bataillards, qui vut l'eimpêchi, li eimpoinne, et comme a s' débat, l' manche a li reste dains s' main ; un second, qu'alle vient quasimeint

d'ébourgni, i' li einvole un keup d' pied à role-
gamme qui y épeule sin peigni ein écrosant
quites pronnes qui restaient.

Un sergent d' ville, qui soignoit à quites pas
d' là, ein aouyant l' vuée, il accueurt et sans s'
renne compte d' chou qui s' passe dains l'
trioullerie, il eimmoinne Bélicart et Nourine ou
vioulon. Là, chés deux poves vieux, assis sur un
banc, dains un état minabe, délouqu'tés, sanant,
n'ousaient pount s' raviser, boissiant leu tête, ne
s' disant mout; un peu d' pus i's n'éraient
brait; Bélicart il étoit dessoûlé du keup.

Einfln, ou d'bout d'un bon moumeint, un
homme i' vieni les interrougi. Comme i' gn'a-
voit pount d' témoins, qu'à leu mine i' voit
qu'il a affoire à deux braves geins, qu'ein pus
i's sont déjà assez débeuchis de s' trouver dains
l'état où i's sont, i' y eux dit d' s'ein aller : i's
n' se l' sont pount foit dire deux fois.

Un keup dehors, i's sont vite partis prenne
ch' train : i' gn'avoit pus d' fête pour eux ; leu
journée alle étoit même watée. Ein route, Nou-
rine alle tâte s' poche et tout oussitout alle
pousse un cri :

— Ah! mon Djhu! ein m'a voulée! J' n'ai
pus d' porte-mounoie.

Heureusemeint qu' ch'étoit Bélicart qu'il
avoit l' grosse bourse. I's s'arrêtent. Bélicart
s' ful'te et, par bonheur, il ertrève leux deux
billets d'erlour dains s' poche d' gyet, qui
n'avoit rien, li. Nourine alle a prouflté d' chou

17

qu'i's z'étaient arrêtés pour mette quites éplin-
gues dains l' dous de l' roudingote de s'n
homme, dont ch' mourcieu écliffé i' peindoit, et
i's sont reintrés à leu village sans avoir ouvert
leux bouques : i's n'éraient eu troup à dire.

D'puis i's s' sont bien proumis de n' pus
jamois ertourner dains des ramonch'lées d'
monne parelles.

Je n' dis pount cha pour eimpêchi chés geins
d'aller l'ennée qui vient à l' fête d' Marie Fouré.
L'essentiel, dains chés cas-là, pou' n' pount
s'attirer d'aveintures, ch'est de n' pount foire
ribotte.

———❦———

CH' COUTRON DELLE BOULAINGÈRE

———

Ch'est d'un coutron qu'i' s'agit, mais ch'est
surtout d' chou que l' boulaingère allo mettoit
d' dains.

Pour miux m' foire comprenne, j' m'esplique.

I' feut donc qu' vous seucheins qu' madamme
Glador, comme ein l'appeloit, ch'étoit ène bou-
laingère, mariée d'puis vingt ans et établie
d'puis outant d' temps. A n'avoit qu'un défeut ;
mais ch'étoit-jou un défeut, pusqu'alle étoit
putout écounomme ? Madamme Glador alle
avoit cair d' l'argeint, mais cair pour elle, pour
elle ein part-elle, mais non pount pou' l' brader,

pusqu' a l' mettoit d' couté, et l' muche par ù
qu'alle einfiquoit ses écounoumies, ch'étoit sin
coutron. Ch'est qu' vous voulez? tout chacun
il a sin tic, sin ribus Madamme Glador, elle,
sin pus grand plaisir ch'étoit d' foire sin tchout
magout, comme je l'ai dit, pour elle, sans que
s'n homme i' n'ein seuche errien : ein quoi
qu'alle a eu tort ; alle a été punie par ù qu'alle
avoit péchi. Tous les jours a s'amusoit à mettre
quites sous d' couté ; pourquoi ? A n'éroit point
seu l' dire, pusque s'n homme i' ne y erfusoit
rien. Cha, ch'est des idées d' bounet blanc qui
n' s'espliquent pount. Quand alle avoit vendu
un sou d' frainne, un sou d'elvure, un uf, des
pronnes ou eute kose, a les mettoit dains un
vinx chabout botte qui n' servoit pus et qu'alle
avoit muchi ou fond de s'n ourmaille d'zous des
loques.

Mais ch' coutron, qu' vous direz? Atteindez,
je y arrive.

Quand alle a eu vingt sous, alle z'a reimpla-
chis par ène pièche blanque, pis quand a n'a
eu cinq. par ène pièche cheint sous, si bien
qu'alle a fini par avoir un louis d'or, pis deux
et einfin ch' premji billet d' chinquante francs.
Mais d' peur qu' chés séris i's n' li maingent
cheint, pour pus d' seureté, alle a foit ène poche
à l' drière d' sin coutron et à li a fourré sin
billet bien eimpaqueté dains un tchout saclet
d' cuir. Chaque fois qu'alle rachetoit un coutron
nuf, alle décousoit s' poche pis à l' rataquoit à

ch' nouvieu. Alle fasoit d' même quand alle
avoit un billet d' banque à einvoyi eijoinne
l'z eutes. Un quart-d'heure d' travail, pis ène
aguillie d' fllet avu vingt keups d' s' risieux et
madamme Glador alle pouvoit ête tranquille su'
s' tchote fourtène, pusqu'alle l' pourtoit avuc
elle. Tant et si bien qu'à forche d'épargni des
sous, nou boulaingère, ou d'bout d' vingt ans,
alle avoit gagni, ou du moins alle croyoit tel,
tout serrant six mille francs, qu' dix fois par
jour alle tàtoit avu' s' main pour vir si sin saclet
il étoit toujours à s' placho.

Mais l' mois passé, ène catastrophe alle est
survenue et si ch' coutron i' n' s'est pount ein-
voulé, cha a été ch' saclet, si bien que d'puis
l' boulaingère alle est dains l' désoulation.

Ch' jour-là — jour d' malheur — madamme
Glador a s'est aperchue qui qu'meinchoit à ête
bon à prenne s'n ertraite : comme a n'avoit là
un tout prêt à l' reimplachi, vite et bon train
a s' dépêche d' dékeude l' poche et pour tra-
vailli pus à s'n aise, alle avoit ertiré ch' porte-
fefle d' cuir contenant chés six mille francs,
qu'alle avoit, sans peinser pus long, pousé d'sus
l' tave, à couté d'elle.

A ch' moumeint-là survient un grand kien
d' cour, Marquis, l' kien d'un fermyi voisin,
qui venoit souveint trouver madamme Glador
et chelle-chi li donnoit leux ous pis leux res-
tants d' vianne ; il arrive ein courant, i' foit
l' tour delle mason ein erniflant, pour vir si i'

n' trouvera pount quite kose à maqui, mais n'
trouvant pount, i' vient pouser s' grosse tête
su' l' tave serrant l' boulaingère ; chelle-chi
qu'étoit pressée et pount d'humeur à s'ouccuper
de ch' kien, à li donne un grand keup d' pied.
Marquis s'ercule, pis cherchant à juer, i' prend
ch' saclet d' cuir ganne dains s' gueule et i' s'
seuve avu'. Madamme Glador a s'eyève d'un
bond et à s'met à courir apris ch' kien, qui
vient d' sourtir dains l' rue et d'einfiler à l'
granne course ène tchote éruelle qui m'noit
dains chés camps, ein tenant toujours ène four-
tène dains s' gueule. Mais un peu pus lon,
Marquis, qui n' counoît pount l' valeur d' l'ar-
geint, i' lâche ch' saclet et n'ein quourt qu' pus
vite. Ou même moumeint passoi* * jonne
fillette délouquetée, à pieds dé*   *le voit
ch' portefelle que ch' kien venoit d' laissyi
querre, a l' preind à sin tour et a s' seuve avu'
tant qu'alle put.

Oux trois quarts essoufflée, n'ein pouvant pus
d' courir, survient l' boulaingère. Comme alle
erjoint ch' garde champète, a li demanne si i'
n'a pount vu Marquis qui s' seuvoit avu un
tchout saclet ganne dains s' gueule

— Ch'est apris cha qu' vous cherchez, ma-
damme Glador ? Ah ! bé ! vous pouvez vous
éraller à vous mason et foire ène croix d'sus,
parche qu'à l'heure qu'il est, il est bieux et
lon... Ene espèce d' bouhémienne qu'alle pas-
soit là ou moumeint où ch' kien l'a laissyi

querre, a l'a ramassé et a s'est seuvé avu' dains chés blés.

Apris l' déclaration-chi, l' pove madamme Glador voyant qu' ses six mille francs étaient perdus, — vu qu'a n' pouvoit poant pourter plainte, parche quo s'n homme il éroit tout seu, — alle a erpris tout peinsive l' qu'min de s' boulaingerie ein s'proumettant bien à l'avenir de n' pus foire d' magout ein drière de s'n homme.

Chou qui prève qu' dains un moinage cha n' veut jamois rien d' foire des castes à part, ni d'avoir deux bourses.

UN IVROINNE

Dés ivroinnes'... l' gn'est n'a toujours eu et j' crois qui gn'est éra cœre longtemps Cha seroit un tchout malheur si i's n' buvaient qu' delle bière, mais quand i's z'ont bien pris des chopes, i's les font couler ein buvant du café et ein avalant des grosses gouttes à y eux brûler leux boyeux, i's râpent leux gousyis, i's s'abimment leux estoumacs. Ch'est qu' voulez-vous ? cha foit aller l' commerce et chés caba'r-tchis i's n' s'ein plointent poant, ou contraire.

Ein m'a raconté l'histoire d'un d' chés buva-

tchis-là dont l' plaisi' étoit d' foire des paris et
i' les gagnoit toujours ; i' les a gagnis jusqu'à
ch' dergni et si i' n' l'a pount gagni, ch'est
parche qu'il y est resté.

Ainsi, par exempe, i' parioit d' boire douze
chopes peindant qu' chés douze keups d' midi
i' sounaient à ène hourloge et à chaque fois, il
avaloit ses douze pintes. Ene eute fois, i' fasoit
mette douze chopes dains ùn sieu. i' l' prein-
doit dans ses mains et i' l' wuidgeoit sans erti-
rer sin nez Il a même fini à boire comme cha
par ête hors concours

Tous l'z ans ou 14 juillet, dains sin village,
ein fasoit un concours à savoir ch' tide qui boi-
roit l' pus vite un lite d' bière: ch' prémyi
wuidgi il gagnoit un prix. Ah ! les z'eutes i's
n'étaient pount coère à mitan, qu' sin lite il
étoit déjà sec: il avoit un gasiout pire qu'un
coudigneu, cha queillioit d' dains comme si
vous aveins versé dans un treu d' fouan. L'
deuxième ennée, il a foit pus fort qu' cha: i'
n'a bu deux lites peindant que l'z eutes i's
z'ont eu bien delle poinne à wuidgi l' leulle ;
si bien qu'il a coère eu ch' prémyi prix. Seule-
meint, l' troisième ennée, personne n'a pus
voulu concourir avuc li : ch'est pour cha qu'il
a été hors concours.

I' preindoit plaisi' à verser un lite d' bren-
nevin dains un grand pintloul, à démioutter un
crinet d' pain d' dains et à maingi cha comme
un eute il éroit foit d' du lait burré : apris i'

sin alloit couchi ; il est vrai qu'il l'avoit bien gagni.

Ch'est vous dire qu'à forche d' guergatter d' la sorte, ch' n'étoit pus ène geins : ch'étoit pire qu'ène bête, parche qu' chés bêtes quand i's z'ont bu leu seu, vous n'y eux z'ein feraient pount boire ène goutte d' pus pour tout l'or du monne, tandis qu' nou ribouteu, li, il éroit gourmé jour et nuit.

Un jour, ou cabaret par û qu'il étoit, un brasseu il apporte un tchout toigneu d' vingt-cinq lites d' bière forte. Un coumis-voyageur qui s' trouvoit là, pour avoir bien du plaisir, avuc quites eutes, i' li demanne si i' seroit capabe de l' boire.

— Ah ! qui répond, d'un avalon, sans ertirer min nez.

— Eh bô, qui li dit l'eute, si tu fois cha, j' paie ch' fût.

Ein met ch' toigneu d' sus l' tave, ein débou-'cho l' bonne, i' s'assit à l' tavo, i' clinne ch' toigneu et i' s' met à l' wuidgi. Oh ! i' n'a bien bu tout serrant vingt lites, mais tout dé n'un koup, i' lâche ch' toigneu, l' quet à l' reinverse, ein va pou' l' ramasser : il étoit mort.

L' lennemain, comme ch' l'einterremeint i' passoit d' vant l' mason de ch' cabar'tchi, ch' tichi i' dit à quites personnes qu'i's trou-vaient là :

— « Ch'est l' première fois qu' je l' vois passer sans qu'il einte boire ».

QUÉ BONNE GUEULE !

Ch' l'histoire qui chuil a s'est passée i' gna pount des pus longtemps à ch' tribunal.

A ch' banc des accusés s' trouvoit assis un homme d'ène quaranloinne d'ennées, d'assez bonne figure, mais qu' s'n habillemeint ein voyoit qu'i n'étoit pount du pays.

Ch' président i' foit appeler chés témoins : i's n'étaient qu'un et ch'étoit un gendarme. Ein li dit d' dépouser chou qu'i' sait.

I' qu'meinche comme cha :

— J'étois d' service à telle gare, quand à l'arrivée d'un train venant d' Belgique, i' dévale un individu — ch' lichi, qui foit ein moutrant ch' l'accusé — qui s'avanche d' min couté et qui m' dit sans rime ni raison : « Ti savez-vous, t'as ène bonne gueule !!! » Pis, i' sorle de s' poche un paquet d' cigarettes et i' vut me n'oufrir ène.

J'erfuse de m' laissyi acheter et je l'arrête pour m'avoir insulté.

Nous l'avons fouilli et nous n'avons rien trouvé d' sur li. Apris l'avoir interrougi, i' nous a déclairé s' noumer Joseph van Peter, ête sujet belge et venu ein France pour trouver d' l'ouvrage. »

Peindant que ch' gendarme i' s'assit, ch' président i' demanne à van Peter ch'est qu'il a à dire pou' s' défense.

— J'ercounois qu' j'ai dit à ch' gendarme :
« Vous avez ène bonne gueule ! » et que j'y ai
oulfert ène cigarette ; mais qué mal voyez-vous
à cha ? Dans l' Nord, par ù qu' j'ai travailli
d'vant venir ichi, i' ne s' passoit pount d' jour
sans qu' mes camarades n' me l' disent cheint :
j' ne m' sus jamois fàchi ; j'ai cru que ch' gen-
darme i' feroit comme mi.

I' feut vous dire, mon président, savez-vous,
comme j' sus Belge, j' n'ai pount les habitudes
d' la France. »

Le président. — Eh bien, van Peter, j' vas
vous les apprenne. Pusqu' vous êtes Belge, et
qu' vous n' counaissez pount les usages fran-
çais, quand vous reinconterrez ène belle femme
et qu' vous vourez qu'alle seuche qu' vous l'
peinsez, je n' vous eingage pount à li dire :
« Madame, qué jolie gueule qu' vous avez !!! »
Vous risquereint fort d'ète mal erchu.

Van Peter. — J' vous ermercie, mossieu l'
président, de ch' bon consel qu' vous venez de
m' donner.

Le président. — Et pou' l'heure, pour vous
apprenne à l'avenir à n' pus ouffenser l'erpé-
seintant d' l'outourité, j' vous conuamne à
vingt-cinq francs d'amenne.

Dans l' salle, chés geins qu'assistaient à l'ou-
dience, i's tenaient leu panche d' rire.

UN PARTAGE DIFFICILE

Un brave homme d' ceinsyi avoit trois flux ;
comme i' venoit d' marier ch' troisième, i' s'
résout à partagi einter eux chou qu'i' li restoit
de s' culture, bien décidé à vive tranquille-
meint

Mais pour foire ch' partage ène difficulté à
s' préseinte : il avoit dix-sept vaques dans s'n
étave, et comme il avoit donné à l'un des terres
pet ête un tchout kose meilleures qu'à l' z'eutes,
à un deuxième ses instrumeints d' labeur, i' les
réunit un jour ou matin et i' y eux dit :

— V'là chou qu' ch'est : j' vas partagi einter
vous trois l' restant d' chou qu' j'ai coêra,
mais i' gna ène difficulté qu'à s' préseinte. J'
tchiens absoulumeint qu' vous n'eucheins
outant l'un qu' l'eute. J'ai foit l'estimation d'
chou qu' j'avois et pou' qu' vous fucheins éga-
lemeint partagis, i' feut que j' donne à l'un l'
mitan d' mes vaques, à ch' deuxième, l' tchiers,
et à ch' troisième, les deux névièmes.

· Vous savez compter pusqu' vous avez vou
certificat d'études : ch'est même pour vous un
calcul de rien du tout. Tâchez de y arriver, je
r'passserai dains deux trois jours d'ichi pour
vir si vous êtes arraingi. » Et là-dessus i'
s'ein va.

Chés trois jonnes hommes cherchent einter

eux à foire l' parlage, mais ein examinant l'
questchion, i's z'ont ercounu qu' la chose a
n'étoit pount si facile qu'ils l'avaient cru tout
d'abord. Pour arriver à partagi chés dix-sept
vaques d' leu père, i' y eux éroit foulu tuer et
découper ène ou deux vaques, et naturellemeint
i's tenaient à conserver leux bêtes eintchères.

Ein effet, d'apris l'z indications d' leu père,
ch' pus viux flu i' devoit erchuvoir huit vaques
et l' milan d'ène ; ch' deuxième, cinq vaques
et l' tchiers d' deux ; enfin, ch' troisième, ène
vaque et l' névième d' huit vaques.

Qu'meint foire ? I's n'ein restaient tout bec
et borne, sans pouvoir arriver à foire un par-
tage qu'i's ravisaient comme impoussible.
Ch'est là qu' leu père i' les atteindoit. Ii, pour-
tant qui savoit à poinne lire et compter.

Quites jours apris il est venu les r'trouver
pour y eux demander qu'meint qu'i's z'avaient
foit leu partage, I's z'ont déclairé qu'i's n' pou-
veint pount y arriver.

— Voyez-vous, m'z enfants, qui y eux dit,
i' gna coère qu' chès viux pour savoir compter
et j' vas vous einsigni qu'meint qu'ein put fort
bien foire ch' partage.

Ses flux i's l'acoulaient tout étounés, se
d'mandant ein eux-mêmes qu'meint qu' leu
père il alloit s'y prenne. I' sorte quites minutes
et i' reinte ein troinant drière li ène vaque
qu'il avoit été cimprêter pour un quart-d'heure
à ène ferme voisinne.

Ene fois arrivé dains l' cour, i' y eux dit :

— Avu' l' vaque qu' v'là, cha m' foit dix-huit bêtes à cornes. D'apris min compte, l' mitan d' dix-sept vaques, ch'est huit et demi, mais qui dit ein s'adréchant à sin pus vieux flu, comme ch' troupeu il est ougmeinté d'ene tête, j' t'ein donne l' mitan, soit nef ; t'as donc pus qu'chou que j' t'ai promis.

Ti, qui foit ein s'adréchant à ch' deuxième, t'éras oussi pus que t' part, pusque l' tchiers d' dix-sept, ch'est cinq soixante cinq ; j' vas t' donner six vaques, chou qu'est l' tchiers d' dix huit.

Et quand à ti qu'il ajoute ein s' tournant du couté de ch' troisième, tu vas avoir les deux névièmes d' dix huit, chou qui t' foit deux bêtes... Etes-vous coateints ?

Et i' m' reste l' vaque qu' j'ai eimprêtéo pour foire nou compte et qu' j' vas renne à nou voisin. Mais ch' partage il est bien chuivant nous conveintions, pusqu' nef pus six pus deux, cha foit ein toute dix-sept vaques qu' j'avois à vous partagi.

Vous voyez, qu'il ajoute ein ermenant s' bête pa' l' longe, qu'i' n' feut point toujours avoir été longtemps à l'école, ni ête bachélyi pour savoir compter.

— ⚬⚭⚬ —

HISTOIRE D'ÉLECTION

Cha s'est passé à chés dergnières élections, vous savez cheules qu'i's vientent d'avoir liu.

Chose qui ne s' voit pount souveint est pourtant arrivé : tous chés électeurs d'ène tchote commune d' la Somme, i's z'ont erfusé d'aller vouter pour un conseilli général. Outroumeint dit, i's s' sont quasimeint mis comme ein droit, ein grève. Et ein cha, i's z'avaient leux raisons : ein y eux z'avoit proumis qu'i's z'éraient ène route à l' plache d'un qu'min d' terre qu'i's z'avaient et comme ein n'a pount foil droit à leu d'manne, qu' ch'étoit ène affoire impourtante pou' l' commune, l' semoinne d'vant ch' vote i's s' sont tertoutes concertés einter eux et i's z'ont décidé qu' personne n'iroit vouter pour noumer un conseilli général Comme i's disaient dains leu raisonnomeint : « A quoi qu' cha nous sert d' noumer un homme qui n' s'ouccupera pount d' nous affoires ène fois ein plache ; l' mius ch'est donc de n'pount nous déraingi » Et ch'est chou qu'i's z'ont foit.

Mais l' pus drôle d' l'histoire, ch'est la chuite. Ch' maire i' n'étoit pount prévenu d' chou qui s'étoit trifouilli quites jours d'vant. Si bien que l' jour de ch' vote, l' dimainche, il arrive su' les huit heures du matin à l' mairrerie pour qu'meinchi l' z'oupérations de ch' voutage. Il alteind un quart d'heure, èné mi-heure, personne ne s' préseinte : i' n' n'ervenoit pount, jamois i' n'avoit vu cha. Il ein parle à ch' l'instituteur qu'alleindoit avuc li des vouteux qui n'arrivaient pount.

— Qu'meint qu' cha pu s' foire, qui dit, qu' nous geins erbutent comme cha ? D'habitude pourtant i' gné n'a toujours du matin, n' fut-che qu' cheutes qui vientent ein allant y eux foire foire leu barbe.. Ah ! qu'il ajoute, ch'est pusqu' fort : i' feut absolumeint que j' voiche vir ch'est qu' cha vut dire.

Et ein disant cha, i' dévale ch' l'escayi delle mairrerie ; ein arrivant dains chés rues, i' voit passer un ceinsyi, qu'étoit même conseilli municipal, et qui menoit ène baruchie d' lien. I' li crie :

— Ah ! cha, ch'est qui gna ?.. Quoi qui s' passe ?... Tu n' viens donc pount vouter.

— Nan, nan, qui foit l'eute, ein continuant sein qu'min. Ch' kerrie min fémyi.

Quites pas pus long, i' creize un travailleu d' mécanique et tout ein l'arrêtant i' l' dit :

— Vous n' venez pount vouter oujourd'hui ?

— Nan, qui répond ch' l'ouvryi d' mécanique, j'ai des poumes d' terre à aller arrachi... Vous, vous pouvez vouter si cha vous foit plaisi'.

I' qu'minche à s' douter qui gna quitekose ein l'air. Pou' n'avoir l' cair net, il einte dains ch' prémyi cabaret venu, d'sus l' plache ; i' demaune un tchont verre à ch' cabartchi et

peindant que ch'tichi i' l'sert, ch'maire i' tâche
de l' sonder adroitemeint et i' li dit ein mai-
gnière de rien :

— Ejou qu' vous varez vouter oujourd'hui ?

— Mais woëtché, Mossieu l' maire, émon,
cha tombe tout ou pus mal... M' femme alle
est justemeint partie vir ène d' ses tantes à
quites yues d'ichi et cha foit que j' serai tout ein
part-mi l' long du jour pour servir : i' gna
pount moyen que j' quitte min comptoi' seule-
meint ène minute.

Ch' maire il a donné sin sou et il est allé
ertouver ch' greffyi qui s'amusoit comme ène
vieille poire d' bronnequins drière ène our-
maille ein atteindant d'z'électeurs qui n' venaient
jamois.

— Cha n' foit rien, qui dit ch' maire, nou
d'voir est d'ête là, nous y resterons.

— Jusqu'ou d' bout, qu'il ajoute ch' moîte
d'école.

Oussi j' vous demanne si i's z'ont pris du
plaisi' à rester là comme deux étanchonnés
jusqu'à six heures ou nuit.

Mais à ch' moumeint-là, ch' maire il a voulu
counoîte l' fin mout de ch' l'histoire-là. I' s'est
ein allé trouver plusieurs personnes qui savoit
ête dains tel cabaret comme tous les dimainches
et i' y eux a quasimeint erprouchi de n' pount
êtes venues l' reimplachi à l' mairrerie.

— Ch' n'étoit pount l' poinne, qui li ont
répliqui, pusqu' personne n'a été vouter.

-- Mais, pourquoi, pourquoi, qu' personne n'est venu ? qui fait à sin tour, quasimeint ein coulère.

— Ah ! bé, v'là.. Ein n'a pount voulu nous donner nou route, émon ?...

-- Et pourtant, qu'il ajoute un eule. ein sait si nous n'avons besoin...

— Qu'ein nous donne-che nous droits et nous ferons nou d'voir !

Ch' maire i' n'a rien trouvé à réponne.

--- •※•----

THÉATRE PICARD

L' DEMANNE EIN MARIAGE

Monologue dit par l'auteur a la Représen-
tation annuelle des *ROSATI*
au Théatre de la Galerie-Vivienne
le 22 Décembre 1895.

*La scène représente une place de village à la
chute du jour — Maisons à droite et à gauche.*

Mon Dghu !... qu' si cbés geins d' min village
i's m' voyaient pou l'heure i's m' trouveraient
l'air bête, émon ?... Vous-mên es, vous s' dites
pet-ête ein m' voyant à ch' moumeint-chi :
« Quoqu' ch'est que ch' grand badja-là i' vient
foire ichi avu sin pégni, sin parapluie et sin
capieu heut.

(Baissant la voix.) Et bé, j' m'ein vas vous
l' dire, mais vous n'ein parlerai pount ?...
J' viens d'mander òne jonne fille ein mariage...
Bé oui... *(Haut.)* Apris tout, i' gna rien d'drôle
à cha... Ch'est des choses qui s' voitent tous
les jours... Seulemeint v'là ch' l'affoire, je n
sais pount par ù qu'alle reste.

Ein m'a bien einsigni òne mason d'sus l'
plache, mais j'ein vois deux : òne à droite, òne

à goeuche ; l'quelle qu' ch'est l' bonne, l' vraie ?

Voyez-vous, à ch' moumeint chi, j' sus comme ch'tide qui va s' foire arrachi un deint... D'vant d'arriver mon de s'cérusien, i' vouroit déjà qu' cha seroit foit, et pis ène fois à l' porte, i' n' vut pus : il orcule, parche qu'il a peur.

Et bô, mi, j' sus tout d' même. L' long de ch'qu'min j'avois envie de m' marier... Ah ! tellemeint einvie, qu' je m' moirois d'einvie, pis, pou l'heure, j' vourois ête à chrint yues d'ichi... Et pourtant i' feut qu' je l' foiche m' demanne, sans cha j' ne m' marierai jamois... Mon Dghu, qu' ch'est-i' bête de n' pount ête pus herdi qu' cha... A nou village, c'peindant, j' passe pour un luron... et ichi, quasimeint que j' trannerois.. *(Il fait un mouvement de côté.)*

Ah ! qu' j'ai ti eu peur !.. J'ai cru qu'ein ouvroit l' porte.. Ch'est jou un drôle d' village tout d' même qu'ein n' trève personne pour li d'miander sin qu'min... Vous n'avez pount ermerqui que d'puis que j' sus là restallé à l' clerté delle lène, i' n'est pount coère passé ène âme. pount un kien, pount un cat, sans cha personne pou' m' reinsignt. *(Se dirigeant vers la porte.)* I' feut pourtant qu' je m' décide... si je n' vux pount moirir célibataire... Ah ! pis, nan, tout ein l'heure... quand j' vous disois qu' ch'est comme ch'tide qu'il a du ma' à ses deints.. Voyons. i' n'est pount troup lard... J' m'accorde coère un tchout quart d'heure... j'ai coère un quart d'heure à ête jonne homme...

apris, n-i ni, ch'est fini... Fertinand... Fertinand
ch'est min tchout nom... Fertinand, tu n'pourras
pus dire nan.

Pus, qu'a m' dit comme cha Phrasie... Phrasie
ch'est m' tante... éjou qu' tu vux rester viux
flu ?... J'ai ravisé m' tante à deux fois... Bé, que
j' li dis, je n' pus mi l' devenir, pusqu' je l' sus...
ch'est la vérité : j'ai eu treinte-nef ans à chés
dergnières noix .. Voyons, qu'alle erpreind,
j' t'ai bien ravisé l' jour d' tin baptisiou, et j'ai
dit à tin père : ch' tchout-là, vois-tu, ein f'ra
quit' kose d' li. . il a l'air rudemeint éveilli...
et j' crois sans m' vanter qu' je l' sus resté.

Si j' n'ai rien été, ch'est que j' n'ai pount
voulu, voyez-vous... l' gna pount six mois, à
nou village, i's voulaient m' noumer conseilli
municipal... J'ai erfusé ein y eu disant : J' n'ai
pount d' temps à aller perde à l'mairie : arraingez
l's affoires delle coumune comme vous l'entein-
drez, mi je n' vux être errien... Apris ch'étoit
marguilli ; j'ai coère dit nan ; je n' sus pount
pourté pou' l'z houneurs : i' n'ein feut i' ponnt
des comme cha pis d' z'eules outroumeint ?...
Bref, quand tante Phrasie alle a parlé mariage,
j'ai ouvert m'z érailles tout grannes, comme
des portes d' four... l'arche que j' vas vous dire,
quand tante Phrasie alle parle, i' feut l'acouter...
Tout l' monne i' li oubéit à nou mason : papa,
manman, min frère, sans cha tertoutes.

Si bel et si bien qu'a m'a dit : J'ai trouvé ène
jonne fille pour ti. J' vous dirai qu'alle a l'ha-

bitude d' marier tout l' monne dains nou famille.
A m'a donc dit : J'ai marié tin père, je t' marierai
et si t'as des enfants, ch'est mi oussi qui vut
les marier .. si j' sus coère du monne qu'alle
a ajouté. Enfin, pus, v'là chou qu' ch'est : l' gna
à quate yues d'ichi ène jonne fille — sin père
il est fermyi comme l' tchienne - ène jonne
fille qu'a s'appelle Rosa. — Rosa, ch'est un bieu
nom, émon ? J' l'ai déjà cair sans l'avoir jamois
vue. — J'ai vu sin père, s' mère, i's sont
conseintants... l' gna pus qu' ti à s' décider...
Marche les truver dimainche apris-midi de m'
part : tu seras erchu à bras ouverts . Il est
dimainche ou nuit, m' vl'à, mais personne i'
n' m'erchoit à bras ouverts...

Il est vrai que j' n'ai point coère truvé chés
bras .. Oh ! qu'alle a ajouté tante Phrasie. si
j'étois à t' plache et tailli comme tu l'es, j' vou-
rois qu' tous chés filles i's seutentcheint à min
cou... J' crois bien, a n'a peur de rien... alle
iroit truver l' Président d' la République, mais
mi, je n' sus point comme elle. .

Ah ! des jonnes filles qu' j'érois cair, i' n'ein
manque point, mais v'là, j' n'ai jamois pu
m' décider... Oussitout que j' vois ène jonne
fille, tout min sang i' s'ertourne, j'ai froid pis
keud ein même temps.. je n' m'esplique point
cha...

Ainsi, tenez. d'puis quatorze ans, ch'est-à-
dire tout d'puis que j' sus ervenu du service,
v'là quatorze mariages que j' manque... sans

cha, un par an... pourvu que ch' tichi cha n'
foèche pount ch' quinzième. J'ai cair chés
jonnes filles d' lon, mais ène fois que j' sus à
conté d'eux, je n' sais pus quoi leu' dire : j'
bègue, j' tègue, et j' n'ervas pus les vir...

Mais chelle lalle cha doit ète l' bonne, parche
qu' quand je n'ai parlé à papa, ou moumeint
d' m'ein aller, papa m'a répondu : « Va ! » et
pis manman alle a ajouté : « Erdrèche-t'té,
tâche de l' tenir droit ». Là-dessus a m'a foit
un bieu nœud à min cravate et pis a m'a dit :
« Tu t' souviens bien d' chou qu' t'a erque-
mandé tante Phrasie. J'ai répondu : « Oui
manman », mais j'ai si tellemeint peu d' mé-
moire, qu' pou' l'heure j' ne m' souviens pus
de rien, mais cha m'erveras pet-ète : j' sus
comme chés yèves, je l' perds ein courant...
Et pourtant, vous savez, je n'ai tcount couru
oin venant, parche que l' route alle montoit
tout l' temps, et surtout à keuse d' min pègni,
parche qu'il est lourd... Vous allez pet-ète vous
demander ch'est qu'i' gna dains min pègni,
émon ?.. Ah ! cha, ch'est des tchotes affoires
pour Rosa. I' gna des pemmes, des poires, des
neisettes... Rosa alle doit avoir cair des nei-
settes. Tous chés jonnes filles i's ont cair des
neisettes et alle z'éra d'outant pus cair que j'
li dirai qu' ch'est mi qui l's a cueillies ou mois
d' seqtembe, l'dimainche ouyu d'aller ou caba-
ret. Ah ! j'ai oussi un pout d'myl, pis dains ch'
fond, i' gna un mout d' billet écrit, parche

qu' si je n' sais pount quoi li dire, j' preindrai ch billet, pis, ein l' teindant à l' jonne fille, j' dirai : « Tenez Rosa, lis ».

Ch'est égal, j'érois pu cair à parler... Mon Dghu ! qu'meint qu' cha qu'meinchoit donc ?... Cha chuyoit si bien et tante Phrasie a m'avoit si bien ercourdé hier alle veille : nous n'avons même parlé que d' cha tout l' soirée... (*Récitan'*). Ein arrivant a l' mason, tu y eux diras bien des choses de m' part, pis tu diras qu' t'es min neveu... cha suffira, ch' père i' t' mettra à t'n aise tout d' chuite, pis l' mère, pis . Rosa...

Eh bé, vous m' croirez si vous voulez, jamois d' la vie j' n'ouserai y eux dire cha.

Mais l' temps s' passe : tout ein l'heure i's seront couchis... et j'ai coère quatre yues à foire d' vant éte reintré... sans compter qu'i's m'atteindent et qu' si j' les fois troup attenne, i's vont avoir ène drôle d'oupignon d' mi... Mon Dghu ! mon Dghu ! qué courvée que d' demander ène jonne fille ein mariage... Si j' m'étois atteindu d'avoir tous chés tracas-là, j' serois venu un eute jour...

A qué porte d' chés deux masons-là que j' dois buqui ?... Ah ! ène idée !... J' min vas ej'ter min capieu ein l'air... Du couté qui querra, cha sera ch'ti-là. (*Il jette son chapeau*) Ch'est à gueuche... cha n' m'étonne pount, ch'est l' couté du cair... Ch'est là qu' min cair i' va querre. . Allons, du courage ! (*Il se dirige vers la porte de la maison de gauche*).

(*Après avoir frappé à la porte, qui s'est ouverte*). l'ardon. excuse, madame, ch'est-i' ichi l' mason Rosa ? (*On referme la porte brusquement, sans répondre*).

J' m' sus berlusé : ch'est delle feute d' min capieu. . Marchons vir si nous scrons pus héreux d' l'eute couté.

(*Il frappe à l'autre porte*). Pardon, madame, s'il vous plaît, ch'est-i' ichi l' mason Rosa ? (*Une voix*) Nan. (*On referme la porte*).

Pis vous croyez que ch' n'est pount juer d' d' malheur ? Einfin, ma taute a m'a pourtant bien dit : Ein eintrant dains ch' village tu chuiras l' route tout droit, tu preindras à gueuche, ch'est à droite, su' l' plache : j'ai pris à droite .. pis à gueuche.. (*Réfléchissant*). Ah ! mais j'y sus, je m' sus berlusé d' village .. Ch'est à erqu'meinchi !

R I D E A U .

A LA CASERNE

Ah ! la la ! Qué sale fourbi ! Vous allez vous
demander d' par û qu' je r'viens avu' min balu-
chon ?... Et bé, j' viens d' foire mes treize
jours... Quand j' dis : j' viens d' foire mes treize
jours, c'est ène magnère d' parler, parche qu'
je n' les ai point foit... ou miux, j'ai été foire
treize jours sans les foire... Compreindez-y
quitkose...? Nan, ch'est troup drôle, i' feut que
j' vous raconte cha.

I' gna à peu pris un mois, min voisin, un
courdoigni malin, qu'a cair à foire des farces,
i' m' dit comme cha un bieu matin : « Et bé,
t'apprètes-tu à foire tes treize jours ? — Mes
treize jours, que j' li réponds, mais ch' n'est
mi pour ch' l'ennée-chi. — Ah cha, tu n'as
donc pount li l'z affiches ? — Bé, tu sais bien
qu' je n' sais mi lire. — Ch'est vrai, qu'i' m'
répond, mais ch'est pour ch' l'ennée-chi. --
Bah ! que j' li fois, si ch'est cha, j' vas m' dis-
pouser à partir. »

Sans perde d' temps, je m' mets à foire min
paquet, tenez ch' tide qu' vous voyez là : ène

qu'mise, trois mouchois d' poche et deux
poires d' queuchettes. Pis, ène semaine apris,
au jour dit, m' v'là parti pour Péronne... Comme
ch'est là qu' j'ai foit min service et mes deux
fois vingt huit jours, je m' dis: « Ch'est là
qu'i' feuche que j' voiche. »

J'arrive donc dains l' cour de l' caserne su'
l' keup d' midi. I' paroit qu' j'étois ein retard :
ch' n'étoit point déjà ène bonne note.

Un sergent qui m' voit entrer avu' min bal-
lout dains m' main, i' m' dit: « D'où êtes-
vous ?.. qui êtes-vous ?.. que voulez-vous ?...
où allez-vous ? — J' sus Bridou, que j' li dis,
j' viens foire mes treize jours, et, mettant m'
main à min capieu, j' salue militairement. --
Bridou ? qui répond, y a pas d' Bridou d' con-
voqué... C'est Pitou qui manque à l'appel. —
Bridou, mon sergent. — J' vous dis que c'est
pas Bridou, c'est Pitou.. vous n' voulez pas
dire vot' nom. — Je m' sus toujours appelé
Bridou, mon sergent. — Vous vous appelez
Pitou. Vous me ferez deux jours pour répli-
quer... Allez, rompez ! »

I' paroit qu'ein avoit kangi min nom... Et m'
bé, qu' je m' dis, cha qu'meinche bien : j' n'ai
peunt putout mis l' pied dains l' cour delle
caserne que m' v'là puni.

Je n' savois pus par ù m'ein aller et comme
j' restois là étampi, un adjudant qui passoit i'
m' demanne à sin tour: « Que demandez-vous ?
-- J' m'appelle Bridou, que j' li fois... et j' viens

pour mes treize jours.. — Bridou ? qu'i' m' répond. c'est l'itou qui manque à l'appel .. Juste, vous arrivez en retard, vous m' ferez deux jours. » — Bon, que je m' dis ein mi-même, cha foit quatre ; si cha continue, j' vas passer mes treize jours en prison.

Ou même moumeint survient un lieutenant : i' s'arrête et i' demanne ch'est qui gna. « Mon lieutenant, qui dit ch' l'adjudant, c'est un homme qui arrive en retard pour sa période de treize jours et qui prétend s'appeler Bridou, quand c'est l'itou. — Comment vous appelez-vous ? qu'i' m' demanne ch' lieutenant. — Bridou, mon lieutenant. — Vous le voyez. erpreind ch' l'adjudant, il s'obstine. — Vous lui mettrez quatre jours... Envoyez-le passer la revue du cap'taine ». Je n'étois fin aheuri : ein mi-même j' compte, peindant que ch' l'adjudant i' m'eimmoinne : 2 pis 2, cha foit 4, pis 4, cha foit 8 jours d' boîte, sans être eintré dains l' cour de l' caserne.

Ene fois arrivé, ch' l'adjudant i' m' dit d' saisir bien vite des habits et il explique à ch' capitaine qui surveil'oit, que j' sus un homme arrivé ein retard et i' s'ein va Ch' capitaine i' m'einvoie un œl d' travers qui n'annonchoit rien d' bon.

J' défois min patalon pour n' essayi un, tandis qu'ou même momeint, v'là cinq ou six maronnes qui queltent sur mi, parche qu'i's étaient

là toute ène benne qui venaient de flnir d'
s'habilli.

J'ein preinds un pou' l'einfller. Mais i' n'
m'alloit pount du tout. . Je n'essaie un eule, pis
un eule, sans n'ein trouver à m' pointure : l'un
i' venoit à milan voie de mes gammes, l'eute
i' troinoit à terre, i' fasoit des plis sur mes sou-
lais. Et comme i's étaient à peu pris pris ter-
toutes, j' n'avois pu békeup à choisir : pour
qu'i's eucheint pu aller, il éroit foulu ajouter
à l'un chou qu'i' gn'avoit d' troup à l'eute.

Einfln. j'ein trouve un qui m'alloit à milan :
il est vrai qu'il avoit ène gamme pus longue
qu' l'eute. L'ène alle fasoit comme cha, pis
l'eute comme cha. Mais j'ai été oubligi, feute
de miux, d' mein conteinter... Et peindant ch'
temps-là, min paquet, ch' lite qu' j'ai là, i'
voyageoit bon train...

Figurez-vous qu' chés bougres d' camarades,
i's juaient à l' pelote avu' pa'-d'sus chés lits..
Allez, attrape, Landrouillet ; tiens, v'là pour ti,
Carcaillou, et va donc. i's fasaient rouler mes
qu'mises, mes mouchois d' poche, pis mes
queuchettes ..

Juste au moumeint qu' j'eintrois dains ène
capote par troup granne, et dains l'quelle ein
éroit pu ein longi trois comme mi, v'là ch' capi-
taine, qu'étoit sourti, qui reinte et il erchut
min paquet à l' voulée su' l' tète.

Tout oussitout, i' s' met à demander qu'eche
qui laisse troiner ses effets comme cha ?

Personne n' répond. A la fin, i' dit : « Si je n' sais pas qui, je punis toute l'escouade ». I' gn'avoit là un gringalet d' Parisien qui n' vouloit pount quate sous, qu'i' s' met à dire : « Ch'est à Bridou. — Ch' capitaine, il erpreind : « Bridou, qui qu' c'est?... Où est-il ? »

Alors, j' m'avanche. . fichelé. vous savez je n' vous dis qu' cha, et j' salue militairemeint.

— Ch'est vous qui rangez vos effets de la sorte, qui m' dit ch' capitaine?... Vous aurez quate jours.

— Bon, qu' je m' dis, cha fois douze. et il ajoute : « Regardez-moi cet empoté... Est-il fagoté?... Si ça a l'air d'un territorial ! » Et i' continue à m'ein débiter tant et pus.. Mi, je n' mouffetois pount : j'étois dains mes tchouts soulais, parche qu' tous l's eutes i's erriaient tant qu'i's pouvaient...

Ah ! j' vous asseure qu' dains ch' moumeint-là, j'érois voulintchi donné quit' kose pour ête à nou village. Heureusemeint, v'là que ch' clairon i' s' met à souner l' soupe : j'étois seuvé.

Mais cha n'étoit mi fini, comme vous allez vir...

Ch' coulounel, ein voyant mes punitions et ch' moutif, et croyant li oussi que j' m'appelois Pitou, i' m' colle huit jours d'un seul keup...

— Et bé, qu' je m' dis ein part-mi, n'ein v'là vingt, cha foit un compte rond... Pourvu qu' cha s'arrête-là... Si bien, savez-vous, qu'ou

19

nuit, j'ai couchi à l'boîte. Mais l'lennemain malin, ch'capitaine i' m'foit appeler.

J'trannois d'peur ein allant l'trouver et j'peinsois ein mi-même : l' va m'einvoyi ein Afrique, bien seur. — « Ah ça ! qui êtes-vous, à la fin ? — Bridou mon capitaine. — Vous ne vous appelez donc pas Pitou ? — J'sus Bridou, mon capitaine — Et qu'est-ce que vous venez faire ici ? — J'viens foire mes treize jours. — Mais d'quelle classe qu'vous êtes ? — J'li dis. »

Ah ! mes amis, si vous l'aveins aouï : l' v'là qui s'met à m'ein débiter, ein m'traitant d'bête, d'abruti, d'andoulle, d'animal bête à maingi du foin, d'tous les noms poussibles et imaginabes et i'finit par m'apprenne — ch'est par là qu'il étoit dû qu'meinchi — qu'je n'devois foire mes treize jours que l'ennée qui vient...

Alors, j'li réponds : « Si ch'étoit un effet d'vou bonté, mon capitaine, comme j'ai déjà foit un jour, j'pourrois les finir ch'l'ennée-chi, pusque j'sus là. — « Mais, espèce d'empaillé, qui m'crie, voulez-vous bien vous en aller chez vous !... »

Et bé, vous savez, je n'me l'sus pount foit dire deux fois : j'ai couru erprenne mes frusques et m'déshabilli et je m'sus seuvé ein peinsant ein mi-même qu'j'y gagnois de n'pount foire mes *vingt jours d'punition.*

I' paroît qu'Pitou, l'euteur d'tout cha, i' s'étoit berlusé d'jour : i' s'croyoit l' 11 quand

ein étoit l' 12.. Ch'est pour cha qu'il étoit
arrivé un jour ein retard... Ch'est égal, j' crois
qu' je l'ai échappé belle, parche qu'ou train
dont cha marchoit, ein treize jours, j'étois ca-
pabe d'attraper un an d' boîte.

Comme ch'est ch' courdoigni qui m'a joé
ch' vilain tour-là, j' vas l' trouver et j' vous
proumets qu' je n'y ein dirai pour deux sous.

— ⋘⋙ —

CH' BOURRIQUE PERDU

Monologue dit par l'auteur a la Fête des Roses, le 21 Juin 1896.

Vous n'avez pount vu min bourrique par ichi ?... Par û qu'alle a coère passée n' bête à longües érailles ?... (Appelant) : Tcha, Cadet. tcha !... Tcha, Cadet, tcha ! ... Ch' l'animal-là i' n'ein foit jamais d'eute !... V'là ène nuit pis l' mitan d'un jour que ch' queurs après li.. D' tas ein temps cha y arrive comme cha de s' seuler, pis il ervient quite temps apris... tout ein part li, comme il est parti, ch'est sans doute un cougi qu'i' s' donne. J'ai bieu l' loyi, l' licouter, frémer s' porte ou verreu, ch'est à croire que ch' bétail-là il est sourcier, parche qu'un bieu matin j' trève s' n' écurie wuide. Je m' dis : « V'là coère Cadet qui foit des siennes ; i' s'ra elonuyi, il est parti prenne l'air ; il iroit ein ville qu' cha n' m'étouneroit pount ».

Dains tous lès cas, chou qui m' rasseure, ch'est qu'ein n' p' put pount me l' prenne : il est pus malin que l' djabe et i' queurt pire qu'un yève, comme l' veint d' bise... Ah ! i' fouroit se lever matin pou' l'attraper. Quand il

est dehors, i' met s' queue ein trompette et i'
foit des cabrioles, pis des perluettes dains chés
kamps, pire qu'un leuarou. . Sans cha, il a pus
d' vices qu'ène femme.

Mais quand i' reinte, il n'est pount cranne,
allez, i' n'ein moinne pount largue : il ervient
là, tout coignu, avu ses érailles aboissyes, pâr-
che qu'i' sait chou qui l'atteint ein arrivant...
(*Serrant le manche de son fouet après avoir cra-
ché dans sa main*): « Et l' fois-chi, min vius
Cadet, tu vas erchuvoir ène ramanche doube,
parce qu' tu m'as foit aller troup long, sans
compter qu' tout ein l'heure j'ai erjoint Délaïde...
Mais vous n' connaissez pount Délaïde. Ch'est
tout ène histoire à vous raconter ..

Tcha, Cadet, tcha !... Par ù qu'il a bien pu
s' muchi ?... Ah ! tu pux apprêter t'n ékainne..,
Il est vrai qu' j'ai bieu l' rabuqui pour li foire
passer s' méchante habitude, ch'est comme si
j' cantois parche qu'i' n' seint rien. Il a un
dous ch'est pire qu' du bous ; quand j' tam-
houre d' sus à keups d' matraque, i' n' bronche
pount, i' sianne s' dire : « Oui, va, buque, tu
t'arrêteras quand tu seras ercrant ou bien qu'
t'éras brisyi tin bâton », chou qu'i' m'arrive
souveint parche qu'il a des côtes comme des
cherques d' toigneu. Ah ! ein n'a pount d' ma'
à les li compter: sans cha, min bourrique i'
n'a que d'z érailles, des pattes et pis ène pieu.

Ene fois un équarrisseu me n'a ouffert cinq
francs. Je m' sus dit: « l'ou ch' prix-là, min

Cadet, tu resteras avuc mi jusqu'à la mort ».
Pourtant i' n'est pount bieu, vous savez : sin
poil i' drèche comme des piquouls d'irchon.
J' ne l'étrille jamois parche que ch'étrille a n'
preindroit pount. Ah ! pis, i' s'étrille bien li-
même ein s' roulant d' sus ch' fémyi.

Mais si i' n'est pount bieu, je l'ai cair tout
d' même et j'y tchiens parche qu'il est bon
Aussi nous nous accourdons bien. Tenez, dains
l'hiver, quand i' foit froid, je l' fois couchi avuc
mi dains m' chamme, pour qu'i' m' tienche
keud. Il l' sait bien, oussi ; allez, dains chés
moumeints-là, i' ne s' seuve jamois : cha ne y
arrive qu' dains l'été, par chés fortes kaleurs...
J' m'atteinds qu'i' va s' baigni dains ch' canal,
parche qu'êne fois, ein m'a dit qu'ein l'avoit
vu de ch' couté-là J'y queurs, ah ! oui, i' gn'a-
voit pount pus d' Cadet qu' dains m'n œl.

Mais ein reintrant, qu'ech-que j' trève ?..
Min bourrique, ein train d' maingi delle luzerne
à ch' tas, dains l' grange... Ein eroit pu croire
qu'il avoit flairé la chose.

Nan, sans cha, si j' voulois vous raconter
tous chés tours que ch' bétail-là m'a déjà jué,
j' n'ein finirois pount : nous sereins coère ichi
d'main matin ; i' n'li manque qu' la parole, et
quand j' dis qu'i' n'li manque qu' la parole, il
l'a quasimeint. la parole, parche qui sait fort
bien s' foère comprenne a'u ses hihan ! comme
i compreind tout chou que j' li dis : il est moins
bête qu' certaines geus. Ainsi t'nez, j' n'ai qu'à

foère : Tcha, Cadet, tcha ! Tcha, Cadet, tcha !
pour qu'il accuerche s'il est dains l' seinvirons:
ch'est qui n'est pount là, sans cha, i seroit déjà
arrivé. J' fois d' même pour li foire enlever des
cherges pus grosses qu' li... Il est oussi fort
qu'un bu.

Ah ! pis, i n'est pount difficile su' l' nour-
riture. Chou qu'il a l' pus ker, ch'est chés
grous kerdons, vous savez, qui poussent
d'sus chés routes, l' long d' chés crinquets.
Quand nous sont dains chés kamps, et qui
n'ein voit un, i tourne un œl d' min coûté,
j' fois siannant de n' point l' vir, ein marchant
d'vant, et i s' dépêche d'happer sin kerdon,
pis i' tire bon train pou' m' rattraper. J' peinse
ein mi-même : « Rassasite, va, Cadet; si tu
crois m' juer ène farce, tu t' berluses, parche
qu' ch'est outant d' luzerne qu' tu maingeras
ein moins ». A part quites défeuts, ch'est ène
bête sans parelle qu' Cadet, et qui m' reind
des services, parche qu' mi d' min metchi...
Ah ! pis, je n'ai treinte-six d' metchis... J' sus
d'abord reimpailleux d' cayelles. I gna per-
sonne parmi vous qu'il a besoin d'ein foire
rarraingi, j' m'erclamme. J'erlote chés assiettes
feindues, chés plats cassés, j' raccoumode
l' vaisselle ébréquie, chés pouts, chés goube-
lets, chés pintiouts, j'ermets des manches à
chés tasses à café qu'i's n'n ont pus ; j'ersoude
chés sieux treués, j' colle des pièches à chés
castrolles, j' rétamme chés fourchettes, chés

cuillers, pis chés batteries d' cuisine, j'erpasse chés coutcheux, chés crisieux, chés rasois, chés serpes, chés feuchilles, chés kégnies.

J' vas d' village ein village, ein criant dains chés rues : « V'là le repasseur qui passe en repassant » Ah ! pis tout l' monne i' m' counoit bien, allez. J'ai l' pratique d' tous chés ménagères, parche qu'ein y eux erpourtant m'n ouvrage, je y eux fois un tchout conte pour rire. I' feut savoir amuser sin monne. I' gna même un village surtout par ù qu' j'ai caic à aller — mais j' vous conterai cha tout ein l'heure. J'irois même pus souveint, mais i' n'a qu' sin jour comme l's z'eut's Ainsi, l' lundi, j' ramasse des ous, des loques et des pieux d' lapins, l' mardi, j' raguise, l' mercredi, j' veinds des cerises dains l'été, des éclettes et des allémettes dains l'hiver, j'erlote l' faïence l' jeudi, pis l' vendredi j' proumoinne d'z héreings avu' des soirets ; tous les semmedis, j' vas ou marchi, mais l' dimeinche, je n' fois rien, j' m'erpose, pis Cadet oussi.

Alle brenne, j' vas boire ène chope ou cabaret, quites fois deux, ein fémant ène pipe, mais sans min bourrique.

Pour miux vous dire, j' bricole l' long d' l'ennée, et à chés metchis-là, foits hounête-meints. j' gainne m' tchote existence. Ch'est qu' vous voulez ? Tout l' monne n' put pount ête reintchi ou bien général Pour vive éreux, i' feut s' conteinter d' sin sort.

Pou' n'n ervenir à Cadet, l' pus hieu jour
d' ma vie, cha a été l'ennée passée, l' jour du
14 juillet. I' gn'avoit un tas d' jux d'sus
l' plache, et comme i' gn'a six bourriques dains
ch' village, y compris l' mienne, mossieu
l' maire, pou' l' fête delle République, il avoit
ourganisé ène course à annes. Je m' dis :
« Cadet, comme i' gna cinq francs à gagni
pou' ch' prémyi prix i' fent qu' tu l'euches.
Si tu queurs bien, m'n ami, ou nuit t'éras des
carottes et d' l'avoine à fulle-musieu pou' t'
récompeinse » Parche que j' vous dirai qu'il a
un estoumac d' fer : j' crois qu'i' digéreroit des
cailleux. Tel qu' vous l' voireins s'il étoit là,
i' n'a jamois été purgi : qu'est-che qui pourroit
n'ein dire outant ?

Alors, pou' li donner du guerret, à midi,
je y ai foit boire delle bière : cha n'avoit pount
l'air de y aller békeup, il ernaquoit, i' fasoit
des grimaches, il l'a pris quand même, parche
que je y ai ouvert s' gueule et je y ai eintouné
d' forche.. Oussi, m's amis, fouloit l' vir dains
l' grand'rue, apris que ch' maire i' nous a eu
foit mette su' ène line, tous les six, et pis qu'il
a eu buqui trois keups dains ses mains.

V'là min Cadet qui met s' queue ein trom-
pette et qui foit fu d' ses quate pieds : ein
éroit dit qu'il avoit pris l' mors à deints ; ses
pattes i's n' pouseint pount à terra, i' vouloit ;
ch' n'étoit pus un bourrique, ch'étoit ène
locomotive.

S'il étoit keu, j'étois tué, mais il a bonno corne ; i's étaient là terloutes à m' cryi, cheutes de ch' village qui nous ravisêut courir : « Tchiente bien, tchout Pierre, tchiente bien ». L's eutes étaient coère bien lon à buqui su' leux beudets qu' j'étois arrivé. J'ai eu ch' prémyi prix et j'ai eimbrachi Cadet ein brayant.

Ch'est là qu' j'ai vu Délaïde pou' l' prémière fois. Comme alle étoit venue à nou village, apris l' course, a s'approche d' Cadet et, ein l' flattant, a m' dit : « Vous avez là un bon bourrique ». — « Ah ! que j' li réponds j' vous crois ! »

Pis, ein même temps, a s' met à m' raconter qu'alle est cabar'tchère à un village voisin et a m'invite à l'aller vir quand j'y passerai. I' gna trois mois d' cha, et je n' manque jamois d'aller li dire boujour quand je n'ai l'ouccasiou. Ah bé, Cadet i' l' counoît bien oussi, allez, parche qu' chaque fois Délaïde a li donne un mourcieu d' chuque.

T'nez, je l' vois, v'là là-vas miu bourrique qui s'amoinne... Et bé, min gaillard, tu pux apprêter tes côtes, apris nous irons vir Délaïde .. J' crois bien qu' cha finira par un mariage.

RIDEAU.

UNE ARRIVÉE A PARIS

SAYNÈTE

—

Représentée pour la première fois a la
Fête des Roses, a Fontenay-aux-Roses,
le 4 Juin 1899.

PERSONNAGES :

créés par

MM.

Agénor, paysan . .	Maurice Thiéry.
Jules, parisien . . .	Francisque Legay.
Un marchand de vins.	Perrotte-Deslandes

UNE ARRIVÉE A PARIS

SAYNÈTE

Le théâtre représente une rue avec, à droite, une façade de marchand de vins. A la devanture, quelques chaises et un guéridon.

Au lever du rideau, la scène est vide. Agénor et Jules entrent.

SCÈNE PREMIÈRE

AGÉNOR

Ah ! l' fois-là, m'y v'là... Mon Dghu, j' sus ti conteint, mi qui tenois tant à venir ichi, à Paris, dont j'ai tant einteindu parler à nou village... (*Avec admiration et regardant à droite et à gauche*). Qué les heutes masons !

JULES

Mais ce n'est pas Paris, c'est la gare du Nord.

AGÉNOR

I' gna donc còère des masons pus heutes ?

JULES

Je te crois.

AGÉNOR

Mon Dghu, qu' manman alle seroit donc conteinte si alle voyait cha.. Dis donc Jules ?

JULES

Quoi, Agénor ?

AGÉNOR

Tu n'as pount soi' ?

JULES

Mais si, si tu veux... Tiens, asseyons-nous là.

AGÉNOR *s'asseyant ainsi que* JULES

Tu peinses si j' vux, depuis huit heures du matin que j' sus dains ch' train... J'ai ène soi' d' qu'yeu... Manman a m'avoit bien donné ène bouteille d' bière ein m'ein allant, mais i' gna long'temps qu'alle est wuide... (*Regardant de tous côtés*). Cha a l'air d'un bieu cabaret, émon, ichi ?

JULES

A Paris, on ne dit pas un cabaret : c'est un café.

AGÉNOR

Bé oui, j' boirois bien du café.

JULES

Va pour du café... Et conte-moi ton affaire, parce que, d'après la lettre, je n'ai pas très bien compris ce que tu voulais... Y a-t-il du nouveau au pays ?

AGÉNOR

Bé, tu sais, émon, i' gné n'a sans gné n'avoir... L' fille de ch' maire a s'est mariée, et pis bien mariée même ; l' femme d' Roubert, ch' courdolgni, alle est morte... L' fiu Lému-

chon, qui s'est marié v'là un an, il a eu ène
tchote fille i' gna quinne jours.

JULES

Oh ! c'est fort intéressant.

AGÉNOR

V'là à peu pris tous chés nouvelles... Ah !
j'oublіois de t' dire que ch' garde champêtre i'
s'est foulé sin pied ein dévalant un crinquet,
et pis qu'ein a erfoit nou puits, tu sais bien,
ch'tide delle rue d'ein heut, sans compter oussi
qu' nou vaque alle a eu un vieu l' semoinne
passée... Mais avu tout cha, t'as erchu m' lette?

JULES *cognant sur la table.*

Patron, deux cafés. . (A *Agénor*). Nature ou
pas nature ?

AGÉNOR

Bé, je n' sais pount... Comme tu vouras...
Sans nature.

———

SCÈNE II

LES MÊMES, LE MARCHAND DE VINS

LE MARCHAND DE VINS, *entrant.*

Ces messieurs désirent ?

JULES

Deux cafés.

LE MARCHAND DE VINS

Cognac, rhum, kirsch ?

JULES

Avec quoi le veux-tu ?

20

AGÉNOR

Avu... du g'nief.

LE MARCHAND DE VINS

Nous n'en tenons pas.

JULES

Il n'y en a pas.

AGÉNOR

Ah ! qué drôle d' cabaret... Avu du brenne-
vin pus.

JULES

Avec du cognac.

AGÉNOR

Oui. et pis du café, du bon café, sans chico-
rée, émon Jules ?

LE MARCHAND DE VINS, *sortant.*

En voilà un paysan de la campagne !

—

SCÈNE III

AGÉNOR, JULES.

AGÉNOR

Si ch'est tant. pisqu' t'as yeu m' lette, tu
m'as trouvé ène plache ?.. Quo qu' ch'est que
j' vas foire ?

JULES

Une place ?... C'est çì que tu veux ?

AGÉNOR

Bé dame ?... Pourquoi que j' serois venu ?
Tu n' m'as pount trouvé d' plache !... Ah ! si
papa savoit cha... Li qu'avoit tant besoin d' mi
à nou mason... pour l'èoût... Il a cru que j'
serois héreux ein venant à Paris...

JULES, *à part.*

Avec ses allures villageoises et son langage
de campagnard, je crois qu'il sera difficile à
caser... (*Haut*). Voyons. Que sais-tu faire ?

AGÉNOR

J'sais foire des briques .. J'ai servi mon d'un
briqueteux.

JULES

Ici, tu trouveras difficilement à t'occuper
dans ce métier-là.

AGÉNOR

J'sais oussi batte l'fer... Mais ti, ch'est qu'
tu fois.

JULES

Moi, tu le sais bien, je suis chez un notaire.

AGÉNOR

Ch'est ène plache comme cha qu'i' m'fouroit.
Dis donc, si t'ein parlois à tin patron.

JULES

Non. c'est inutile, tu ne pourrais pas faire
l'affaire... Mais peut-être que dans le fer, tu
pourrais faire l'affaire.

AGÉNOR, *désolé.*

Ah ! mi qui croyois arriver ichi et trouver
ène plache qui m'atteindroit... dains ène bonne
mason... pour me lever tard, mingi à m'n
appétit, travailli quittes heures et ou nuit, aller
m'proumener... Ah ! si manman alle savoit
que j'sus sans plache, mon Dghu ! ch'est
qu'alle diroit ?

SCÈNE IV

LES MÊMES, LE MARCHAND DE VINS.

LE MARCHAND DE VINS. *entrant.*

Voilà le café.

AGÉNOR, *sucrant.*

Ah ! nous allons vir s'il est bon, vou café...
Si i' n' veut rien, nous ne l' payons pount,
émon Jules ?

JULES

Oh ! une idée !... Vous êtes du pays. patron ?

LE MARCHAND DE VINS

Quel pays.

JULES

Du Nord.

LE MARCHAND DE VINS, *riant.*

Moi, je chuis Auvergnat.

JULES

Alors, pourquoi mettez-vous sur votre ensei-
gne : « *Au rendez-vous des gens du Nord. —
Bière des Flandres* ».

LE MARCHAND DE VINS

C'est à cause de la gare.

JULES

Ah! c'est ç\... (*A part*). Soyons insinuant...
Sondons l'Auvergnat .. (*Haut*). Vous n'auriez
pas besoin d'un garçon ?

LE MARCHAND DE VINS

Qui ça, cet ostrogoth-là ?... Il n'a pas l'air
dessalé.

JULES

C'est vrai qu'il arrive de son village, mais il a bonne volonté.

LE MARCHAND DE VINS

Il aurait peut-être mieux fait de rester dans son patelin.. Il ne parle même pas français.

JULES

Çà viendra, mais en attendant, qu'est-ce qu'il pourrait bien faire ?

LE MARCHAND DE VINS

Peut-être bien cocher de fiacre.

JULES *à Agénor.*

As-tu déjà conduit ?

AGÉNOR

J' crois ma foi bien... des voitures à deux, trois qu'veux même.

LE MARCHAND DE VINS

Non, ce n'est pas ce qu'il lui faut... plutôt sergent de ville

JULES

Il n'est pas assez dégourdi.

AGÉNOR

Pount assez dégourdi ?... Mais alle ducasse, j' sus un luron : tout l' monne i' l' dit à nou village.

JULES

Au village, possible, mais à Paris, tu as l'air empaillé.

AGÉNOR

J' pourrois pet-ête casser des cayeux.

JULES

Malheureusement, il n'y en a pas à casser ici.

LE MARCHAND DE VINS

Eh bien, vous savez, je crois que vous voilà
pas mal embarrassé avec votre pays.

JULES

Oh ! mais je vais le réexpédier par le premier
train... (*A Agénor*). Voyons, tu ne connais per-
sonne à Paris ?

AGÉNOR

Si, ma foi si, i' gna m' cousine Virginie, tu
sais bien, Virginie, ène vieil'e fille que j' n'ai
jamois vue.

JULES

Tu auras du mal à la reconnaître... Où de-
meure-t-elle ?

AGÉNOR

Atteinds... (*Il cherche*).

JULES

Est-ce dans une rue, une avenue, un boule-
vard ?

AGÉNOR

Nan.

JULES

Un carrefour, une esplanade ?...

AGÉNOR

Nan.

JULES

Une place, un square, un quai ?

AGÉNOR

Nan.

JULES

Une cité, une impasse, une cour ? . . .

AGÉNOR

Nan, ch'est pount cha.

JULES

Une galerie, un passage ?

AGÉNOR

Nan, ch'est dains l' quartier...

JULES

Ah ! ça vient...

AGÉNOR

Limérou 7.

JULES

Mais où ?

AGÉNOR

J' sais pount, j'ai oublyi ch' nom. (*Avec un geste d'impatience*) Et dire que dains ch' train je l'avois coère là su' l' bout de m' langue... Chou qu' ch'est que de n' pount avoir d' mémoire.

JULES

Et tu tiens à voir la cousine, Virginie ?

AGÉNOR

Qu'meint cha, bien seur : je n' m'érirai pount sans l'avoir vue. Manman a m'a même bien erquemandé de n' pount oublyi de y aller oussitout dévalé à Paris... Alle voulloit même m' donner des affoires pou' l' cousine. Je n'ai bien appourté un peu dains min pégni, mais j' n'ai pount voulu m'eimbarrachi.

JULES

Tu aurais tou:ours pu apporter les provisions.

AGÉNOR

Ch'étoit troup eincombrant... Pus qu'a m'a dit, nous li pourlerons quand nous irons t' vir, alle fête, mi, t' sère et pis tin frère... Papa, li, i' vara ène eute fois...

JULES

Je crois que tu iras les voir avant qu'ils viennent, car, enfin, pour en finir, tu n'es pas capable de grand'chose.

AGÉNOR

Dis tout d' chuite que j' sus ène tourte peindant qu' tu y es .. Ougusse, il y reste bien, li, à Paris.

JULES

Ah! mais lui, c'est une autre paire de manches.

AGÉNOR

. Mon Dghu! ch'est qu'i's vont dire papa, manman, pis tout ch' village, quand j' vas reintrer... I's sont capables d' croire que j' sus venu foire la noce à Paris.

JULES

Enfin, voyons, tu sais faucher?... Veux-tu faire la moisson?... Si tu y consens, j'en parlerai au maire de Fontenay-aux-Roses, qui est Rosati, pour qu'il te trouve du travail dans sa commune.

AGÉNOR

Quoi qu' ch'est qu'un Rosati?

JULES

Ce serait trop long à t'expliquer et tu ne comprendrais pas.

AGÉNOR

Nan, j'ai pu caîr à m'éraller... Travailli pour travailli, du moumeint qu' ch'est dains chés kamps, j'ai coère pus caîr à nou village.

JULES

Je crois que c'est ce que tu as de mieux à faire. Pour aujourd'hui, tu vas venir dîner avec moi, tu coucheras et demain je te remettrai dans le train. Ça te va-t-il ?

AGÉNOR

Bé qué malheur !... Dire que j' serai venu à Paris et qu' je ne l'érai pount vu ; quoiqu' ch'est qu' manman allo va dire.

JULES

Ecoute, je vais te proposer quelque chose.

AGÉNOR, souriant.

Dis.

JULES

Eh bien, tu vas retourner au village, tu feras les économies et l'an prochain tu reviendras me voir au 14 juillet. Alors je te ferai visiter la capitale en détail Ça te va-t-il, Agénor ?

AGÉNOR

Bé, Jules, pusqu'il feut, j' m'érirai... (Se levant). Allons-nous-ein.

—

SCÈNE V

LES MÊMES, LE MARCHAND DE VINS

LE MARCHAND DE VINS, *entrant.*

l'as avant de m'avoir payé.

AGÉNOR, *se fouillant.*

Jules, ch'est jou ti qui régales ?

JULES

Oui, tu paieras l'année prochaine.

AGÉNOR, *au cafetier.*

Vous savez. vous avez du bon café... Nous
ervérons ein boire... l'ennée qui vient.

RIDEAU

UNE JOURNÉE ORAGEUSE

—

COMÉDIE EN UN ACTE

—

Représentée pour la première fois a Paris
sur la scène du Théatre de la
Galerie Vivienne,

Représentation annuelle des « Rosati »
le 12 Décembre 1894

PERSONNAGES :

MM.

Pierre, fermier.	THIÉRY.
Grégoire, oncle de Pierre . .	BONNET.
Gaston, chimiste	MASSOT.
Benoît, garde champêtre . .	BONNET.
Charles, petit voisin. . . .	CH. BRISSY.
Eléonore, femme de Pierre .	BL. CERTAIN.

La scène se passe de nos jours en Picardie.

UNE JOURNÉE ORAGEUSE

—

La scène représente une salle de ferme. — A gauche, une table ; plusieurs chaises à droite et à gauche. — Portes à droite et à gauche.

—

SCÈNE PREMIÈRE

—

Au lever du rideau la salle est vide. Pierre entre à droite, un fouet à la main.

PIERRE, *faisant claquer son fouet.*

Ch'est m' maignière à mi d'appeler min monne. I' gna personne?... Cha n' m'étonne pount... Par ù qu'alle est coère Léonore?... j' sus bien seur qu'alle jacasse à ch' moment chi avuc quites commères pa'-dessus elle l' haie de ch' gardin.

Allant à la porte de gauche, il crie :

Léonore?... Léonore?...

ÉLÉONORE, *entrant.*

Qu'est-ce qu'il y a mon ami ?

PIERRE

T'as l'inteinnemeint rudemeint dur oujourd'hui ; par ù qu' t'étois coère ?

ÉLÉONORE

Je donnais à manger aux bêtes.

PIERRE

Tu me réponds comme à tes chabouts.

ÉLÉONORE

Je te réponds comme tu m'interroges.

PIERRE

Et jou qu' t'as coère vu t' mère ?

ÉLÉONORE

Tiens, j'aime mieux m'en aller.

Elle sort.

PIERRE

Vous l' voyez, et bé, ch'est comme cha tous les jours, j' vous demande si ch'est gai. Sans cha, cha n'est pount tenabe, i' gn'a des moumeints qu' j'ergrette d'ête su' la terre.. et surtout d' m'ête marié... mais cha finira... Ah ! i' feut qu' cha finiche !.. D'abord, i' gn'a qu'un motte ichi et ch'est mi... Qu'ech' qui dira jamois chou qui gn'a dains ène caboche d' femme ?... Tenez, ène femme, émon, ch'est comme un baroumète. Quand ch' l'ichi i merque l' bieu temts, l' femme alle est d' bonne humeur. Quand i l'indiq.e l' plève, l' femme alle a sin bounet d' travers et sin caractère est comme sin bounet. Quand l' temps est à l'ourage, i feut s'atteinne à l'avoir dains sin moinage.

SCÈNE II

PIERRE, CHARLES, *entrant.*

PIERRE

Tiens, v'là Charlot.

CHARLES

Bonjour, monsieur Pierre.

PIERRE

Bonjour, mon garçon.

Il sort

SCÈNE III

CHARLES, ÉLÉONORE, *entrant.*

CHARLES

Bonjour, madame Léonore. J' viens chercher pour un sou de lait.

ÉLÉONORE

Donne ton pot, Charles.

Elle sort.

CHARLES, *chantant et gambadant.*

« Joséphine elle est malade... »

Eléonore rentre.

Vous avez l'air triste, madame Léonore ; on dirait que vous avez pleuré.

ÉLÉONORE

Je viens d'éplucher des ognons, Charlot.

CHARLES

Tiens, c'est comme moi, ça me fait le même effet.

SCÈNE IV

LES MÊMES, PIERRE, *entrant.*

PIERRE

Taratata... V'la coère chés langues qui marchent.

CHARLES

Je me saûve parce que maman me gronderait !

PIERRE

Vous êtes vous tout dit au moins?

CHARLES

J' crois bien, M. Pierre.

Charles sort.

—

SCÈNE V

PIERRE, ÉLÉONORE

PIERRE, *pendant que sa femme met le couvert.*

Eb bé, v'là comme cha s' passe l' long du jour. L' matin, un tas d' coumères viennent cherchi du lait, apris chez d'z ufs, pis du burre. Ein babille, ein bavarde, ein cancanne et ch' l'ouvrage à ne s' foit pount.

ÉLÉONORE

Est-ce que tu as à te plaindre?

PIERRE

Cha n' veut jamois rien d' tant ratatonner su' l' monne.

ÉLÉONORE

Est-ce ma faute?... Est-ce que je peux les renvoyer?

PIERRE

Bien seur, ein y eut dit qu'ein a à travailli.

UNE VOIX DU DEHORS

« La charité, s'il vous plait, pour l'amour du bon Dieu ».

PIERRE

Bon! v'là un pove pou' l'heure. Eh bé, tu vas vir comme j' vas l'envoyi maingi sin pain ou l'omme ch' ti l'alle. Donne n'ein un mourcieu.

Eléonore lui donne un morceau de pain.

PIERRE *ouvre la porte et la referme aussitôt.*

Tu vois bien. cha n'est pount pus difficile qu' cha .. Si je l'avois acouté il alloit m' demander à boire... j' li donne à maingi, qui voiche demander à boire ailleurs... J' cope court à toule.

ÉLÉONORE

Donner ainsi ce n'est pas donner.

PIERRE

Mais jou qu'i ne l'a pount tout d' même ? Je n' li refuse pount. . Ah ! cha, vas-tu coère m' cherchi d'z histoires à ch' l'heure ?

ÉLÉONORE

Oh ! mais je ne veux pas te faire de scène.

PIERRE

J' dis la vérité et j' sais chou que j' dis. Oui. tu vux coère m'erprouchi d' parler patois, tandis qu' tu parles français. Ch'est qu' tu vux, j' n'ai pount été longtemps à l'école mi.

ÉLÉONORE, *essuyant les assiettes et les disposant sur la table.*

Mais, mon ami, il ne s'agit pas de cela.

PIERRE, *s'animant.*

J' sais tout juste chou qui feut. J' lis, j'écris, j' compte, j' compte surtout. Si i' feut foère ène lettre, jou qu' tu n'es pount là ?... Je m' demanne un peu à quoi qu' cha sert d' savoir l'histoire, l' giougraphie, l' système des triques,

21

l'astrouloublie. Avu cha qu' tous chés savants i's n' saitent seulement pount prédire un ourage un jour a l'avanche. I's nous annonchent un hiver froid, i' n' gèle pount. I's nous ditent qu' l'été sera sec et i' n'arrête pount d' pluvoir. Vux tu qu' je te diche ? I' n'est pount besoin d'être bachelier pour bien labourer, pount pus qu'ein n'a besoin d'avoir sin brevet d' capacité pour traire ses vaques et foère couver ses poules. Oujourdoujourd'hui ein vous appreind à juer du pianou. Ch'est d' l'argeint perdu. Sais-tu quel est l' pianou de ch' cultivateur ? Ch'est quand ses vaques y gueulent, qu' ses vieux y braient, qu' ses qu'veux y hennissent, qu' ses couchons y groïntent et pis qu' ses poules y font coudcoudaque apris avoir pondu d'z ufs. Ein v'là de l' misique et ch'est l' vraie Oui, j' sais, j' parle ein patois, ti, ein français, mais n'importe, si t'as appourté de l'argeint ein mariage, mi, j'avois des terres, chou qui veut mieux.

ÉLÉONORE

Mon ami, je vais m'occuper de la cuisine, c'est là le rôle de la femme.

Elle sort.

PIERRE

Oui, marche, j' qu'meinche à avoir faim.

SCÈNE VI

PIERRE, GASTON *entrant, une valise à la main.*

PIERRE

Tchiens, d' par û qui sorte ch'ti-là ?

GASTON

C'est bien vous, M. Pierre, conseiller muni-
cipal ?

PIERRE, *à part.*

I' sait min nom ? (*Haut*) Oui mossieu.

GASTON

Vous ne me reconnaissez pas, sans doute ?

PIERRE

Je ne vous ai jamois vu, cha m' seroit difficile.

GASTON

Eh bien, je suis chimiste et cousin de votre
femme.

PIERRE

Mâtin !... Mais si vous êtes l' cousin de m'
femme vous êtes oussi l' mien...

GASTON

Naturellement.

PIERRE, *lui prenant sa valise.*

J' vas vous dévaliser... Ah ! vous êtes un...
un...

GASTON

Chimiste.

PIERRE

Oui, comme qui diroit un apouthicaire.

GASTON

Pas tout à fait.

PIERRE

Ah ! j'einteinds bien... Ch'est curieux je n'a-
vois jamois vu... Vous avez dû étudier long
temps ?

GASTON

Très longtemps, quelque chose comme vingt ans. Je suis entré à l'école à 5 ans et j'ai terminé mes études à 25.

PIERRE

Eh bé, mi, j'y sus allé jusqu'à dix ans. J'y sus entré à neuf ans et pis l'ennée d'après ein m'a r'tiré pour soigni chés vaques. Mais j'ein sais assez pour mi, parche qu' jai été à l'école du soir. Seulement j'ai m' femme qu'à m' reimplache quand i' l' feut...

GASTON

Ah ! oui, ma cousine.

PIERRE

Mais pus èqu' vous êtes sin cousin, j' va huqui Léonore... (*Allant à la porte de gauche*) Léonore ! .. Léonore !... Viens donc vir tin cousin... (*A Gaston*) Qu'meint vous s'appelez ?

GASTON

Gaston... (*A part*) Il a une bonne tête le cousin.

SCÈNE VII

LES MÊMES, ÉLÉONORE *entrant*.

PIERRE *à sa femme*.

V'là tin cousin Gaston... Léonore .. L'ercounois-tu ?

GASTON, *lui tendant la main*.

Bonjour, ma cousine, vous allez bien ?

ÉLÉONORE

Mais oui, mon cousin... et vous ?

GASTON

Pas mal, merci... Mais comme vous êtes changée... à votre avantage, ma cousine.

ÉLÉONORE

Pensez donc qu'il y a dix ans que nous ne nous étions vus.

GASTON

En effet.

PIERRE, *à part.*

Ch'est des viux pareints. (*Haut*) Dis donc, Léonore, si nous inviteins cousin à mangi la soupe avuc nous ?

ÉLÉONORE

Mais certainement mon ami.

GASTON

Oh ! je craindrais d'abuser...

PIERRE

Du tout, du tout, vous m' ferez plaisir et à m' femme oussi Et pis là, vous savez, sans cérémounie, à l' bonne franquette. Vous maingerez chou qui gn'éra.

GASTON

Dans ce cas, j'accepte. (*A part*) Tout à fait charmante, ma cousine. Mon séjour ici ne sera pas désagréable.

Il se met à causer avec sa cousine.

—

SCÈNE VIII

LES MÊMES, GRÉGOIRE

GRÉGOIRE

Bonjour min neveu, bonjour m'n nièche, bonjour la compagnie.

PIERRE

Bonjour mon onque... (A *Gaston*) V'là mon onque Grégoire... N' foites pount inteintion, il est sourd comme un keudron. (A *part*) Il arrive toujours à l'heure des repas... (*Haut*) Et bé, mon onque, vous allez maingi la soupe avuc nous.

GRÉGOIRE, *déposant son bâton dans un coin.*

Plaît-il ?

PIERRE

V'là tout chou qu'i sait dire.

GRÉGOIRE

Oui, j' crois qu'i va pleuvoir... Les hirondelles volent bien bas.

PIERRE A GASTON

N' foites pount inteintion. (*Geste de Gaston qui cause avec Eléonore*).

GRÉGOIRE

Si cha ne vous dérainge pount min garçon.

PIERRE

Mais non, mais non, mon onque, ou contraire... allons, à tave... Mettez vous là, tenez M. Gaston... Sers-nous la soupe, Léonore. (*Tous s'asseyent*) — *Eléonore sort et revient avec une soupière fumante).* Et jou qu' vous avez cair delle soupe ou lapin min cousin?

GASTON

Je n'en ai jamais mangé.

PIERRE

J' vous appelle cousin grous comme min bras... (*A sa femme*) L' l'as-tu tué?

ÉLÉONORE

Non, il est mort.

PIERRE

Bon, v'là coère quarante sous d' perdus. (*A Gaston*) Tenez. n'ein v'là ône bonne écullée. ch'est delle soupe ou lard

(*Gaston fait une grimace. Il sert sa femme, puis tend la soupière à son oncle*).

Ch' n'est pount l' poine d' salir êne assiette. (*Il reprend la soupière et donne une assiettée à son oncle. A Gaston tout en mangeant*).

Pusque vous êtes dains la chimie, à quoi qu' cha sert la chimie?

GASTON

Dame, grâce à la chimie on prépare le savon, le sucre, les bougies. les produits chimiques et pharmaceutiques. on dose, on analyse, on combine, on détermine... Tenez, rien que pour les phosphates si abondants dans ce pays...

PIERRE

Ah! oui chés phousphates, parlons-ein.

GASTON

Eh bien, c'est la chimie qui les a découverts.

PIERRE

Et qu' meint qu'alle a foit ?

GASTON

Au moyen de la sonde.

PIERRE

Ah !

GASTON

Oui, on sonde, on sonde...

PIERRE

On sonde, on sonde.

ÉLÉONORE

A quelle profondeur ?

GASTON

Ça varie entre cinquante centimètres et dix mètres.

GRÉGOIRE

J' crois qui pleuvra aujourd'hui .. Nous pourrions bien avoir d' l'orage.

PIERRE A GASTON

N' foites pas inteintion.

GASTON

Je suis venu tout exprès ici pour reconnaître l'existence de gisements phosphatiers. (Se levant) Car il y en a... Cette terre est pétrie de phosphate. (Il se rassied).

PIERRE

Ch'est pount poussibe. Et bé nous irons sonder après-midi .. Mon onque i' feuquera, i' feut qu'i' gainne sin dîner. Nous, nous irons vir dains nous camps si nous avons du phous-

phate. Vois-tu cha, Léonore. qu' nous n'freins
pour quites millions... Ah! Léonore, tchiens,
si cha arrive j' l'ajète ène robe d' soie comme
chelle delle femme de ch' noutaire. . Donne-
nous l' s'ufs, Léonore.

(*Léonore se lève et sort*).

GRÉGOIRE

Sont-ils heureux !... Sont-ils heureux !...
Ch'est moi qui les a fait marier.

PIERRE

Ch' n'est pount chou qu' vous avez foit d'
mieux. (*A Gaston*) Vous êtes bien capable.
émon, cousin! Et bé, savez-vous l' maignière
d' foère courir un beudet qui n' vut pount
avanchi ?

(*Eléonore rentre tenant à la main une assiette
contenant les œufs*).

GASTON

Mais en tapant dessus.

PIERRE

Y' gné n'a qui sont tellemeint têtus qu' vous
n'y arrivereins pount... V'là qu'meint qui feut
s'y prenne: vous loiez ène carolle ou d' bout
d' vou cachoire, émon, pis vous l' mettez d'
vant l' nez d' vou bourrique.

GASTON, *à part*.

Je ne comprends pas très bien ce charabia,
mais il paraît que ce sont les conversations de
table.

PIERRE

L' bête ein seintant l' léguème, alle queurt

apris à fond d' tràin et alle foit comme cha des
kiloumètes et des kiloumètes. Vous n' li lais-
siez prenne qu'ein arrivant dains vou cour :
vou bourrique i' croit qu'il l'a attrapée. Ein n'
li laissiant pount maingi tout à fois. alle put
coère erservir un eute keup. — Et bé. avuc
l' z'inveintions d'oujourd'hui i' gn'a pount
moyen. Essayez putout avu ène locomotive
qu'alle est restée araque, à n' bougera pount
allez.

GASTON

C'est cependant la vérité. (A part). Ces pay-
sans ont du bon sens.

GRÉGOIRE, A GASTON

Quand nous faisions la guerre d'Italie.

GASTON

Vous n'avez jamais été en Afrique ?

GRÉGOIRE

Non, je n'ai jamais fait de briques.

ÉLÉONORE

Excusez mon oncle, mon cousin. il n'entend
rien.

PIERRE

Tenez, ute kose, min cousin. .

ÉLÉONORE

Mais tu ennuies mon cousin avec tes his-
toires.

GASTON

Du tout, c'est très intéressant.

GRÉGOIRE commençant à sommeiller.

Je crois que j' m'endors.. C'est l'orage.

PIERRE

Eh bé, pus, qu'meint qu' vous fereins pour
foère croire ? des vaques qui n' maingent pount
delle luzerne, qu' ch'est delle luzerne, quand
ch' n'est pount delle luzerne ?

GASTON

Eh bien, en leur en fabriquant artificielle-
ment.

PIERRE

Ah ! nan, vous n'y êtes pount. Tenez, l'ennée
passée, Léonore alle est là pour l' dire. A l'
chuite d'ène séqueresse sans parelle, nous
n'aveins quasimeint pount d' fourrage. Nous
bêtes n' vouleins pus d' paille parche qu'à for-
che d'ein maingi, à n'éteint dégoutées. Un bieu
jour, j' m'ein vas à Cambrai et j'ajète cinq
poires d' lénettes à verres verts ; ous aveins
cinq bêtes. Je reviens et je y eux loie outour
d' leux cornes pis d' l'eux érailles et je y eux
donne d' l'étroin. Ein voyant d'lle verdure, i's
s' jettent dessus et i's z'ont été si bien berlu-
sées qu'i's n'ont point laissyi un fétu.

GASTON

C'est prodigieux.

PIERRE

Hein ?... Qu' meint qu' trouvez vous cha ?
(A part) Tchiens .. (Haut, se levant) J'ai des
froumions dains mes gammes. (A part) I' m'
sianne à vir qu'i's se dounent des keups d'
genoux d' zous l' tave.

GRÉGOIRE

Avez-vous fait la guerre d'Italie ?

GASTON

Nou, je n'ai fait que les grandes manœuvres,

GRÉGOIRE

Eh bien, nous, en Italie, nous avons mangé du cheval.

PIERRE, *se rasseyant*

Kangeons d' plache, Léonore, j' crois qu' t'es dains un courant d'air. (*A Gaston*) J' vous donnerois bien un fruit, mais nous n'avons pount. Nous veindons tout : nous pemmes nous poires, nous pronnes, nous noix et jusqu'à nou raisin. Léonore a n'a cair errien, ni mi non pus. — Donne-nous du café, Léonore. Ah ! pis nan, va, i foit troup keup, émon, cousin ?

GASTON

Comme vous voudrez.

ÉLÉONORE

Tu n'es pas poli.

PIERRE, *se levant.*

(*A part*) I' m' sianne à vir qu'i's er' qu'meinchent écoère. (*A Gaston*) Qu' meint qu' vous trouvez min chîte ?

GASTON

Il est bon, très bon.

PIERRE

Et bé, si vous voulez, tout ein fémant ène pipe, j' vas vous moutrer m' abes à fruits.

(*Tous se lèvent, excepté Grégoire qui s'est endormi, son mouchoir sur ses genoux*).

GASTON

Très volontiers.

PIERRE

(*Bas à sa femme*) Tout ein l'heure je t' parle-rai : j'ai vu quit' kose.

Pierre et Gaston sortent

SCÈNE IX

ÉLÉONORE, GRÉGOIRE

ÉLÉONORE

Ah ! c'est trop fort... une pareille accusation. (*Apercevant Grégoire*) Tiens, il est resté là, lui

GRÉGOIRE, *se réveillant et se levant.*

l'ar à qu'i's sont ?

ÉLÉONORE

Ils sont allés au jardin.

GRÉGOIRE

J' vas les rejoindre... Sont-i's heureux !

Il sort.

SCÈNE X

ÉLÉONORE *seule*

Jusqu'ici, il n'était qu'un peu vif, emporté : le voilà jaloux à présent. La vie va être un enfer. Pourquoi ce cousin est-il venu ? (*Elle s'assied*) Voyons, je n'ai pas encore lu mon journal... (*Le dépliant*) Tiens, qu'est que cela ? (*Lisant*) « C'est aujourd'hui que commence à la Chambre la discussion de la loi sur le divorce.. » (*Se levant*) Le divorce .. Nous allons avoir le divorce... car sans nul doute il sera

volé... Oui. c'est joli, le divorce, quand on est
mal marié, mais pour le monde... les amis...
les parents...

Elle plie son journal. — Gaston entre.

SCÈNE XI

ÉLÉONORE, GASTON

GASTON

Cousine. j'ai voulu vous revoir, seule.

ÉLÉONORE

Vous avez eu tort, mon cousin.

GASTON

Savez vous que je vous trouve très bien ?
Vous n'avez rien d'une fermière et vous êtes
tout à fait déplacée dans ce milieu villageois.

ÉLÉONORE

Mais c'est une déclaration.

GASTON

Est-ce que cela vous déplairait ?

ÉLÉONORE

Oh ! mon cousin, je vous en prie, laissez-
moi... Si mon mari rentrait.

GASTON

Je l'ai laissé en contemplation devant un
pommier... Votre mari ?... Vous l'appelez votre
mari ?.. Mais il en est indigne, cet être brutal,
grossier, sans idéal.

ÉLÉONORE

De grâce, allez le rejoindre.

GASTON *lui prenant la main*

Pas avant !

> *La porte s'ouvre et Pierre entre.*

ÉLÉONORE

Ciel !

—

SCÈNE XII

LES MÊMES, PIERRE

GASTON

Je vais voir les pommiers.

PIERRE

Halte-là : Point avant d' vous ête expliqué. . Ah ! j' vous y preinds tous les deux... (*S'avançant vers Gaston*) Ch'est comme cha qu' vous m' plantez dains ch' gardin pour venir conter des sournettes à m' femme.

GASTON

Je prenais congé d'elle.

PIERRE

Ein li preindant s' main ?. . Tenez. cousin, si je ne m' rattenois point. j' vous éjetterois par l' fernête.

GASTON

Vous avez des façons d'expédier votre monde... Mais l'ingénieur m'attend.

PIERRE

Minute !... (*A part*) Oh ! une idée... J' vas huqui ch' garde champête. (*Ouvrant la porte*) Benoit !... Benoit !...

> *Éléonore sort.*

—

SCÈNE XIII

LES MÊMES, BENOIT

BENOIT, *entrant en manches de chemise et en bonnet de coton.*

Qu'est-ce qu'il y a ?

PIERRE

Arrêtez c' l'homme-là !

GAST. N, *à part.*

M'arrêter ?... Il est fou !

BENOIT

Qu'est-ce qu'il a fait ?... Vous a-t-il volé vos volailles ?

PIERRE, *tragique.*

Ch'est un criminel.

GASTON

Mais je ne me trompe pas... c'est mon ordonnance.

BENOIT, *faisant le salut militaire.*

Mon lieutenant !... (*A Pierre*) Ah ! mais non. j'aime mieux le mettre dehors... Il n'aurait qu'à me mettre dedans .quand je ferai mes deuxièmes vingt-huit jours... C'est-il bête de réveiller les gens qui dorment pour des bêtises comme ça...

GASTON *prenant sa valise.*

Viens tu, Benoit. je t'emmène.

BENOIT

Je vous emboîte le pas du pied gauche, mon lieutenant.

—

SCÈNE XIV

PIERRE, *seul.*

Si cha n'est pount épouvaintable de n' pount pouvoir s' foère reinne justice et d' payi des geins qui dorteut ouyu d surveilli chés maraudeurs dains vous camps... J'en parrerai ou conseil municipal. Mais et min phousphate ?... Cha m'a l'air d'un drôle de cousin.

Éléonore entre.

SCÈNE XV

PIERRE, ÉLÉONORE

PIERRE

Tu vas m' dire chou qu' signifie l' coumédie-là.

ÉLÉONORE

Que veux-tu dire ?

PIERRE

Ch'est bon... Ch'est qui t' disoit ch' mirlillor-là ?

ÉLÉONORE

Il me parlait de ma mère.

PIERRE

De l' mère ?... Cha n'est pount vrai. Tu m'ein contes... Ah ! pis j'qu'moinche à n'avoir assez à la fin, sais-tu ?... Ouyu d' raccoumouder min gyet, tu me laisses aller avu des loques... Ch'est-i' du propre pour un conseilli municipal ?

ÉLÉONORE

Mais tu en as d'autres.

22

PIERRE

I' gn'a que t'ichi qui m' va.

ÉLÉONORE, *qui se disposait à emporter la vaisselle.*

Oh ! à la fin, toi aussi tu me fais perdre patience .. Tiens !.. (*Elle prend une assiette et la brise, puis elle sort en claquant la porte*).

—

SCÈNE XVI

PIERRE, *seul, ahuri*

Bon, v'là coère quate sous d' perdu. Et pis vous croyez qu'cha n'est pount ène ruine qu'ène femme pareille ? Ouyu d' casser des vieilles assiettes qu'ont des cheints d'ennées comme à n'a dains s' cuisine, alle brise ène assiette nève... (*Prenant une assiette et levant le bras* Oh ! si je ne m' rattenois pount. (*Il repose l'assiette sur la table*) Cha feroit huit sous ouyu d' quate !... Mais à me le paiera... J' li ferai mette quate sous d'yeu dains sin lait... Ah! mon onque.

Grégoire entre.

—

SCÈNE XVII

PIERRE, GRÉGOIRE

GRÉGOIRE•

Par ù qu'i's sont... Ah ! mon neveu... Dis-donc, qu'est-ce qu'il est devenu le cerisier de l'année passée ?

PIERRE

Je l'ai veindu, il étoit troup viux.

GRÉGOIRE

C'est dommage, il donnait de belles cerises. Et le noyer que j'ai vu l'année passée ?

PIERRE

Je l'ai veindn, il étoit troup viux.

GRÉGOIRE

C'est dommage, il donnait de belles noix. Et le prunier de reines-claude ?

PIERRE

Je l'ai veindu oussi, il étoit troup viux.

GRÉGOIRE

C'est dommage, il donnait de bonnes prunes. Et le beau chêne que j'ai vu l'année passée ?

PIERRE

Qui donnait de si beaux glands ? — Je l'ai veindu oussi. — Et vou testameint de l'ennée passée ?

GRÉGOIRE

Je l'ai brûlé, il était trop vieux.

Il sort.

—

SCÈNE XVIII

PIERRE *seul, puis* ÉLÉONORE

PIERRE, *étonné.*

Qu'meint cha, il l'a brûlé ? Mais alors je n' sus pos avantagi. (*Allant à la porte qu'il ouvre*) Léonore !... Léonore !...

ÉLÉONORE

Qu'est-ce que tu veux encore ?

Eléonore entre.

PIERRE

Acoute, j'ai quile kose d' grave à t' dire.

Il remonte sa bretelle.

ÉLÉONORE

Oh ! J'y suis bien décidée... (*Sortant un journal de sa poche*) Voilà qui va nous débarrasser.

PIERRE

Je ne compreinds pount.

ÉLÉONORE

Le divorce va être voté.

PIERRE

Le divorce ?... l' s'agit bien d' divorce.

ÉLÉONORE

Oui, je sais.. Il faut un motif, mais je l'ai... Je supporte tout, mais je n'en vois pas moins clair. Depuis quelque temps tu es toujours accroché aux jupons de cette petite Léopoldine.

PIERRE, *exaspéré.*

Si ch'est poussible, des suppousitions parelles... Mais ch' testameint ?

ÉLÉONORE

Aussi possible que les tiennes.

PIERRE

Nan.

ÉLÉONORE

Si.

PIERRE

Nan.

ÉLÉONORE

Si.

PIERRE, *levant la main pour la frapper.*

Nan.

ÉLÉONORE, *lui donnant un soufflet.*

Tiens, attrape.

PIERRE, *le lui rendant.*

Ti oussi.

ÉLÉONORE

Je m'en vais chez ma mère.

PIERRE

Mi, à l' mason d' mein père.

Ils sortent.

—

SCÈNE XIX

GASTON, *puis* GRÉGOIRE

GASTON, *entrant une valise à la main.*

J'ai laissé ce pauvre Benoît dans un état d'ébriété très avancé... Les champs ne le verront pas aujourd'hui.... Et sa femme lui a fait une scène !..

GRÉGOIRE

Sont-i's heureux !.... Sont i's heureux !...• Tiens, par ù qu'i's sont ?

GASTON

Ah ! l'oncle... Si je lui en faisais autant ce serait drôle... Ce vieux soldat doit aimer à lever le coude.

GRÉGOIRE

A Milan, j'ai connu une Italienne...

GASTON

De l'Italie.

GRÉGOIRE

Plaît-il ?

GASTON

Vous ne savez pas où est ma cousine ?

GRÉGOIRE

Elle était bien gentille.

GASTON

Est-ce qu'elle mangeait aussi du cheval ?

GRÉGOIRE

Plaît-il ?

GASTON

Elle doit être au jardin.

GRÉGOIRE

Vous demandez un médecin ?

GASTON

Oui, vieux daim, pour te faire opérer.

Il sort.

GRÉGOIRE, *cherchant.*

Par ù qu'il est ?

Il sort.

—

SCÈNE XX

PIERRE, ÉLÉONORE, *rentrant chacun par une porte,*
un paquet à la main.

PIERRE, *s'asseyant à part.*

Dire qu'i' va falloir quitchi m' ferme, mes
qu'veux, mes vaques, mes kamps, tout tout...
Ah ! si j'avois seu cha d'vant m' marier.

ÉLÉONORE, *à part.*

Après cinq années de mariage .. en arriver
là Heureusement que nous n'avons pas d'en-
fants. .

PIERRE

Mais si nous s'ein allons tous les deux,
qu'est-che qui va donner à maingi à chés bêtes ?

ÉLÉONORE

Oh ! çà m'est bien égal, par exemple... Je veux divorcer.

PIERRE

Mi oussi, j' vas m' dévorer. (*Après un silence*) Léonore ?

ÉLÉONORE

Il n'y a plus de Léonore.

PIERRE

Nonore ?

ÉLÉONORE

Je ne veux plus que vous m'appeliez ainsi.

PIERRE, *pleurant.*

Hi ! Hi !

ÉLÉONORE

Tiens, il pleure... Il est emporté, mais il n'est pas méchant .. (*Allant à lui*) Tu pleures ?

PIERRE

Nan, j' brais.

ÉLÉONORE

Tu m' pardonnes ?

PIERRE

Mais j' n'ai mi rien à t' pardonner... Ch'est li qui n' vut pount einteinne qu' nonnonque il a brûlé sin testameint et qu' nous n' sommes peut être pus aveintagi.

ÉLÉONORE

Pas possible, mais alors il faut le garder ici jusqu'à ce qu'il en ait refait un autre.

PIERRE

Juste, tiens, tu par'es d'or, Léonore, veux-tu
m'eimbrachi ?

ÉLÉONORE

De grand cœur.

--

SCÈNE XXI

LES MÊMES, GASTON, GRÉGOIRE

GASTON

Ils s'embrassent, tout est perdu.

GRÉGOIRE

Sont-i's heureux !.... Sont-i's heureux !....
Ch'est mi qu'il l's a fait marier.

PIERRE

Ah ! vous revoilà, cousin !

GASTON

Oui, l'ingénieur n'es' pas arrivé.

PIERRE

Et bé, si nous alleins vir nous kamps ?

GASTON

Je veux bien.

PIERRE

Ein route, pus... Mon onque restera là : (A
part) Léonore a à li parler.

—

SCÈNE XXII

GRÉGOIRE, ÉLÉONORE

GRÉGOIRE

Par û qu'i's s'ein vont ?

ÉLÉONORE, *emportant la vaisselle.*

Ils sont partis à la recherche de la fortune.

GRÉGOIRE

Il a fait keud aujourd'hui.

ÉLÉONORE

Oui, la journée a été orageuse.

La toile tombe.

FIN

TABLE DES MATIÈRES

——

——➤✦◄——